U0554364

隐藏于内心深处的那些黑暗

〔美〕贾丝明·沃加 著
Jasmine Warga

朱禛子 译

人民文学出版社
PEOPLE'S LITERATURE PUBLISHING HOUSE

著作权合同登记号　图字 01-2017-0795

My Heart and Other Black Holes

Copyright © 2015 by Jasmine Warga

图书在版编目(CIP)数据

隐藏于内心深处的那些黑暗／(美)贾丝明·沃加著;
朱祺子译. — 北京:人民文学出版社,2017
ISBN 978-7-02-012682-8

Ⅰ.①隐… Ⅱ.①贾… ②朱… Ⅲ.①长篇小说-美
国-现代 Ⅳ.①I712.45

中国版本图书馆 CIP 数据核字(2017)第 071992 号

责任编辑　甘　慧　王雪纯
装帧设计　李　佳

出版发行　**人民文学出版社**
社　　址　北京市朝内大街 166 号
邮政编码　**100705**
网　　址　**http://www.rw-cn.com**

印　　制　山东德州新华印务有限责任公司
经　　销　全国新华书店等

字　　数　186 千字
开　　本　890 毫米×1240 毫米　1/32
印　　张　**9.75**　插页　**4**
版　　次　2017 年 6 月北京第 1 版
印　　次　2017 年 6 月第 1 次印刷

书　　号　978-7-02-012682-8
定　　价　**45.00 元**

如有印装质量问题,请与本社图书销售中心调换。电话:010－65233595

为了纪念艾登·乔斯·沙佩拉

他曾如此热爱生活并教会我们如何去热爱生活

真正的发现之旅，不在于找寻新天地，

而在于拥有新的眼光。

——马塞尔·普鲁斯特

3月12日　星期二

音乐，尤其是古典音乐，特别是莫扎特的《D 小调安魂弥撒曲》，蕴含着一定的动能。如果你排除一切杂念，静心聆听，你可以感受得到小提琴的琴弓在琴弦上细微而紧凑的颤抖，即将点燃跃动的音符。让那些音符在五线谱的海洋里翩翩起舞。当它们漂浮到空中，它们彼此碰撞，迸发出绚烂闪耀的火花，爆裂成五彩斑斓的碎片。

我花了大量时间冥想，试图去体会奄奄一息的感觉。试图去想象、去感受人之将死会听到一些什么样的声音。我是否会像这些音符一样迸裂，撕心裂肺地释放最后那些痛苦的呐喊，随后静默消泯，直至永远。或者，也许我会变成几乎不复存在的虚无缥缈的静电噪音，如果你足够用心，贯注聆听，就一定能听得到。

假使我还没有达到幻想死亡的地步，那在"塔克营销理念"

1

电话服务中心工作也一样会达到相同的效果。幸运的是，他们在债务方面已经摆脱了困境，因为我有这方面的经验。

"塔克营销理念"是一家电话营销公司，坐落于一个肮脏带状商场的地下室，我是这些员工当中唯一一个没有活着见证过罗马帝国衰亡的员工。一些很可能是从好市多①批量购买来的灰色塑料桌子排列成行，每个人都拥有一部电话、一台电脑。整个地方闻起来有一种霉菌与煮焦了的咖啡混合起来的味道。

目前，我们正在开展一个关于"天堂假日"的调查。他们想知道人们更关注于假期的哪些方面——食品饮料的质量还是酒店客房的品质。我拨打了我的名单上的下一个号码：居住在桑树街的埃琳娜·乔治夫人。

"喂？"电话那头传来一个沙哑的声音。

"您好，乔治夫人。我叫艾塞尔，这里是'塔克营销理念'电话服务中心，我谨代表'天堂假日'向您致电。请问您现在方便回答几个问题吗？"我并不像我的大部分同事那样拥有平缓动听的嗓音，也根本算不上是"塔克营销理念"的明星员工。

"我跟你们说过别再打了。"乔治夫人极其不耐烦地挂断了我的电话。

您可以逃跑，但您无法躲避，乔治夫人。我在我的电话簿上标注了一个记号。看来她对一个为期两周、可以分时享受的

---

① 好市多，美国最大的连锁会员制仓储量贩店，也是会员制仓储批发俱乐部的创始者。

夏威夷美好假期并不怎么感兴趣。不好意思啦，"天堂假日"。

拨打完一个电话之后如果不休息一下，实在是太辛苦了，于是我又将脸转了过去，面对着电脑。这份工作唯一的特殊待遇就是这免费的、不受限制的上网条件。我双击浏览器，重新登录了"Smooth Passages"——这是我最近最喜欢的一个网站。

"阿泽儿。"我的上司帕尔默先生突然出现在我身旁，一如既往地念错了我的名字。是"艾—塞尔"，不是"阿—泽儿"，但他并不在乎。"我要跟你说多少遍上班的时候不允许玩电脑？"他指向我的电话簿，"你还剩那么多电话没有打。"

如果帕尔默先生换一个理发师的话，估计可以改变他的一生。现在的他留着一个碗盖头——你通常只会在身材瘦长的六年级男生头上见到这种发型。我想告诉他，其实平头能够更好地修饰他下颌的弧线，但我猜他与帕尔默夫人之间感情一定如胶似漆，以至于他并不急于重塑自己的形象。是的，帕尔默先生并没有遭遇所谓的中年危机。

虽然我讨厌承认这一点，但我真的有那么一点儿嫉妒帕尔默先生。至少，他如果想改变，就能够立马实现。几剪刀下去，他的形象就会焕然一新。而我如果想进行任何改变的话，却无从下手。

"怎么了？"帕尔默先生发现了我正盯着他看。

"你的发型很帅。"我旋转着椅子。我想我刚刚撒了一个谎。我的工作有两个特殊待遇：免费上网，以及我可以享受这把旋转座椅的乐趣。

"啊?"他疑惑地低声嘟哝了一句。

"你的发型很帅。"我重复了一遍刚才的话,"你有没有考虑过换一个不同风格的发型?"

"你知道我冒了多大的风险才把你雇用进来吗?"他抬起他那布满皱纹的手指指向我的脸,"这个小镇上的每个人都对我说,你是个麻烦。因为你的……"他话音渐弱,转移了目光。

因为你的爸爸,我在心里默默地将他的语句补充完整。我的口腔内瞬间溢满了酸味、金属味,我突然意识到这是屈辱的味道。我的生活可以被整齐地划分成两个部分:我爸爸出现于那则晚间新闻之前,及其之后。有那么一刻,我允许自己想象了一下,如果爸爸没有做那件事情的话,这场对话又会是怎样一番情景。也许帕尔默先生就不会把我当作一只袭击了他的垃圾桶的流浪狗这样对我说话了。我觉得他会对我更礼貌一些,不过没人会把文明用语浪费在我的身上。然而突然一个念头闯进了我的脑海,这就是那个我一直想要从脑袋中排挤出去的念头。你的内心并不会感觉到任何不同。

我低下头,下巴几乎快要贴到胸口,企图遗忘刚才的那个想法。"对不起,帕尔默先生。我这就来打电话。"

帕尔默先生什么也没说,他只是抬头望向最近新挂在办公室后墙上那三张璀璨夺目的巨型海报。三张海报分别展现了布莱恩·杰克逊三种让人印象深刻的姿势——双臂交叉抱在

4

胸前，双臂举过头顶彰显出胜利的姿态，以及双臂叉腰。经过"Photoshop"的精湛处理，海报上的他拥有完美的肌肤，但他那灰金色的头发与明亮清澈的蓝色眼眸的确不需要做任何美化。当我从学校的大厅穿过，从他的身边走过时，我看到过他那名副其实地壮硕结实的小腿肌肉。在每一幅巨型海报下方，都有一行用红色与黑色笔迹潦草涂写上去的文字：出生于肯塔基州兰斯顿的奥林匹克选手。

海报上并没有提到兰斯顿第一个符合奥林匹克选手标准的男孩的任何信息。不过，也并不需要提起。当我看到帕尔默先生端详着这幅海报时，我知道他已经想到了那个男孩，第一个男孩。几乎每一个看到布莱恩·杰克逊那汗水晶莹的额头与那完美流畅的肌肉线条的人都不禁会联想起蒂莫西·杰克逊——布莱恩的哥哥。每一个看到了这张海报再看到我的人就一定会联想起蒂莫西·杰克逊。

最后，帕尔默先生将视线从海报上转移开来，转过身，面对我。不过，他无法直视我的眼睛。他凝视着我的头顶，清了清嗓子。"阿泽儿啊，如果你明天不来上班的话，也许对于大家来说都是一件好事。你为什么不请一天假呢？"

我将手肘压到桌上，希望能融进这片灰色的塑料之中，成为无知无觉的合成聚合物。我感觉皮肤在身体的重压之下开始变得瘀青肿胀。我静静地哼着巴赫的《D小调托卡塔和赋格》，脑海中充满了黑暗、沉重、压抑的曲调。我想象着这些曲调的琴键编织成了一把梯子，通向一片静谧祥和之地。一片远离"塔克营销理念"，远离帕尔默先生，远离每个世俗之人、每件纷扰烦忧之事的净土。

帕尔默先生似乎将我的沉默误解成了疑惑以及那么一点儿屈辱。他伸出双手，在面前紧握，如同刚刚洗过手一样拧绞着。我总能让大多数的人产生那种感觉——想要清洁双手。"正如你所知，明天我们将代表兰斯顿当局致电，希望能够提高布莱恩·杰克逊星期六那场比赛的参与率与出席率。"帕尔默先生的声音轻微颤抖了一下，他偷偷地回头看了一眼那张海报，仿佛布莱恩·杰克逊那沉着冷静的运动员容貌可以帮助他鼓起勇气继续下去。

布莱恩一定为帕尔默先生成功施展了他的魔力，因为帕尔默先生的声音恢复了正常。"布莱恩这个周末会回来参加此次训练营，兰斯顿当局希望大家能够对他表示热烈的欢迎。其实我知道你肯定也想贡献出自己的一份力量，但是恐怕我们的一些客户会因为你邀请他们来参加这个比赛而感到不舒服，因为你的爸爸，呃……"他的声音逐渐降低，他继续说着，却一直磕磕巴巴，我实在不明白他在说些什么。好像他一边道歉，一边解释，并且还一边谴责着什么。

我尽全力憋住不笑。我没有把注意力放在帕尔默先生刚刚可笑地指责我作为一个电话营销员毫无吸引力之上，而将关注点全部集中到了他所说的"客户"这个词上。我不认为我们每天骚扰的那些人认为自己是客户，他们其实觉得自己是受害者。而正是多亏了我的老爸，我现在特别擅长让每个人都觉得他们可能是一个潜在的受害者。

帕尔默先生红着脸，心神慌张地离开了我的办公桌，然后在其他几排办公桌之间游荡。他让玛丽别再咀嚼口香糖，他乞求托尼不要把满手的汉堡油脂蹭得键盘上到处都是。

当帕尔默先生距离我的办公桌有了一定距离之后，我再次打开了"Smooth Passages"的网页。简单来说，"Smooth Passages"是为那些想要寻找死亡归宿的人提供的一个网络平台。世界上有无数个类似的网站。有一些网站的设计太过华丽花哨。有一些网站比较小众，它们面向那些寻求某种奇特死法的人们，比如窒息而亡；或者面向某种特定类型的人群，比如郁郁寡欢的受伤的运动员，或者类似的什么怪人。我至今都还没有找到一个专门针对精神病罪犯那人见人厌的女儿的网站，所以现在"Smooth Passages"是我的精神家园。

"Smooth Passages"网页朴实无华，没有任何华而不实或低级俗气的 HTML 设计。它只有黑色和白色这两个经典配色。的确如此，一个专门为想要自杀的人群设计的网站也可以用"经典"来形容。"Smooth Passages"设有留言板和论坛，这是我主要浏览的两个板块。最近，我对一个名为"自杀搭档"的板块产生了浓厚的兴趣。

绝大部分人没有意识到，自杀其实是一件很难坚持贯彻的事情。是的，我知道，人们总是宣扬着所谓的"自杀是懦夫的出路"这样的言论。我猜这句话意味着——我选择自杀，就意味着我选择了放弃，选择了投降。这样就可以逃避未来的那个黑洞，防止自己成长为我害怕成为的那种人。但是，不能仅仅因为它代表着懦弱，就说明这是一件很容易完成的事。

关键在于，我担心我的自我保护本能过于强大。这就像我那消极郁闷的头脑和我那灵活多动的身体一直在不断地进行斗争。我担心我的身体会在最后一刻冲出重围，战胜了我的大脑，最终我只能半途而废。

最让我感到恐惧的无非就是一次失败的尝试。我最不想看到的事情就是，我倚坐在轮椅上，吃着压成粉末状的食物，被一些喜欢观看那些乏味俗气的电视真人秀节目的时髦护士全天看候。

这就是为什么最近我一直在关注那个"自杀搭档"的板块。我觉得，让你去组建自杀搭档是让你能找到住在附近的另一个因为其他一些悲哀理由想要自尽的人，你们可以共同制定自尽计划。这就像同侪压力自杀行为，并且据我所了解，这个方法太他妈有效了。好极了，我加入了。

我浏览了一些帖子。这些帖主都不是很适合我。他们要么距离我太遥远（为什么这么多住在加利福尼亚州的人想要用枪射穿大脑呢？住在海边不是应该非常开心幸福吗），要么他们和我年龄差距太大（我真的不想要和一些面临婚姻危机的成年人搅和在一起——压力重如山的足球妈妈 ① 可不适合我）。

我思索着如何撰写自己的广告内容，但我真的不知道应该说些什么。此外，似乎没有任何事情比你热情地伸出手想要找到一个搭档，然后却被拒绝更为沮丧难过。我回过头，看到帕尔默先生在几排办公桌之外的地方。他正在给蒂娜·布拉特做肩部按摩。也许他和他夫人的感情并不如我以为的那样恩爱有加。

帕尔默先生发现我正盯着他看，摇了摇头。我对他做了一个鬼脸，然后马上拿起电话拨打电话簿上的下一个号码：居住于加尔维斯顿巷的塞缪尔·波特。

我正听着电话里那耳熟的音乐，突然我的电脑提示音响起。真该死。我总是忘了调成静音模式。

劳拉，那位坐在我旁边的中年女士朝我扬了扬眉毛——她的肤色看起来就像患了黄疸病一样，而她嘴唇上涂的口红对于她的肤色而言太过鲜亮。

我耸了耸肩。"应该是软件更新的提醒吧。"我对她随口一说。

她朝我翻了个白眼。显然，劳拉就是一个活测谎仪。

塞缪尔·波特先生没有接听电话。我猜他应该对冰镇果汁朗姆酒不是很感兴趣。于是我挂断了电话，点开了"Smooth

---

① "足球妈妈"指花许多时间带孩子参加体育活动、音乐课等的母亲，尤指典型的中产阶级母亲。

Passages"的界面。刚刚它发出了提示音是因为有人在"自杀搭档"论坛上发布了一条新的消息。这则消息的标题为《4月7日》。我点开了这则消息：

> 我承认我曾经认为这非常愚蠢。我觉得自杀的全部意义就是让我可以享受永久的孤独，所以我永远无法理解为什么我会想要和别人共同完成这件事情。然而现在这一切都发生了变化。我害怕自己会在最后一分钟的关键时刻干出临阵退缩之类的事情。当然还有其他的一些事情，但我现在还是宁愿不要提起。
>
> 我的要求不多。第一，我不想和有小孩的家长组成自杀搭档。这对我来说负担太重。第二，这个搭档不能居住在一个小时车程以外的地方。我知道这个条件可能有点儿苛刻，因为我所居住的地方并不是什么中心地段，但是目前的我仍然坚持这一点。第三，我们必须在4月7日那天达成我们的目标。这个日期毫无商量的余地。欲知详情，请给我发送短信。
>
> ——冷酷机器人

我查看了一下冷酷机器人的状态，尽量让自己不要依据网络名称来评判一个人。但是，冷酷机器人，我真的要和拥有这样一个网名的人成为搭档吗？我可以理解，聚集在这里的每个人都或多或少会有一些情绪化，好吧，其实是会非常情绪化，但大家仍然会……嗯，有那么一点儿尊严。

冷酷机器人显然是一个男生。他今年十七岁，就比我大一岁。这没关系。噢，他居住在肯塔基州的威利斯——也就十五分钟左右的车程。

一股热流震颤着贯穿了我的脊柱，我依稀记得，这就是兴奋的感觉。冷酷机器人和我的时机最为吻合。也许，这是我有生以来第一次得到了幸运女神的眷顾。这一定是来自上天的某种旨意——如果只有在计划自杀的时候你才感觉到幸运，那么这一定是你离开人世的绝佳时期。

我再次阅读了一遍那则消息。4月7日，对我来说完全没有问题。今天是3月12日。我也许可以再强撑一个月左右，不过最近每一天都感觉如同永恒一般遥遥无期。

"艾塞尔。"帕尔默先生又开始对我说话。

"怎么了？"我几乎没有关注他在说什么。

他走了过来，站在我身后，轻轻敲打我的电脑屏幕。我尽量将窗口调成最小化。"听着，我不管你在空闲时间都在做些什么，但请你不要把那些东西带到工作中来。明白了吗？"他的声音如同一个旧沙发垫一样萎靡不振。如果我在这个世界上还会对除了我自己之外的一个人心存怜悯的话，我想那个人一定会是帕尔默先生。

我需要做出一个大胆的猜测：我想帕尔默先生对"Smooth

Passages"这个网站应该并不熟悉。他大概以为我在看一些重金属音乐之类的粉丝网站。帕尔默先生并不知道，其实我喜欢的是轻柔婉约的音乐和弦乐器。难道他的父母以前没有教育过他，让他不要凭印象就给人归类吗？虽然我才十六岁，留着一头不羁的鬈发，每天都穿着深色的条纹衬衫，但这并不意味着我就无法去品味欣赏一首精妙绝伦的小提琴独奏或舒缓流畅的钢琴协奏曲。

帕尔默先生刚离开，我就听到了劳拉发出了一声嗤之以鼻的嘲笑声。"怎么了？"我问道。

"难道你家里没有网吗？"劳拉皱着眉头看着我。她正喝着免费的咖啡，塑料杯的边缘上沾着她那极其可怕的冰草莓色口红。

"难道你家里没有咖啡机吗？"

她耸了耸肩，正当我以为我们的谈话已经结束了的时候，她说："工作并不是让你寻找约会对象的地方。你应该在你自己闲暇时间去做那些事情。要不然你会让我们其他人摊上麻烦。"

"好的。"我低头看着键盘。向劳拉解释说我并不是在寻找一个约会对象根本没有用，至少我所寻找的不是她所认为的那种对象。

我盯着卡在 F 键和 G 键之间的那一小块奶酪饼干碎片，作出了决定——我要给冷酷机器人回一条消息。

我和他有个约定：4 月 7 日。

3月13日　星期三

在所有的课程当中，我唯一真正喜欢的是物理课。我并不是什么科学天才，但这门课让我觉得可能会为自己的那些问题找到答案。在小时候，我就迷上了万物的工作原理。我曾经拆开我的玩具，去研究所有的那些微小的部分是如何结合组建形成一个整体。我会盯着那些被拆开的独立零件，捡起某个娃娃的一只胳膊（我同父异母的妹妹乔治娅永远都不会原谅我给她的舞伴芭比进行了尸检）或是某辆玩具汽车的一个车轮。有一次，我把爸爸的闹钟给拆了。他走了进来，看见我坐在褪色的米色地毯上，电池在我的运动鞋旁边滚来滚去。

"你在干什么？"他问道。

"我要把它拆开，这样就可以研究应该如何修好它。"

他把手放在我的肩上——我还记得他的手的模样，宽厚的手掌，长长的手指，这是那种既让你感到害怕又让你十分具有

13

安全感的双手。他说："塞莉，你知道吗？在这个世界上，破碎的东西已经足够多了。你不应该仅仅为了好玩，就把东西拆掉。"那个闹钟一直以支离破碎的状态保留了多年，直到有一天我终于把它扔了。

无论如何，至少对于我来说，物理课还是很有用的。不像在英语课上，我们成天朗诵着那些精神压抑的诗人的作品，毫无裨益。我的英语老师马克斯夫人，总是试图让我们解析这些诗人想通过作品表达一些什么思想感情，从而让我们增进对这些伟大作品的深入理解。在我看来，这些作品想要表达的含义十分清晰：我很沮丧，难过至极，我想要选择死亡。看着我的那些同班同学把每一句诗仔细阅读、分析，想要寻找其中的意义，真是超级痛苦的一件事情。这根本没有任何意义。一个悲伤难过到那种程度的人将会告诉你，关于抑郁根本没有什么优美、文艺或是神秘可言。

抑郁是你永远无法逃避的一种沉重。它会让你崩溃，那些即便是最微不足道的事情——比如系鞋带或是嚼面包——都会让你感觉如同徒步攀登了二十英里的山路一样。抑郁是你身体的一部分；它根植于你的骨骼之中，流淌在你的血液里。如果说我对抑郁有所了解的话，那么我会这样说：你根本无法逃脱。

而且我敢肯定，关于抑郁这件事，我所知道的东西肯定比我的那些同学更多。听他们谈论抑郁简直让我直起鸡皮疙瘩。所以对于我来说，上英语课，就像是看着一群盲目的松鼠毫无目的地胡乱寻找坚果一样。马克斯夫人会说："让我们来看看这句诗。诗人约翰·贝里曼①说：'人生，朋友，无聊至极。'你们觉得他想通过这句诗说明什么意思？"班上的同学们都大声嚷嚷着，喊出一些非常可笑的回答，比如"没有人肯在星期六的晚上陪他出去玩"，或者"足球赛季结束了，所以没什么好看的电视节目了"。

我使出全身力气才抑制住我想要站起来尖声叫出内心那个声音的渴望："他就是真他妈的悲哀。仅此而已。这就是全部意义所在。他知道他的人生将永远无法再发生任何好转了。没有什么能够拯救他了。他的人生将永远日复一日地单调沉闷下去。无聊至极，悲伤抑郁，无聊至极，悲伤抑郁。他只是希望这样的生命早日结束。"但是，在课堂上发言的话，将违反我个人原则。我从来不参与大家在课堂上的发言讨论。为什么呢？因为我真他妈的难过。马克斯夫人有时候会看我一眼，好像她明白我知道约翰·贝里曼想要表达的意思，但她从来不会点我名发言。

至少在物理课上，那些同学们不会拼了命地想要将那些简单的东西变得复杂化。不，在物理课上，我们都试图让复杂的事情简单化。

---

① 约翰·贝里曼（1914—1972），自白派诗歌的重要代表，美国当代最富创造性的诗人之一。代表作品为两部长诗《向布雷兹特里特夫人致敬》（1953）和《梦歌》（1969）。1972年自杀身亡。

斯科特先生在白板上写下了一个公式。我们正在学习抛体运动。研究一个仅受重力作用的物体的运动性能。全都关于这些诸如某个物体从某个角度发射出来的变量和初始速度的问题。

我的眼珠在眼眶内打转。这个问题所涉及的数字太多了。我的脑海中开始展开对地心引力的遐想。有时候我会想，这个世界上的一切问题是否都是由地心引力所造成的。它把我们每个人都牢牢地拴在地面，给我们营造出一种虚假的稳定感，而实际上我们都只是一些运动中的人体。地心引力让我们不会轻而易举地在空中飘浮，不会不由自主地互相相撞。它给本来会变得一片混乱的人类世界帮了一个大忙。

我希望地心引力能够消失，让我们大家陷入一片巨大的混乱之中。

不过，这并不是斯科特先生提出的问题的解答。

"艾塞尔，你能告诉我，这个足球能够抵达的最高点是多高吗？"

我甚至都不知道斯科特先生提出的这个问题中的主体是足球。我茫然地盯着他。

"艾塞尔。"斯科特先生把我从发呆的冥想之中拉回现实。他念我名字的方式就如同一个正在高中努力学习西班牙语的同学。不过问题在于，我的名字并不是拉丁语名字，而是土耳其名字。不知道斯科特先生现在是否联想起了什么。

"呃。"我犹犹豫豫地发出了一声咕哝。

"'呃'？塞朗小姐，'呃'可不是一个数字答案噢。"斯科特先生倚靠在白板上说道。

斯科特先生的这句话引得全班同学笑得前仰后合。他大声地清了清嗓子，想要让大家肃静下来，然而却没有起到任何作用。他已经失去了对全班同学的控制力。我能够听到他们窃窃私语的嘲笑声，但是这一切在我听来只是一些含糊不清的嘶嘶声而已。不管他们到底在议论些什么，都不可能比我所想象的那个画面更加糟糕——在一个漆黑寂静的夜晚，我躺在床上，思考着我们到底有没有可能去掉自己体内的一些基因。

下课铃声响了起来。斯科特先生在他的文件中翻翻找找，准备来给我们布置家庭作业。而大多数人还没把作业记下来，就离开了教室。我静静地坐在座位上，认真仔细地在笔记本上将作业记录了下来。斯科特先生给了我一个悲伤的微笑，我在想，等我离开了这个世界，他是否会想念我呢。

等同学都走了之后，我才起身离开了教室。我穿过走廊，眼睛紧盯着那肮脏的瓷砖地板。我强迫自己加快速度。要知道，比去健身房还要糟糕的唯一一件事情便是迟到——我可不想去被罚跑圈。萨默斯教练总是教导我们跑步如何有利于身心健康，能让我们活得更久。拜托，我真的不想要也不需要跑那么多的圈。

这是一天当中我最不喜欢的时段，而这并不是因为我害怕那恐怖的仰卧起坐和躲避球。不，是因为我会路过那个纪念碑——那块诏示着我爸爸罪行的冰冷铁板。

我通常都是尽量避开不看，告诉自己要保持低头的状态，迅速转过那个弯。但我抑制不住内心，抬头瞥了一眼，然后便无法释怀。我感觉呼吸卡在了喉咙那儿。它就在那儿——那块闪闪发光的银色牌匾，专为纪念那位四百米短跑的前国家冠军蒂莫西·杰克逊而设立。这块牌匾的大小如同一个大的菜盘，悬挂在健身房的墙壁外面，时时刻刻提醒着大家：蒂莫西·杰克逊是兰斯顿出来的第一位奥林匹克选手，却不幸在十八岁那年离世。

这块纪念牌匾上没有写的是——不过没写和写了也没什么差别，大家都不言而喻——我爸爸是杀死蒂莫西·杰克逊的凶手。是的，我爸爸就是扼杀了全镇人奥运梦想的那个杀人凶手。每年蒂莫西的生日到来之时，这个消息都会传遍整个小镇，以确保没有人会将他忘记。蒂莫西已经离开人世三年了，请相信我，其实根本没有人忘了这件事。特别是现在这个时刻，因为布赖恩·杰克逊即将晋级四百米短跑。是的，一模一样的赛事。布莱恩一直想要努力实现他的哥哥未能完成的梦想——当地媒体总是想要获得更多的故事资源，我的学校走廊里的八卦同学们总是想要获得更多的故事资源。

我强迫自己的双脚迈开步子，离开这块纪念牌匾，走进体育馆，双手握成拳头放在身体两侧。体育场馆那经过抛光的木质地板在阳光的照耀下熠熠生辉，我在想，等我离开了这里以后，我的这些同学们还会心怀满腔的仇恨、愤怒和恐惧吗？

我迫不及待地期待着那一天的到来。

3月13日　星期三

我从学校回到家里，看见妈妈正坐在厨房的桌子旁。我们家的厨房空间狭窄，精致小巧。如果我伸出双臂，手掌便能够触摸到每一面薄荷绿色的墙壁。妈妈正弯着脖子，聚精会神地翻阅着账单，但当她听到开门声的时候，转过头看了看我。对，就是这个表情。过去的三年里，她都用同样的面部表情迎接我回家。这是介于畏缩与皱眉之间的一个表情。

三年前，我一直都和爸爸住在一起，只有周末才会去妈妈家里度过。然而后来爸爸被关进了监狱，妈妈便只好让我住进了她和史蒂夫的房子。

在爸爸还没有犯下罪行的时候，妈妈看待我的眼神总是充满了爱与思念，仿佛我对于她而言是一面倒映着她过去生活的镜子，倒映着她那些苦乐参半的记忆。她那深色瞳仁的杏仁眼会流露出呆滞的神情，她的头会微微前倾，直直的浅棕色的头发散落在她那消瘦的肩膀之上，然后她会紧紧地捏住我的双手，好似如果她足够努力地握住我的话，我便能让时光倒流，让她回到那曾经的时光。我就如同她皮肤上的一道永久不会愈合的伤疤。不是一道痛苦的伤痕，而是一道淡淡的充满了忧郁过往记忆的浅痕。

我并不介意这一点。我对于自己是通往她过往生活的交通工具，是她与土耳其、与我的爸爸以及她的青春年华的连接桥梁而感到窃喜。

而这一切都在三年前发生了翻天覆地的变化。所有的一切都不复存在。现在，我和她、史蒂夫、乔治娅还有迈克住在一个屋檐之下。虽然她从来没有说过，但我知道，其实我对于他们这个幸福家庭而言，就是一个入侵者。一条寄生虫。我已经从一道伤痕恶化成了一个裸露溃烂的伤口。进化并不总是一件积极美好的事情。

"你今天回家很早呀。"她终于开了口。每一天，她的土耳其口音都会变得越来越淡，而美国南方口音却变得越来越浓。其实，用"南方"这个词来形容她的口音是不准确的。肯塔基州的人们并没有南方口音，他们是蓝草①口音。这种口音明显不如南方口音那样迷人。你可以想象一下，肯塔基州的口音没有

---

① 蓝草州或六月禾州是美国肯塔基州的别名。20世纪40年代，在肯塔基州的山区出现了乡村音乐的另一个分支，叫蓝草音乐，因此肯塔基州便有了蓝草州这一别称。

《飘》那么浓郁，更多的是《山德士上校》那样的味道。我努力避免让自己沾染上这种口音。但现在我不禁想道——如果我永远到不了十七岁的话——那么我掌握了如何正常说话的要领又有何意义呢。

"我今天不用去上班。"我没有告诉她，其实是老板让我今天不要去上班，因为我会让客户感觉"不太舒服"。帕尔默先生简直就是委婉语之王。他和我妈妈一定能够极好地相处——因为我妈妈也总是把发生在爸爸身上的那件事情称为"那个不幸的事件"。至少以前是这样的。而近些日子以来，她一直假装这件事从来没有发生过一样。好像只要不提起，这件事就会从这个世界上彻底消失。温馨提示：并非如此。

乔治娅走进了厨房。她将她的荧光棒扔在了那张有着划痕的木桌上。她那蜜糖棕色的头发向后梳起，绑成一个高高的马尾。"今晚的比赛你会到场，对吧？"

她问的是妈妈，不是我。我就如同一个隐形人。

乔治娅是我同母异父的妹妹。虽然我们拥有一个共同的妈妈，但你如果单单看着我们，你永远不会这样觉得。

"我一定尽量赶到。"妈妈回答道。这句话的翻译是：妈妈如果还没赶到比赛现场的话，哪怕是地狱都会冻结起来，时间都会为她凝固。乔治娅只是一个高一新生，但她已经加入了学校拉拉队。显然，这是一个重大事件。在我看来，在其他运动项目中，你是否能够参与其中，都取决于你的技术水平；而在

22

拉拉队里，你的地位完全取决于你的罩杯大小。

"这可是季后赛了。"乔治娅提醒妈妈。乔治娅的语气非常平静，就是那种习惯于得到自己想要的所有东西的人用来控制别人的语气。乔治娅的确很擅长这样。她一直都是一个阴谋家。在我爸爸发生了那件事情之后，她也遭受了一些非议，但不知怎的，她都能将这些东西转化为对她有利的事情。

我记得有一天，就在爸爸被正式确认了罪行，关进监牢的几个月之后，我看到了乔治娅和一个男孩在走廊里说话。我躲在角落里，监视着他们。一旦她需要帮助，我就可以立马冲上前去。然而，乔治娅从来都不需要我的帮助。

"是啊。"乔治娅正在回答那个男孩的问题，看来我偷听他们对话的时候已经有些晚了。她紧张地用手指在她的贝壳项链上绕来绕去，那条项链是两年前我送给她的生日礼物。"艾塞尔是我的姐姐，但她的爸爸不是我爸爸。"

"那你有没有见过他？"那个男孩问乔治娅，他的声音十分迫切。我盯着他后脑勺几束浅玉米色的头发，我猜测他可能是托德·罗伯逊，和我同年级的一个男生，所有人都觉得他长得十分像夏天超流行的那部浪漫吸血鬼电影中的男主角。乔治娅那时在上六年级，但是从她抬头望着托德的眼神中一闪而过的那丝神色，我猜她知道这个男孩是谁。

我看着乔治娅皱起了鼻子，思考着他提出的问题。"是啊，见过好几次吧。"

"真的吗?"托德非常激动地追问,显然希望从乔治娅那里获得一些内幕消息。

"噢,是的。"她说,"他基本上算是我们的家庭成员之一。"托德向她靠得更近了一些。

"如果你想听的话,我可以告诉你一些疯狂的故事。"她补充说道,明显带有些许调情的语调。

我记得我当时怒火中烧,因为乔治娅竟然愿意为了提升自己的人气而出卖我们家的"秘密",但最终,我学会了随她而去。乔治娅毕竟是乔治娅,我知道不应该对她抱有任何期待。无论如何,你不能因为一个人的谋生手段而责怪于他。

其实我以前的那些朋友也都差不多是这样的。噢,这并不是说我以前交过许多朋友。当爸爸的罪行穿过学校的大厅传到大家耳中时,我的大多数朋友就已经迅速逃离了我的身边,不过也有一些人坚持陪伴着我。特别是安娜·史蒂文斯,我以前最好的朋友。当这一切都发生以后,安娜想尽一切办法安慰我,但我却把她拒之门外。我知道把她从我身边赶走对她而言会是最好的选择,即便她并不愿意这样。我总觉得我帮了她一个大忙。

乔治娅围绕着厨房的桌子走了一圈,然后坐了下来。"我感觉我们今晚非常有可能获得胜利,甚至可能是历史性的胜利。你一定要来啊,妈妈!"

她俩的对话之间出现了一个长时间的停顿。妈妈深吸了一口气，然后说："你要不要跟我一起去？"

我回头看了看我身后，一定是迈克——我那同母异父的弟弟——走了进来，但是迈克的每一次出现一定都会弄得众所周知。他总是会在屋里拍打篮球，尽管妈妈已经一再告诉他不要再这样做。不过，我倒是觉得无所谓。

"你在跟我说话吗？"我用一个非常正经的语气问道。

乔治娅并没有说什么，但我看到她的脸扭曲了起来，仿佛她刚刚喝掉了一杯变质的牛奶。她从来没有在妈妈面前侮辱过我，但她会做出一切表明她不希望我待在这个家里的举动。我能说什么呢？毕竟我可以算是家里的一个大麻烦。

"是的，我在跟你说话。"妈妈说道，我发现她声音里含着一丝轻微的颤抖。有时候，我会觉得，即使是我的亲生妈妈也对我心怀畏惧。

"噢，我很想去，但我有很多作业没写呢。"我走到橱柜前，拿出了一个格兰诺拉巧克力燕麦卷。我知道，这样很奇怪。但有些时候，我真的非常饥饿，就好像是需要吃很多很多来填补我体内的那些空白。不过还有些时候，我只能勉强咀嚼吞咽下一片土司。

虽然今天我很有胃口，但我去拿那个燕麦卷只是为了做给她们看而已。我不想让我的妈妈有更多的理由去担心我。我知道她会暗中观察我，寻找蛛丝马迹，担心我可能出现危险的精神状态。我尽我所能地在她面前隐藏起这一切。我不想等我离开这个世界之后，她会因为一些她本来可以做却没有及时做的一些事情而后悔、内疚。

"祝你今晚好运。"我假装热情地向乔治娅挥了挥手，然后上楼前往我的房间。好吧，其实是我们的房间。不过乔治娅今晚会去参加比赛，所以今天晚上，这就是我的房间。我一进入房间，就爬到我的床上。我将木炭灰色的被子拉过来，蒙住脑袋，假装自己处于一片大海之中，海浪拍打着我，覆盖了我，我的肺里灌入了水，整个世界陷入一片漆黑。我试图想象着我的势能转变成了动能，然后化为乌有。我哼着莫扎特的《安魂曲》，想象着，当所有的灯光熄灭、一切都永远变得安静的时候，到底会是怎样一番感受。我不知道会不会非常痛苦，也不知道在那样的最后时刻，我是否会感到害怕，但我只能希望它会快点结束。之后一切将陷入平静祥和之境。我将永获安宁。

4月7日，我心里想道。快了，就快到了。

有时候，我会觉得我是不是真的有些精神错乱，因为最开始的时候，是爸爸把我带到了古典音乐的世界，而我现在仍然会觉得古典音乐能够带给我安慰。爸爸酷爱古典音乐。巴赫、莫扎特，凡是你能说出的古典音乐家，他都能一一道来，如数家珍。他当年来美国的时候，除了几件必备的生活用品，他还带来的珍贵物品就数那些笨重的盒式磁带了。在我很小的时候，他经常把那些流行的磁带放入那个位于便利店柜台上的古旧的大型手提录音机中播放，然后他会向我讲述他小时候的故事：

与他的爸爸在一张由雪花石膏石制作的平滑棋盘上下棋，或是在他叔叔经营的一家鞋店里帮顾客测量他们的双脚尺寸。在他讲述他童年时光的时候，我会在店里跳起舞来，随着磁带里飘出的音符笨拙地舞动。乐调激昂，我激情澎湃。曲声低沉，我缓慢平稳。

后来有一天，他要求我坐下来。"要认真聆听，艾塞尔，"他严肃地对我说道，他瞪大黑色的眼睛，目光炯炯有神，"所有的答案都在音乐当中。你听到了吗？"

于是我聚精会神，仔细聆听。我竖起耳朵，试图记住每一个音符。我从来没有真正听到过那些答案，但我会一边聆听，一边若有所思地点点头，仿佛我真的体会到了音乐中的那些奥妙与玄机。我不想让爸爸生气，把音乐关掉；或者让他把自己锁在卧室里待上好几个小时，就像他有时候那样。跟爸爸待在一起，你必须得小心谨慎地行事，仿佛走在一条结冰的路上一样——当你在冰面滑行的时候，十分有趣，但又相当容易跌倒。

我闭上眼睛，迫使自己将那段记忆挥掷于脑后。我在床上翻来覆去，一遍又一遍地哼着莫扎特的《安魂曲》，而我只能在那些音符中听到一个答案：4月7日。

我们的老木屋墙壁很薄，我能听到妈妈和乔治娅在厨房里发出的叮叮当当的碰撞声。我的脑海中呈现出一幅她们相拥的画面。乔治娅用双臂环绕着妈妈纤细的腰肢，妈妈的手指穿过了乔治娅那金闪闪的马尾辫。她们的肢体融合交织在一起，就如同正常的母女一样。而我永远都不会拥有这样的体验。我的棱角太过锋利，我的凹痕太过深陷。

等我离开人世之后，我的墓碑上应该会这样写：艾塞尔·雷拉·塞朗，那个无法与人相拥相融的女孩。

虽然我从来都无法融入他人的圈子，但是，其实我并不是自从爸爸的事情发生之后才变得如此，我一直都处于一个比较自我封闭的状态，所以如果没有我的话，妈妈的生活也许会好得多。我走了，她就不必在每次见到我那棱角分明的鼻子和鬈曲的黑色头发时想起我的爸爸。噢，还有我那圆圆的脸颊和酒窝。我知道酒窝是我身上最能让她联想起我爸爸的地方。幸运的是，只有在我微笑的时候，我的酒窝才会变得很明显，不过我最近已经很少露出笑容了。

没有了我，妈妈就不必整夜整夜睡不着、随时随地都担心爸爸可能会把他的犯罪基因——谋杀基因——遗传给了我，担心我可能在某一天会做出炸毁学校或者其他什么可怕的事情。我知道她经不起再次经受这样的体验了——警察、新闻媒体，以及流言蜚语。我知道她并不愿这样想，但我能看到她在内心深处会因为她的那些恐惧和疑虑而痛苦挣扎。她的余光和那些小心谨慎的试探性问题全都是为了鉴定我精神状态的方式。

而我想说的是，我清清楚楚地知道，我和我爸爸截然不同。我心脏跳动的节奏与他不同，我血液的脉冲频率也与他不同。但是，我也无法确定。也许极度悲伤会带来精神错乱。也许他和我有着等量的势能。

我所知道的是，我不会留在这个世界上，看看我是否会在未来的某一天变成我爸爸那样的怪物。我不能让妈妈再经历这样的痛苦了。

我不能再给这个世界带来灾难了。

3月13日　星期三

　　乔治娅前去为篮球比赛进行拉拉队表演这件事给我带来的唯一好处就是，我能一个人霸占这个房间了，这也就意味着我有了使用电脑的权力。通常情况下，我是不能使用电脑的。或者说，我不能在没有监管的时候使用它。我们家里只有一台电脑，并且是早八百年前买来的，运行速度比三条腿的狗还慢，键盘也被迈克泼洒的果汁弄得黏糊糊的。

　　不过妈妈认为史蒂夫是她最最理想的梦中情人——一个资财雄厚、事业有成、推诚相见的大商人——事实上，史蒂夫在闪耀牙膏厂的生产线上工作。闪耀是一个二流的牙膏和漱口水制造商，基本维持着兰斯顿经济的正常运行。当然，史蒂夫在生产线上勤勤恳恳、推诚接物，因此从来不会涉及犯罪问题。就这一点来说，他真的是比我爸爸强很多。不过，这并不意味着史蒂夫能够给我们每个人配备一台笔记本电脑，所以我们只能使用这个破旧不堪的机器。

但在今晚，这台破旧的机器完全归我所用。

我准备登录"Smooth Passages"的网站。大约用了十分钟的时间整个主页才加载完；噢，对了，史蒂夫还不相信如果付钱的话，可以让网络传输速度更快。当我终于登录进去的时候，我看到了来自冷酷机器人的消息：

> 如果你对于此事也是认真的话，我们应该安排一个时间和地点见上一面。但是，你必须是严肃对待此事。我不想和一个不靠谱的人搭档。
>
> ——罗曼

我简直无法相信我居然被一个网名为"冷酷机器人"的人指责为"一个不靠谱的人"。看来他的真实名字是罗曼。不过我不觉得这个名字比"冷酷机器人"强得到哪里去。我努力忍住想要用莎士比亚在《裘力斯·恺撒》中的那种戏谑方式嘲讽他一番的冲动。

我开始给他回复消息，并没有带有莎士比亚式的嘲讽：我如同对待一场心脏病发作一样严肃认真。君无戏言，我真的不是一个不靠谱的人。我之前介绍过了，我居住在兰斯顿。我们应该在哪里见面？

我在那个网站上逛了较长一段时间。网页上说，自杀搭档

"埃尔莫·雷恩斯"和"T.贝克14155"迈出了他们勇敢的那一步。我不知道"苏维埃的夏天231"是如何得知这个消息的,但我衷心地希望冷酷机器人和我也能同样合作成功。我瑟瑟发抖,如鲠在喉。天哪,这整个事情是如此扭曲。我茫然无措地盯着客厅的天花板。我不知道我是否有胆量自己完成上吊。如果我自己能够鼓起勇气的话,那么我便不需要"Smooth Passages"帮助我完成这件事情了。

这台古旧的机器发出了一声类似于门铃声的声音。我的双肩猛然抽搐了一下,然后我看到了冷酷机器人给我的回复。看来他也没有出门参加什么附加赛。我点开那则消息:

明天晚上五点半你觉得怎么样?我们可以在弗吉尼亚州36号公路下面的乐啤露①摊那儿见面。你知道在哪里吗?应该离你非常近。到时候我会戴一顶红色的帽子,这样你就能认出我了。

——罗曼

冷酷机器人——又名罗曼——居然想要在这样一个公共场所见面,我略感惊异。我想也许这意味着他不是连环杀手、强奸犯或其他任何罪犯。不过话又说回来了,如果他是一个连环

---

① 乐啤露是一种用姜和其他植物的根制成的汽水,口感极像啤酒,但不含酒精,盛行于美国。

杀手的话，也不见得是一件坏事儿。至少我能够很快地结束这一切。除非他是那种喜欢使用酷刑折磨人的类型，那样就大事不妙了。我可不想要一次漫长的死亡；我想在一瞬间结束。我就是这样一个懦夫。

我回复他说，明天下午五点半在乐啤露摊见面没问题。我明天下午五点下班，我可以骗妈妈说我会工作到很晚。这很容易。我真的不太喜欢冷酷机器人选择的见面场所，但我不希望这整个事情一开始就搞得这么纠结。乐啤露摊非常受孩子们欢迎，比如乔治娅就很喜欢那个地方。每当足球、篮球比赛结束之后，乐啤露摊就会变得门庭若市。拉拉队队员欢呼着享受着香甜可口的冰激凌，篮球运动员狼吞虎咽地吃着辣椒芝士薯条。呃，我真想一口呕吐物喷死他们。

我没有告诉冷酷机器人，那个地方不是我的风格。不过似乎也没有什么地方是我的风格。

我关掉电脑，回到楼上的卧室。我从书包里拿出物理书。很奇怪的是，我越接近死亡的时候，就越想学习更多的知识。我想我不希望以一个彻头彻尾的蠢蛋的身份死去。我打开笔记本，潦草地写下斯科特先生在这一章结束时布置的那些问题。

我们是从一段关于能量的对话引入这一单元的。按照斯科特先生的说法，能量无法被创造或破坏——它只能被转移。势能转化为动能，然后再为势能，但能量不可能凭空消失。这对我来说根本没什么意义。我又将第一个练习题读了一遍："一位高空跳伞者的重量为 65 千克，他站立在离地面 600 米的一架飞机之上。这位高空跳伞者从飞机上跳下时会产生多大的势能？"

我的铅笔在我的手里晃来晃去，我情不自禁地啃着橡皮擦。现在并不是这个经典问题让我感到疑惑烦恼。我知道我应该使用什么公式，我手边的计算器也可以方便我进行具体的计算。

然而问题在于，我想知道的是，当我们离开这个世界之后，那些能量如果无法被摧毁，无法消失，那么它们会怎样呢？想到这里，我的胃猛然抽搐了一下。

我写下关于我自己的练习题：艾塞尔·塞朗，十六岁，悬挂在离地面 7.5 英尺高的天花板上。她的体重为 115 磅。她拥有多少势能？她死了的话她的能量都去哪儿了呢？它们转化为什么了呢？

一具尸体仍然具有势能吗？还是说它会转化到其他的东西里面？势能可能凭空消失吗？

这就是那个我找不到答案的问题。这就是萦绕在我脑海中百思不得其解的问题。

3月14日　星期四

　　我没有属于自己的车，但上下班时有辆车可以用。这辆古旧的福特金牛座闻起来如同过期的快餐，座椅已被磨烂，而发动机仍在隆隆作响，这对我来说已经足够了。史蒂夫在几年前从他的一个朋友手里把它买了下来。等到乔治娅十六岁的时候，这辆车将会归她所有。好消息是，我不会等到那个时候与她一同分享这个破家伙了。

　　从"塔克营销理念"的停车场开出来，左转，朝着弗吉尼亚州36号公路驶去。道路崎岖坎坷，布满了坑坑洼洼。这里的人没人愿意交税来修复这段路。真是悲哀，因为这段路毗邻俄亥俄河，经过合理修复，就有可能成为一条真正的景区道路。不过，这并不是说俄亥俄河有什么值得炫耀的。这条河泥沙淤积，污染严重，历史背景十分糟糕，但无论这条河看起来如何恶心，它都有一些神奇之处，比如它居然还能够流淌。河水永远不会停止不前。

爸爸那件事发生之后的最初那段时间，我曾幻想自己顺流漂浮至俄亥俄河的尽头。我曾幻想自己扎制了一条木筏，漫无目的地漂至下游，也就是俄亥俄河与密西西比河交汇的地方；我还幻想，在那儿会有某家善良和蔼的家庭会接纳我。我在脑海中将他们描绘成一对没有孩子的夫妇，所以他们很高兴自己能够收养一个小姑娘。他们不知道我的爸爸是谁，也不知道他做了些什么。他们会对我非常疼爱；他们会将我那些糟糕的情绪驱散。

我从来没有扎制过木筏。我也开始明白，没有人会驱赶走我的糟糕情绪。

我沿着弗吉尼亚州 36 号公路往下行驶，思考着这条路是如何将兰斯顿和威尔斯连接了起来，将我和冷酷机器人——不管他是谁——连接了起来。其实根本无法辨别究竟在哪一个地方兰斯顿就突然变成了威尔斯——将它们两个地方分离开来的唯一东西就是这段破旧的道路，路的一侧是浑浊的河水，另一侧是丛生的杂草。兰斯顿和威尔斯都是偏僻的小镇，遍布摇摇欲坠的老房子、腐烂的木头长椅，以及生锈的南北战争纪念碑。这两个小镇各有一个加油站。去年兰斯顿新开了一家沃尔玛的时候简直轰动全镇。这两个小镇都以迷人作为自己的宣传标语，试图吸引游客驻足，在大街上的老餐馆里喝一杯苏打水，或者与坐落在法院门前的大青铜喷泉合影留念。但是从来没有人专程前往兰斯顿或威尔斯游览。这些小镇是你在旅行中会经过的地方，而非你会专程去游历参观的地方。

接着，乐啤露摊映入我的眼帘，那里的人群熙熙攘攘。兰斯顿高中今晚没有比赛，但也许威尔斯高中今天有比赛。我把车停在砾石停车场，在驾驶座上坐了几分钟。我深呼吸了几口气，然后将我那条纹衬衫的领口拉了起来。我的心脏紧贴着肋骨怦怦跃动——我认为这是那种典型的初次约会时会产生的紧张悸动。不过，这并不是说我经历过什么真正的约会，除非你把我在五年级的那次经历也算上——那次我和约会对象约在商场里见面，而他吃了太多的奇多①，并且把他手指上的奇多那橙色的佐料颜色抹得我那崭新的衬衫上到处都是。

但是，我不应该感到紧张。这小子显然是一个失败者，就像我一样。我们都需要对方的帮助。我偷偷看了一眼镜子中的自己，然后突然觉得自己像个白痴一样，居然在这种时候还在乎自己的外表。拜托，我又不是来竞选冷酷机器人的女朋友的。

突然，窗户玻璃上的一声轻敲吓了我一跳。我从座位上猛然向前一抖，胸口撞到了方向盘上。我看到一个和我年龄相仿的男孩正盯着我。他戴了一顶红色的帽子。他俯下身，又敲了一下窗户。

我把窗户摇了下来。

① 奇多是菲多利公司生产的一个膨化食品品牌，工艺上讲是一种干酪口味的膨化玉米粉制成的零嘴，属于膨化食品的一种。

"ALS0109？"

这是我在"Smooth Passages"上使用的网名。我本应该开口说点儿什么，但此时此刻，我的嘴巴感觉像是由棉花组成的一样，柔软无力。我一脸茫然地盯着他看。

他清了清嗓子，眼睛向下看过来。"噢，真是不好意思。我想我应该是认错人了。"

"不不不。"我努力从嗓子里挤出声音，"我是艾塞尔。"

他的眉毛突然皱在了一起，额头中间呈现出一个皱巴巴的星形。他摘掉了那顶红色的帽子，夹在腋下。

"ALS0109。"我解释道。

他的嘴唇弯成半月形，露出了笑容。我觉得我已经长达三年没有笑过了。冷酷机器人也许应该重新思考一下自己的人生选择。也许他并没有他自以为的那么沮丧。

"你不会已经开始动摇了吧？"他盯着我的车问道。我不知道他是否注意到了地板上那些被丢弃的快餐包装袋。

到底是什么让我给你留下了这样的印象？我想道，握紧了方向盘。我几乎都想要立马踩下油门离开这个地方。我还没有准备好。这小子压根儿不是我所期待的那个可以共同赴死的搭档。压根儿！就！不！是！他根本就不是一个骨瘦如柴、脸颊凹陷、看起来仿佛从未在生活中见过阳光的男孩。根本不是。冷酷机器人看起来并没有那么冷酷，那么压抑。他个子很高，像个篮球运动员，留着一头茂密的栗色头发，有着深陷的淡褐

38

色眼眸。他很瘦，但不是那种奇怪地、病恹恹的瘦。我觉得他属于大家常说的那种瘦长的身材。其实有点儿像高飞①那种瘦长。只不过他没有高飞那样活蹦乱跳。他绝对不符合我的想象。

"嘿。"他说，"我告诉过你，我不想找一个不靠谱的人当我的搭档。"他摇了摇头，"我就知道会遇到这种事情。特别是当我发现你是一个女孩之后。"

我拔出车钥匙，打开车门，差点儿打到了他。哎呀。"你到底什么意思啊？"

"是这样的，统计信息表明，男生通常都会只做不说，而女生喜欢只说不做。"

我对他怒目而视。"这都是一些性别歧视的屁话。如果你真的是一个天不怕地不怕的人，那么你干吗要注册'Smooth Passages'呀？干吗还想要找一个搭档呀？"

他明显畏缩了一下。"哇哦，我没有……"他后面话音减弱，五官拧在一起，就好像在思考我刚才说的话，"我完全没有性别歧视。"他低头看着他的白球鞋，"而且我也绝对不是一个天不怕地不怕的人。"

"可你听起来真的挺像的。"

"像一个天不怕地不怕的人？"他抬头看着我，咧嘴一笑。

① 高飞，迪士尼漫画人物，出自《米奇的遭遇》，人物头脑简单、和蔼可亲。高飞是一条心地善良但脑袋瓜不大灵活的狗，他是作为布鲁托的对比物出现的。和布鲁托不同的是，布鲁托是一条真正的狗，米奇的宠物，高飞虽然有狗的外形，可是他完全是个"人类"形象，所以他张嘴说话，直立行走。

他那淡褐色的眼睛异常明亮透彻。这完全不符合我的期望。

"不是，是像性别歧视的人。"我没有对他回以微笑。

"你看，"他缓缓说道，声音低沉温柔，"我和你一个女孩搭档完全没问题。真的。我完全可以和女孩在一起。"

"我完全可以和女孩在一起?"我用我最面无表情的脸色重复了一句他的话。

"你知道我什么意思。"

"我不觉得我知道。"

他皱了皱眉头，把帽子盖到手上。"我真的很抱歉。我们可以重新开始吗?"

"不，"我语速飞快地说道，"我们不能重新开始。"

他皱起了眉头，双脚在地上磨蹭着。他总是微微躬着身体，而现在弯得更厉害了，脑袋都快要埋进身体里去。

我看着他蠕动了一秒多钟，然后说："不过，如果你可以说出一个很好的理由来解释一下为什么你需要一个搭档的话，我洗耳恭听。"

他叹了口气，然后把帽子戴了起来。他抓起一张广告宣传单，对折对折再对折，宣传单在他的脸上投下了阴影。"是的，我可以解释这一切。我只是想，也许我们可以找一张桌子，坐下来，吃点儿东西，好好聊聊。"他停顿了一下，望着我，似乎想要获得我的许可，"除非你已经下定决心，觉得我是一个混蛋，然后你现在已经打算离开。"

我思考了一会儿，然后摇了摇头。"我没有打算离开，至少目前还没有。反正，我是不会在吃到芝士薯条之前选择离开。"我径直朝着乐啤露摊大摇大摆地走了过去。他小跑着追上我。我们一路沉默着向点单柜台走去。

　　这个开在一辆拖车外面的乐啤露摊，我记得它的正式名字叫做"托尼的啤酒屋"，但附近的人都把它称为"那个乐啤露摊"。你在柜台点餐，然后他们会在里面准备食物，准备好了之后会端到你坐的位置上。这个乐啤露摊在一个嘉年华风格的帐篷下设有几张野餐桌，不过在繁忙的夜晚，这里几乎一个座位都找不到。

　　我先点了单。我点了芝士薯条和草莓奶昔。我拿起了7号塑料牌，在后面的野餐桌找了一个位置坐了下来。我看着冷酷机器人点单。他对那些服务员点了点头，打了声招呼。真奇怪。如果冷酷机器人朋友遍天下，那么他为什么想要结束自己的生命呢？

　　我现在也许应该开始称他为罗曼，但这样给我的感觉太亲密了。他的网名更容易让我联想到他。还有，他看起来并不像是那种想要自杀的人——他显然还十分在意自己的外表。他的头发看起来像是最近刚修剪过的。而且，虽然他穿着很随意休闲的衣服——连帽衫和运动裤，但看起来是很时髦的那种。基本上，罗曼看起来就像是那种会和乔治娅约会的男生，或是那种会在返校节游行的时候从船上向大家挥舞招手的男生。他一点儿也不像那种幻想着在十八岁之前结束自己生命的男生。

我的喉咙里突然出现了一种想要呕吐的感觉，我琢磨着这一切会不会全是我妹妹策划的一场恶作剧。我在心里摇了摇头，否定了这一想法。乔治娅才不会对我这么感兴趣，浪费自己的精力，费尽心思组织一场这样的恶作剧来对付我。至少我不这么认为。

冷酷机器人向我走过来，但有两个人挡住了他。那两个人都很高，但都没有他高。他们拍了拍他的背，他点了点头，仿佛他在对他们说的话表示赞同。

我看着他，思考着，如果我像他这样的话，我是否还会有自杀的念头——像他一样有这么多的朋友，像他一样能让周围的人感到快乐。然而在内心深处，我明白，这些特质都与我无关。

我曾玩过一个游戏，就是和自己讨价还价：也许如果哪一天那些关于爸爸的流言蜚语没有了，也许如果哪一天妈妈开始以正常的眼光看待你了，也许如果哪一天你能保证你不会变成像爸爸那样的人。但是，就是最后一个"如果"，杀死了整个交易。

没有任何办法可以确保我不会变成爸爸那样的人，特别是当我知道我身上真的有那么点儿问题之后，我更加确信了这一点。我身体内真的有某个东西坏掉了，破碎了。人们永远无法理解的是，抑郁症不会体现在外表，而是体现在内心。我内心的某个东西变得不再正常。当然，我的生活中也会有些事情让我感到孤独，但没有什么比我内心的那个声音更让我觉得孤立无援、担惊受怕了。那个声音告诉我，我终将有一天会变成像爸爸一样的人。

我敢打赌，如果你剖开我的肚子，那些抑郁症的黑色蛞蝓便会一条一条地爬出来。心理咨询师总是爱说："想想那些积极乐观的事情。"但是，当你的体内充满了黑色蛞蝓的时候，你根本不可能去乐观向上，因为它们会将每一丝快乐绞杀吞噬。我的身体就是一个高效扼杀快乐的机器。

在我最糟糕的那段日子里，我会想，爸爸的体内是否也会存在着同样的黑色蛞蝓。这是否就是他会去做那么可怕的事情的原因呢。也许在自杀和杀人之间只有一丝精妙细微之别。就是这些想法让我感到了深深的恐慌。就是这些想法让我觉得，我甚至都等不到 4 月 7 日了，我亟须摆脱这些黑色蛞蝓；我亟须摆脱那个恐怖的自我。

"嘿。"冷酷机器人对我说道，把他的 8 号塑料牌放到了我的 7 号塑料牌旁边。87。我希望这个数字能有一点儿意义。最近，我总是试图想要找到一切的意义所在。就像我在等待宇宙向我点点头，说：是的，你现在可以自由退出这个世界。请上路吧。

他调整了一下那两个号码牌，让它们站得直了一些。也许他也在寻找它们的意义。或者，也许他只是有点儿强迫症。

"你在这里人气很旺嘛。"我说道。

他皱了一下眉头。"以前是的。"

"你现在看来也还是魅力不减呀。"

一位女服务员送来了我的薯条和奶昔。她对冷酷机器人微微一笑，我发誓，她甚至还微微眯了一下眼睛，对他抛了一个媚眼儿。

当她离开之后，我看到他的脸颊微微泛起了红光。"看到了吗？你小子人气很旺嘛。"

"不是我。"他把番茄酱递给我，"只是曾经的那个我。"

我把一部分芝士薯条倒出在一张餐巾纸上，然后塞了一根到嘴里。在他的食物上来之前我就开始吃东西，这可能不太礼貌，但我不认为冷酷机器人选择自杀搭档是基于礼貌。

很快，那位女服务员端着冷酷机器人的食物走了过来。他点了一个汉堡、一份薯条、一杯巧克力奶昔，以及一份墨西哥辣椒。那位女服务员离开之前，又对他露出了一个娇媚的笑容，他的脸颊又迅速泛起了红晕。

我喝了一小口奶昔，然后做了一个鬼脸。这草莓比我想象得更酸，但奶昔滑到我的喉咙里，凉爽宜人、沁人心脾。

"别这样。"在那位女服务员走了之后，他给我使了个眼色。

"我又没打算说些什么。"

"我不是你所期望的那种人。对吗？"他拿起一根薯条，扔进嘴里。不过，这只是一个刻意的姿态而已。他动作太快了。

44

他根本没打算要吃。我知道这种把戏。

我没有回答他的问题。相反，我问了一个关于我自己的问题："我是你所期望的那种人吗？"

他盯着我看了几秒钟。"老实说，不是。但这是一件好事儿。"

"我肯定有那么一丁点儿符合你的期望，要不然你也不会跟踪我到停车场了。"

他做了一个夸张的吃惊表情，五官拧在了一起。他伸手抓了几个墨西哥辣椒，直接扔进了嘴里。

"怎么了？"我扬了扬眉毛。

他继续嘎吱嘎吱地咀嚼着墨西哥辣椒。那些辣椒看起来像是从一个罐子里取出来的，汁液顺着他的手指流了下去。当汁液缓缓流至他左手上一道刮伤的伤口处时，他微微抽搐了一下。

"拜托。你就告诉我吧。"我催促道，"你怎么知道那就是我呀？"

"说真的！"我意识到了自己的语气比我想要表达的情绪更加严厉一些。于是我大口吸了一口奶昔，企图减缓一下紧张的气氛与情绪。我不想让他觉得我太过刻薄。至少不要现在就给他留下一个不好的印象。如果他觉得我的脾气太坏，他可能就会抛弃我，而去选择其他一些抑郁的怪胎。

他从一个墨西哥辣椒中把籽拉了出来，放在舌头上。他吞了下去，辣椒籽顺着他的喉咙滑下去，他毫无表情，不过我知道他的嘴里一定像着火了一样。最后，他说："就是因为你看起来就一副想死的样子。真他妈的悲惨。"

他盯着我，我也回盯着他，我呈现出面无表情的样子。那个可怜的家伙在野餐桌板凳上蠕动了一会儿，然后低头看着自己的白球鞋。他的头低下，朝着地面，下巴垂至胸口，我可以看到他脖子后面的雀斑，它们已经变成了红色。

我又花了一秒钟的时间才反应过来他所说的话，然后忍不住笑了出来。大笑让我的喉咙感觉有些疼痛。我又吸了一大口奶昔。

他对着我扬起了一条眉毛。"我很糟糕，是吗？"

我摇了摇头。"你非常诚实。我喜欢。现在你应该知道我不是一个不靠谱的人了吧。"

他耸了耸肩，拨弄着他运动衫上的拉链。"这我不知道。我想说的是，你真的看起来就是那种特别想死的人，但我并不完全相信你会下定决心。"

我皱起了眉头。"好吧，其实这就是我会想要找一个搭档的原因呀。我想要一些……鼓励。"我盯着他的连帽衫。上面用黑色的粗体印着"肯塔基大学篮球队"的字样。"团队合作。精神支持。这些都是体育精神，对吧？"

他垂下眼睛，看了看他的运动衫。"我现在没有打篮球了。"

"我没有问你这个。"

"是的，我知道。"他说，"但我觉得我猜到了你的意思。你觉得你用这种方式表达会更容易说出口一些。"

我将我身体的重量全部压到肘部，整个人向他倾斜过去，就像那位女服务员那么信心十足。"那么你能够担当起这么重要的职责吗？我们要不要一起完成这件事呢？"这么咄咄逼人的确不像是我的作风，但出于某些原因，我觉得有必要把冷酷机器人往前推一把，让他认可我，选择我。我需要变得自信果断一些。我已经不记得上一次我如此自信果断是什么时候的事情了。

他换了一个坐姿，拿起了他的芝士汉堡。他把西红柿扔了出来。我还是没有看到他咬下去。"我不太确定。"

"那你想要知道一些什么？"

"我需要更多地了解你，我们才刚刚认识。"

"比如？"我问道。

"艾塞尔是个什么名字？"他对我名字的发音完全正确。我尽量不在脸上露出内心的惊讶之情。

"土耳其名字。"

"你爸妈是土耳其人？"他问道。

我点了点头。我没有告诉他我爸妈的任何事情。我也没有告诉他我姓什么。我的妈妈正试图从法律上把我的姓改成她现在的夫姓：安德伍德。但是，这件事情还没有通过，我现在最最不希望的事情就是让冷酷机器人去谷歌搜索我，然后得知我爸爸的事情。不管冷酷机器人有多么混蛋，我都怀疑在他得知了我家族历史的真相之后，是否还会将他的自杀梦想与我这样的人绑在一起。

"那么你会说土耳其语吗？"

我摇了摇头。爸爸从来没有教过我讲土耳其语。有时我会鼓起勇气去询问他有关土耳其的事情，如果他心情好的话，他就会告诉我有关他在家门前的狭窄街道上和朋友一起在晚上踢足球的事情。但如果他经历了一些糟糕的事情（并且越到后来，他所经历的糟糕事情就越多），他就会严厉斥责我，然后命令我不许再提出问题。他会告诉我，我在美国出生是多么幸运，因为我永远不需要踏遍半个世界，只是为了找到一份工作。

而我的妈妈，好吧，其实她想尽一切办法想要抹去她那根深蒂固的过往。在我不到一岁的时候，她和我爸爸就分开了。自从她和史蒂夫在一起之后，她就一直假装自己是一个土生土长的美国白人女子。她的肤色比我浅，所以，如果不是因为她那轻微的土耳其口音，她一定能够轻松假扮成功。我比妈妈看起来更具异国特色，因为我遗传了爸爸的深肤色。

"我问这些有没有让你觉得不舒服？"冷酷机器人一边嚼着汉堡一边问道。他似乎并没有像享受墨西哥辣椒那样享受这个汉堡。看起来他就像是强迫自己吞下去一样，咀嚼得非常缓慢，一丁点儿一丁点儿地啃着它。

"没有，"我回答，"我就是不明白你为什么会这么关心我的种族问题。我又没有问你。"

他对我露出了一个微笑。我不明白这小子到底是什么意思。

"我好奇只是因为我觉得艾塞尔是一个很酷的名字。"

"你如果想，也可以叫艾塞尔。"

"你真有趣。"他嘴上说着有趣，却没有露出笑容。

"为什么会选择 4 月 7 日那天？"这下轮到我问他问题了。

"这是那件事发生的日期。"

"什么事情发生的日期？"

"让我会想要去死的事情。那件事发生在一年前的 4 月 7 日。"他咬紧牙关，望向别处。

"我猜你不会告诉我那天具体发生了什么事情吧。"

还没等他回答，之前的那两个家伙走了过来，在他旁边坐了下来。"你们在干吗？"其中一人对我说道，而另一个人拍打了一下冷酷机器人的后背。

"我都不知道你居然在约会呢，罗曼。"那个语气过分亲密友好的人挑逗地说道，"也不知道凯莉会怎么想呢？"

凯莉？不要告诉我冷酷机器人有个女朋友。我对他露出一副"这都是什么跟什么？"的表情。

"兄弟们，这是艾塞尔。"他对我露出一副恳求的表情。我不是那种全宇宙最温柔体贴、最善良友好的人，但我也不想要让冷酷机器人大失颜面。不过，看着他捏一把汗的样子还是挺有趣的。我表情僵硬，让人看不出我的态度。此时此刻的我比冷酷机器人还要冷酷。

"噢，艾塞尔，这是特拉维斯和兰斯。"罗曼的声音微微颤抖，我还注意到，当他的朋友走过来的时候，他的鼻子周围有一小块雀斑就开始渐渐变红。

"你在威利斯高中吗？"兰斯问道。他对着我挑动了一下他那沙褐色的眉毛。

"如果她在威利斯高中的话，我们肯定会注意到她。"特拉维斯用一种谄媚的语气说道。

他说话的那种语气就足以让我失去了继续喝奶昔的胃口。其实不用说也知道，就算我去威利斯，特拉维斯也绝对不会对我感兴趣。我学校里那些像特拉维斯和兰斯这种类型的男生是绝对不会注意到我的。至少不会是因为一些好的事情注意到我。

"别吓唬人家女孩好吗？"兰斯说道。兰斯显然在对待女生方面比特拉维斯更加温柔细腻。他看起来比特拉维斯更容易让女孩心潮澎湃，他蓬松的头发梳向一边，有着大大的蓝眼睛和宽阔的肩膀。

我们之间出现了几秒钟尴尬的沉默。

"她在兰斯顿高中上学。"罗曼无奈地解释道。

"等等，既然你在兰斯顿高中，那你肯定知道布莱恩·杰克逊，对吧？"兰斯问道，他那湛蓝的大眼睛突然睁得圆圆的。我看着他，屏住了呼吸，试图确定他是否把我和那起事件联系了起来。

"噢，那你俩是这样认识的吗？通过布赖恩？"特拉维斯说道，他的身体向罗曼倾斜过去，拿起薯条吃了起来。

罗曼和我交换了一下眼神。"噢，不是。"他解释道，"我们上周才认识。"

真的吗？"在哪里认识的？"特拉维斯继续追问。他又偷偷地瞄了我一眼。我能够感觉到他应该发现什么不对劲了。我咽下一口口水，然后在心里默念，许下一个小小的心愿：拜托请不要让我这个时候就败露了。请不要让他们知道我是谁。

"就在那个老操场上。在篮球场那儿。"罗曼说道。我在心里默默记住了，这小子居然可以脸不红心不跳地撒谎。他的话语流畅，并且语气非常笃定。

特拉维斯手臂突然抬了起来，插了一句："我就知道！你还是想打篮球的。我跟你说过，教练一定会让你回归球队。你必须停止——"

"我们能不能不要在这里讨论这个？"罗曼说道，声音突然变得令人毛骨悚然。

"就是啊，兄弟。"兰斯说道，他也抓了一把罗曼的薯条，"你为什么要提起这件事？"

特拉维斯的脸骤然变红。我以前都不知道，像他这样的男生居然还会感到尴尬拘谨，但我想肯定有些事情也能够让他这样的男生感到坐立不安吧。今天我学到了这么多关于男生的东西。"对不起。"特拉维斯咕哝着，眼神逃离到别处。他结账的时候，朝着那个女服务员露出了笑容。

"苏西还是那么漂亮，对吧？"

"她看起来心情不错。"罗曼一副就事论事的语气。然后，他转向我，"苏西在这里做服务员。她和我们上同一所高中。"

我点了点头，一副明白这是怎么回事的样子，但我敢肯定自己完全没有明白他们潜台词的含义。

特拉维斯用手肘戳了一下罗曼。"不过，说真的，我觉得她还是非常喜欢你。"

兰斯看了看我，然后将目光转移到罗曼身上，接着又回到了特拉维斯那里。"能不能别乱说话，兄弟。"

我正准备告诉他，罗曼和我不是他以为的那种关系。而这一想法差点儿让我再次笑了出来，于是我喝下了更多的奶昔。我让草莓在嘴里转来转去，在牙齿上滑来滑去。我根本不在乎自己看起来有多么不淑女。

兰斯立马又来救场，打破了这尴尬的沉默。"那么，你认识布莱恩·杰克逊吗？"

我尽量不让他们发现我冷汗直冒。我拿起几根薯条，将目光集中在番茄酱上。我现在无法直视任何人。"不认识。"

"难道他现在还不够出名吗？"特拉维斯说道。他伸出手，又在罗曼的背上拍了一下，"本来你也可以坐到这个位置的，兄弟。"

罗曼嘀咕了几句什么，我不情不自禁地问道："你是什么意思？"

兰斯的目光笨拙地从罗曼身上转移到我，然后又回到罗曼。

"我能告诉她吗？"

罗曼用手捏住他的脖子后部，把他的脸转了过去，这样他的目光便能望向远方。"你想怎样就怎样。"

又是一阵尴尬压抑的沉默。

"罗曼曾和布莱恩一起打篮球选拔赛。你知道什么是篮球选拔赛吗？"兰斯说道。

我有一个大概的概念，但我摇了摇头，这样我就能获知更多关于冷酷机器人与布赖恩·杰克逊之间有何关联的详细信息。我的脑袋感觉就像是一辆汽车的防盗器突然开启了警报一样——充满了尖锐刺耳的蜂鸣声和警笛声。我试图通过将精力集中于哼唱瓦格纳的那首《女武神的骑行》来稳住我的头脑。

"你在哼音乐？"特拉维斯还没等兰斯继续解释布赖恩和罗曼究竟是如何认识对方的，就插了一句。他开始哈哈大笑，但罗曼推了他一下。

"不要像个混蛋一样。"罗曼说道，瞪着特拉维斯。他那淡褐色的双眼闪现着愤怒之光，使它们看起来更像是金色，而非绿色。

血涌上了我的脸颊，我低头看着餐桌。我的薯条旁边有一小摊番茄酱。我不知道如果冷酷机器人知道我的爸爸是谁之后，是否还会这样为我辩护。然后我突然感到疑惑，为什么冷酷机器人会这样维护我。我能感觉到他们全都盯着我，但冷酷机器人的眼神却不同于特拉维斯的或兰斯的。特拉维斯和兰斯的眼神和我那些同学看待我的眼神一样，能够灼烧我的皮肤——他们贪婪地想要揭露我的秘密，直戳我的内心最隐秘的那块净土。而冷酷机器人的眼神里充满了温柔体贴、不厌其烦。他知道，如果他更深度地去挖掘，他就能够获知一切。他没有急于想要打开我的内心。他明白，空虚没有什么特别之处，抑郁也毫无有趣可言。

我鼓起勇气抬头向他望去。他对我微微一笑，我敢肯定，这就是我想要寻觅的那个自杀搭档。

他的朋友们都沉默不语地看着他。尽管他声称，他只在过去的生活中人气很高，但是现在看来他在现在的生活中也是那个万众瞩目、掌控全局的人。他手握成拳，按在桌上。"我们小时候，布莱恩和我曾是朋友。我们在一起打篮球，属于同一个团队，共同努力拼搏。那是一支打巡回比赛的队伍——会在路易斯维尔、辛辛那提和列克星敦打比赛。当我们逐渐长大，布莱恩会和我一起去健身，也就是跑步、举重之类的，没有什么令人兴奋的项目。"罗曼又把他的脖子转了回来，他的双眼迷茫，似乎蒙上了一层雾，令人难以琢磨此时此刻他的内心想法。"现在，他成了一个大人物，进了奥运圈以及其他有名的圈子。我们现在不怎么说话了。"他直直地盯着我，"没有什么意思，不是吗？"

兰斯似乎觉得我和罗曼之间出了什么状况，于是他为了帮助他的朋友，补充道："关键是，我们这里的男孩都具有相当厉害的运动天赋。"

"是啊，如果罗曼一直坚持下去，那他很可能明年就可以获得一大笔奖学金前往英国去打篮球呢。"特拉维斯补充道。他把胳膊搭在罗曼肩上，就像是一个以哥哥为骄傲的弟弟，但罗曼耸了耸肩，把他的胳膊甩了下去。

"别吵了。"罗曼说道，摇了摇头，盯着地面，"艾塞尔对这些事情不感兴趣。"

翻译：没有必要去用这些事情给这个女孩留下一个多么厉害的印象。我并不想和她上床，我只是想和她一起去死而已。不过，特拉维斯和兰斯似乎都没有明白他的潜台词。他俩都举起了手，开始说："是我不好，是我不好。"我看着他们，知道自己本该想的是，他们怎么像旅鼠^①一样，在同一时刻做出了同样的动作。然而，我现在却想着自己怎么从来没有和任何人有过心有灵犀的时刻。我不知道冷酷机器人以前是否也与他们一样心有灵犀，而现在不知为何不再一致。

我不知道究竟发生了什么事情，让他脱离了他们的轨道。究竟发生了什么事情，让他从有希望参加奥运会的明星运动员变成了在自杀网站上游荡的悲惨男孩冷酷机器人。

我用余光凝视着他。他的脑袋耷拉着，肩膀耸起。他正在研究他盘中剩下的最后一串墨西哥辣椒的籽，他用手指戳着辣

---

① 旅鼠是一种繁衍有力的动物，然而它们却有一种惯性，会盲目追随一只领导鼠。

椒籽在纸盘子上转来转去。然后，他缓缓地将辣椒籽拎起来，送到唇边，吞了下去。

我们都看着他，最后他咕哝着说道："嗯，很高兴看到你俩，但我觉得艾塞尔现在要开车送我回家了。再见！"

"那好吧，兄弟。"特拉维斯捏了一下罗曼的肩膀，"好好照顾自己。我们一直都支持你。"

"等哪天有空出来逛逛啊。"兰斯补充道，"我很喜欢和你在那个老操场投篮，就像以前一样。"

"好的。"罗曼回答道，他的声音非常冰冷，"就像以前一样。"他站了起来，然后把剩余的食物扔进了垃圾桶。

我微微向特拉维斯和兰斯挥了挥手，然后紧跟着罗曼离开了。我把我的薯条扔进了垃圾桶，反正也快吃完了，但把奶昔留在了手里。"所以，我要送你回家吗？"我小声嘀咕道，希望兰斯和特拉维斯没有听见我在说什么。

"是的。我不能开车。"

"你难道还没满十七岁吗？"

他露出了他初次见我时的那种半月形笑容。"你已经看过了我的个人资料。"

"我只是想确认你不是一个足球妈妈之类的而已。"我说道，然后朝着我的车走去。我没有说如果我在他的个人资料里能发现有关他和布赖恩·杰克逊的关系介绍的话，我便绝对不会同意和他见面。

我一打开车门，就抓起前座的垃圾，扔到了后面的乘客座位底下。我留下了一些油腻的快餐包装袋在副驾驶的地上。我估计他可以把脚放在上面。你爱坐不坐。反正他又不会因为我是一个没收拾人而拒绝做我的自杀搭档。

　　他上了车，用手敲了敲我那灰尘扑扑的仪表盘。"这车真不错。"他的运动鞋踩在那些废弃的包装袋上面，咯吱作响，"看来你维护得不错啊。"

　　我没有理睬他，把钥匙插了进去，发动了车。引擎发出轰隆隆的噪音。我轻踩油门，然后我们上路了。我将车开出了停车场，然后看了他一眼。他直盯着挡风玻璃，脑袋低下，倾斜向自己的胸口。他那淡褐色的双眼大睁着，但是神情迷茫。这是我第一次真的看到了他的内心想法。冷酷机器人不是胡乱说说而已——冷酷机器人真的想死。

　　冷酷机器人的身体里面也生存着黑色蛞蝓。

3月14日　星期四

　　我们沉默地在路上行驶了一段。我有点儿害怕冷酷机器人想要打开车门，跳到那砂石路上去。我不确定这样做是否能死去，但这肯定会让我陷入一个棘手的困境之中。

　　当他的手伸向收音机的按键而不是准备去开车门的时候，我轻轻地松了一口气。他选择了乔治娅最喜爱的那个电台——那个重复播放着五首最热新曲的电台。所有的歌曲似乎都是一些乱七八糟的东西，歌手们穿着闪闪发光的超短裙，活力四射地跳着舞，劲舞到天明。我做了一个鬼脸。

　　他说："什么？"

　　"我实在不明白。你似乎喜欢这种……"

　　他做了一个动作，双臂交叉在空中摆出一个"X"的形状，我明白这是让我"闭嘴"的意思，于是我照做了。我很擅长的一件事就是服从命令。等等，我觉得这样说不对。我从来没有

58

遵循过帕尔默先生的命令，不过我至少在大部分时间里会假装听他的话。

罗曼关闭了收音机。"抱歉。我不知道你是一个音乐假行家。"

"我才不是什么假行家呢！"我说道。

"不是假行家，也不是一个足球妈妈。"他说，"你真的太有才了。"

"是的。"我说道，然后试了试水，"很多势能都将浪费在4月7日。"势能。我不知道冷酷机器人是否想过关于死亡的物理学。

"为了它，"他说，假装举起了杯，"干杯！"我想乔治娅喜欢的那个广播电台中的歌曲一定都非常适合他。

我们沿着道路颠簸了一会儿，但更长的时间里我们都保持沉默。我伸手打开收音机，调成古典音乐台。他没有对我的选择发表评论。沿路的风景慢慢变成了山丘。我们在路上遇到了一个急弯，远离了河流，走向那连绵起伏的丘陵。草仍是褐色，被严寒的冬风吹得枯萎，大部分树木依然光秃秃的。今年的春天来得很迟。我把车窗摇下来一点儿，然后一丝湿润、凉爽的空气溜进了车内。在某些时候，你可以闻到空气中夹杂着波本威士忌的味道，这甜黑麦的香味是从一座离这里几英里远的酒厂飘过来的，而今天，我只闻到了泥土的芬芳和湿草的清香。风拍打着我的脸颊，我抑制住内心想要侧过头去看看他的冲动，努力让自己的目光集中在正在行驶的道路上。

"我不能再开车是因为去年发生的那件事情。"他终于主动开口说话了，"所以才需要你来开车。我去乐啤露摊的时候是我妈妈载我去的。她吓坏了，因为这是这几个月以来我第一次说要出门见朋友。"他看了我一眼，"我告诉她，你是一位新朋友。我妈妈简直要疯了。"

所以，他的父母非常担心他。这其实不太好。这意味着他处于严密的监督之下。不过，我想这就是他需要我——这个他最信任的自杀搭档——的原因。"明白了。"我说，"那么你能不能至少告诉我一个方向？这样我才能知道你在哪儿下车啊。"

他愣了一下，下嘴唇扭曲在一起，好像他在自己与自己争论究竟要不要开口说话。

"怎么了？"我开口问道。

"我能请你帮个忙吗？"

这是我作为他的搭档接受的第一个任务。我感觉体内有什么东西在摇晃，就如同一个空房间里的一把摇椅——既孤独，又有些安慰。"当然没问题。怎么啦？"

"我们能不能在大街上的那个钓鱼用品店停一下车？"

我皱了一下鼻子。"钓鱼用品店？"

"是的。我需要顺道买一些蚯蚓。"

我眨了眨眼睛，偷偷地看了他一眼。他盯着正前方。他的脸部肌肉放松，没有任何迹象表明他是在开玩笑。"呃，好吧。"

我说，"只要你告诉我怎么去就行。"

"这条路直走，直到那座桥的分岔口。然后向左走，你就走上了威利斯的主街。那个钓鱼用品商店就在主街和伯恩斯街交叉口右边的那个角落里。"冷酷机器人指挥方向的声音平静、稳定，就好像他是这个钓鱼用品商店的常客一样。真是怪异。

我握住方向盘的手握得更紧了，我试图把注意力集中到音乐上。广播电台正在播放莫扎特的《第四十号交响曲》，但就连这清脆的小提琴小调音符都无法分散我的注意力。"你为什么要买蚯蚓呀？你超级喜欢钓鱼吗？"

他发出了一个介于嘟哝声和笑声之间的声音。"不是。"

显然，冷酷机器人是一个寡言的人。"不是？"

"嗯，我并不喜欢钓鱼。"他扭动了一下身体，好更贴近乘客那侧的车门。他的膝盖磕在仪表盘上，我在想要不要提议，如果他感觉不适的话，可以往后调一下座椅，但我最终也没有开口。

"好吧。那么我就想不通了。为什么呢？"

"啊？"

我想，看来他真的打算让我把整句话都说出来。"如果你不喜欢钓鱼的话，那么你为什么需要蚯蚓呢？"

"去喂我的宠物龟。"他说这句话的语气就好像我应该知道他有一只宠物乌龟似的。就像这是一个非常合理的假设。也许肯塔基州威利斯是美国的宠物龟之都。

起初，我完全没想到他有一个宠物。他看起来不像是那种会养小动物的人，如果他真的养了什么动物，我猜也应该是一个类似于黄金猎犬的动物。他全身上下看起来就是那种典型的美国人，喜欢打篮球，吃汉堡，喜欢狗。然而当这一事实进入我的脑海的那一刹那，我感觉喉咙一紧。他有一只宠物。

我大声地说了出来。"你有一只宠物。"

"我有一只宠物。"他说道。然后他就像知道我在想什么一样，看向我，"不过别担心。这不会成为阻止我的一个因素。"

我深吸一口气，盯着我那肮脏的地板垫。一个被挤瘪的可乐易拉罐挤在后面角落里。易拉罐的金属表面反射着太阳光，看起来就好像给我使了个眼色。

"你的眼睛应该看着路。"他说道。

"你说什么？"

"你应该看着路。"

"我听到了你说的话。"我咬牙切齿地说道，"但是，你如果想死的话，为什么还会关心我有没有看着路呢？"

他吸了一口气，我通过余光看到他那宽阔的肩膀沉了下去，这让他看起来就像是一头刚被猎人开枪打伤的驼鹿。"我是想死，但我不希望其他任何人受到伤害。"

"那好吧。"我咬紧了牙，盯着正前方。我没有告诉他那个可乐易拉罐的事情。他很有可能认为这会是一个安全隐患。

我在冷酷机器人所说的那个岔路口拐了弯，按照他的指示向左行驶。我的车行驶在威利斯的主街上。这里全是已被改造成商店的维多利亚风格的房子——奶油拌一拌（冰激凌店）、煎鸡蛋（早餐店）、泡泡和沫沫（洗衣店）。

"你的小乌龟叫什么名字呀？"

"尼莫船长。"他说，然后补充道，"不是我给它起的名字。"

我没有接着问下去。这个匿名人士一定是把尼莫船长的名字放在一个密封的信封里，从空中寄来的。我们都知道，这个信封里肯定暗藏着一个故事，但现在我们都没有足够的勇气去揭开这个信封。

当我们逐渐接近一座窗户上贴着鱼贴纸的蓝色房子的时候，我逐渐放慢了车速。前面的草坪上有一个标志，上面写着"鲍勃的钓鱼用品公司"。我把车停在了马路对面的空地。

"我进去买。"罗曼说道。

我正要把钥匙拔出来，他摇了摇头。"你可以待在车上。"

我还没开口说话，他就已经下了车，慢慢地向鲍勃钓鱼用品公司的前门跑去。他跑步的速度比今天一整天移动的速度都要更快一些。在乐啤露摊的时候，他完全是一副昏昏欲睡的呆滞状态。

他一定很爱那只乌龟。我的心脏感觉被什么东西堵住了，逐渐收缩，但这种感觉渐渐变淡了。我拍了拍我的肚子。干得好，黑色蛞蝓。在等他回来的这段时间里，我闭上眼睛，听着音乐。现在电台里正在播放柴可夫斯基的《天鹅湖》。这不是我最喜欢的音乐。这音乐太轻，太美好了。它包含有太多的憧憬。

我不喜欢那些表达着梦想的歌曲。我喜欢关于放手、再见的歌曲。

我还没反应过来，冷酷机器人就回来了，手里抓着一个纸杯。当他挤回到自己的座位上时，我说："你最好不要把它们泼出来。"

"为什么？因为你把你的车维持得非常干净吗？"他的嘴唇一边上扬，露出一个斜斜的笑容。这个男孩真的患有微笑问题。尤其还是一个有胆量指责我不靠谱的人。

我皱起眉头。"因为泼出来的话会很恶心。"

"好吧，好吧。我保证它们不会洒出来。"

我把车开出停车场，继续沿着主街行驶。"那么你家住哪儿？"

罗曼给我指明了方向，然后说："你怎么能够听这样的东西？"

我指了指收音机。"这样的东西？这样的东西可是天才创作出来的。"我希望现在播放的不是柴可夫斯基，那么我便可以用更强大的东西——诸如巴赫的托卡塔 ①——来进行辩护。《天鹅湖》比任何那些他喜欢听的华而不实的流行歌曲都要更加深刻。

"这根本没有歌词啊。"他说。

_____

① 托卡塔，一种形式自由、速度很快的即兴风琴曲或钢琴曲。

"你的确说到了点子上，但是你居然会抱怨这个问题，真是有意思。"

我感觉到他在座椅上换了一下他的重心支撑点。他的腿抵住了侧门。"这是什么意思？"

"我的意思是，你似乎是一个少言寡语的人。所以，我以为你会欣赏没有歌词的音乐美。"

他伸长脖子看着我。我能感觉到他的目光在我的脸上游荡——他的目光仍然温柔祥和，没有灼痛感。尽管如此，我仍然能够感觉得到它的存在。"我喜欢别人说话，它们能够填补我的内心。"

"比如那种关于被抛弃，然后折磨女人的歌词？"

他嗤笑了一声。"不是。那些都是噪音。不过我也喜欢那种。可以帮助我忘记。"

"忘记什么？"

"那件事。让我想死的原因。"

我们进入到他邻居的院子里。这里的环境看起来很眼熟，同样古旧的框架式结构房屋，只不过他家的院子看起来打理得更加井井有条一些。院子里有很多参差不齐的杂草和凌乱一地的蒲公英碎屑。

"我不明白你的意思。"我真的不明白。这可能是今天一整天当中我对他说过的最诚实的一句话。我不明白为什么他会想要被填满，想要从音乐中寻找某些东西。我听音乐的时候，想要寻找的是一个藏身之地，一个能让我逃离空虚的藏身之地。

我可以看到他在摆弄着那些蚯蚓。它们在他大腿上的杯子里上蹿下跳，他努力保持杯子的稳定。我不知道他为什么如此小心翼翼地去对待一些即将死去的小小生命。

他什么也没说，于是我追问道："我不明白你为什么要这样，为什么你想要参与其中？"

"你是在问我为什么要自杀或者为什么我不想独自一人去完成这件事吗？"

"两者兼有。"我说道，牙齿咬住了我的下嘴唇，"说实话，我并不是真的关心你为什么要自杀。"这是一个谎言，但其实是因为我不想告诉他我想自杀的原因，所以这个理由似乎是唯一一个公平的理由，"我只需要知道你不是一个会临阵脱逃的不靠谱的人。"

他发出了一声冷笑。"噢，所以现在轮到你来说我不靠谱了？"

"我见到了你所有的朋友。我需要确保这不是什么变态的恶作剧。"我的潜台词是：我需要确保这不是因为你认识布莱恩·杰克逊而精心布置的一个局。

"朋友？"他咬牙切齿地吐出了这个词，"那些人才不是我的朋友呢。"

"我不太了解，但他们看起来就像你的朋友一样。"

"你根本不知道自己在说些什么，所以你应该赶紧闭嘴。"

他说道。太阳低低地挂在天空中，阳光洒到车内，他那淡褐色的眼眸泛着金黄色的光芒。我希望它们能回到之前的绿色。在他双眼呈绿色的时候，他看上去并不那么吝啬，不那么愤怒。

"这话听起来不太友善。"

他抬起下巴，一副他不会道歉的样子。"在这儿左转。"他指向南风街尽头的一条小街，这是他家附近的主要街道，"就是右边那座红色的房子。"

这是一座像我家那样的摇摇欲坠的老房子，不过它的木制壁板看起来维护得更好一些，显然一直有人在前院做着园艺工作。这里有一个刚刚种满了鲜花的花坛，虽然这个花坛里还没有鲜花盛开，但我可以想象，在六月来临的时候，这里将满满地绽放着百合花和金盏花。这条车道的尽头有一个奶油糖果色的邮箱，上面的标志写着"富兰克林"。

"真可爱。"我说。

"我妈妈做的。"罗曼说道。他下了车，努力保持那杯握在他左手里的蚯蚓的平衡。

我想所有的妈妈都会想要竭尽全力把自己的家打造得温馨舒适吧。"等等，"我说，"所以我们确定要去完成这件事吧？"

他绕到驾驶室这一侧。我把车窗摇到了最底端。

"是啊。如果你也这么打算的话，我就加入。"他说道。

"我绝对加入。"我说，"但我只是不太明白。"

"什么？"

"为什么你会需要我。"

仿佛得到了某种暗示，他家的前门打开了。一位身材矮小丰满中年女子跳到了前面的台阶上。她的头发和罗曼一样呈栗子色，但她的却夹杂着一些灰白的发丝。她穿着一件烹饪围裙和一双印花木拖鞋。如果我要为肯塔基州威利斯制作一本旅游宣传册的话——感谢上帝我并不需要制作——我会邀请这位女士来做宣传册的封面人物。她简直是这个小镇的现实版化身。

"罗曼！"她朝着我俩挥了挥手。就是那种选美皇后式的挥手。大多数这些中年妇女已经把这个动作做得至臻至善了——手腕固定不动，慢慢挥手。"罗曼！"她又叫了一声，"给我介绍一下你的这位朋友吧。"

我的整个脸都红了起来，肚子抽搐紧缩，然后像一个拳头一样松开。这并不代表我感到了内疚——毕竟，这不是我的错，是她儿子自己想要自杀。但我完全不想去见他的家人啊。这就是我一直努力想要避免的足球妈妈的问题。冷酷机器人面临着两大难题——心爱的宠物龟和一个充满怜爱的妈妈。如果我更挑剔一些，我会说他的负担太多。但考虑到我自身的情况，我想我根本没有资格挑剔。

"嗯，妈妈。"罗曼的声音起伏不定，他大口大口地吸了几口空气，喉结上下浮动，"这是艾塞尔。"

真流畅啊，冷酷机器人，太流畅了。

"艾塞尔。"她叫了一声我的名字，扬了扬眉毛。她从那扇开着的窗户里伸出手来。我知道我此时此刻肯定没有通过这个"南方礼仪测试"。如果我想要有机会让她接纳我的话，我应该下车，行一个屈膝礼。但我根本不需要她接纳我。我又不是要向罗曼求婚。反正在一个月之后，她就不需要考虑是否接纳我这个问题了。

"很高兴见到你。"我轻轻地朝她挥了挥手。

"艾塞尔这个名字听起来真美。"她说道。根据我多年的经验，"艾塞尔这个名字听起来真美"的潜台词其实是"艾塞尔是个什么鬼名字啊"。

"这是土耳其名字。"我扫了一眼，看看她脸上有没有任何反应。最主要的是，我很想知道我爸爸的事迹在别处的影响力是否和在兰斯顿一样家喻户晓。除非有一种可能性，就是罗曼或他的朋友或是他的妈妈非常清楚我的爸爸以及他的事情。我敢肯定，我的爸爸是肯塔基州这片领域里唯一一个上过新闻头条的土耳其人。而近日，由于布莱恩·杰克逊的名字已经遍布各种新闻，我爸爸被提及的频率变得越来越高。如果她能够联想起来的话，那她也并没有表现出来。她那心形的脸庞没有发生任何表情变化，还是露着那个真诚的笑容。

"你家住在威利斯吗？"她问。

"兰斯顿。"我说。

"我的一些朋友也会去兰斯顿的沐恩之家。你也会去那儿吗？"

她想知道我平时去不去教堂。太聪明了。我不得不承认我很欣赏这个女人的智商。

"我妈妈会去圣哥伦比亚教堂。"我没有撒谎。每逢星期日，妈妈、史蒂夫、乔治娅和迈克都会去教堂。我有时会去，但我已经很久没有去过了。在我搬进他们家之后，妈妈就经常强迫我去教堂，但她最终放弃了这场斗争。妈妈很擅长放弃与人争论。我敢肯定，教堂里的每个人一定都注意到了我的缺席。他们可能会悄悄议论说我遗传了我那魔鬼爸爸的特点。

罗曼的妈妈听到圣哥伦比亚教堂的那一刹那眼睛一亮。她把双手放在腰上，向我倾斜过来，贴在窗边。她头上发胶的味道霎时溢满了整个汽车。"我听说那个教堂很不错。我在几年前的时候，去参加过他们的圣诞大游行。他们的合唱团真的很壮观，对吧？"

我根本不了解圣哥伦比亚的合唱团。我不知道他们会用多少种不同的方式吟唱《马槽圣婴》或《平安夜》，但我还是点了点头，一副我赞同她的看法的样子，假装我是一个正在兴高采烈地谈论教堂的正常人，表现得就像我不是一个安装了定时炸弹的怪物。"我妹妹在合唱团里唱歌。"

这句话真的让她特别开心。她的笑容直接而且舒展，不像罗曼的笑容那样扭曲、犹豫不决。"噢，真是太棒了！我总是努力让罗曼更多地参与教堂的事情。看到现在的年轻人对主如此崇拜，真的是太棒了。"

我忍住了内心想要翻白眼的冲动。说真的，我根本不清楚我妹妹的任何事情。我们已经两年左右都没有进行过一次真正的谈话了，但我敢肯定她一定不会敬拜上帝。她忙着崇拜她自己呢，哪儿还有时间去崇拜其他人呢。"她真的非常喜欢在人们面前唱歌。"我没有说乔治娅也非常痴迷于她自己的声音。

罗曼妈妈的笑容越来越开心，我甚至害怕她的脸会裂成两半。她转过去面对罗曼。"噢，你给尼莫船长带了食物。"

他弓起背，好像不想要他妈妈看到那一杯蚯蚓似的。不过这些掩饰丝毫没有起到作用。"是啊，我们在从乐啤露摊回来的路上顺道买的。"

她对我微微一笑。"那真是太好了！"

我对她点了点头，不知道应该说些什么。我努力抑制住自己内心想要询问究竟是谁给那只乌龟命名为尼莫船长的冲动。也许是她。她似乎是一个喜欢养宠物的人。

安静了片刻之后，罗曼清了清嗓子，挪了一下脚。"嗨，妈妈，"他说，"你能不能让我和艾塞尔说会儿话？"

他的妈妈看起来很困惑，然后一丝奇怪不安的神色在她脸上一闪而过。她的那种神情就好像一个刚刚完成了铁人三项或攀登了山峰的人的神色。她对着我露出一个微笑，好像我是一个来拯救她那孤立无援的儿子的基督教天使。她觉得她自己明白这一切，但她绝对不清楚。她完全不知道。可怜的女人。

"当然可以，我在屋里等你，亲爱的。"她摘下他的棒球帽，用手穿过了他那棕色的短发。她把帽子递还给罗曼，然后罗曼把手中的蚯蚓给了她，就像是一次交换。

"你能帮忙把这些带进屋吗？我回去的时候会去喂它。"罗曼说道。

"没问题。"她小心谨慎地托着杯子，仿佛那一杯蚯蚓是某种珍贵易碎的货物。

她转身离开之前，最后又朝我露出了一个笑容。"很高兴见到你。哪天可以过来一起吃个晚饭。"

"啊，那真是太棒了。"我撒了一个谎。

她向屋子走去的路上，还回头冲我们说："我会去看看土耳其食谱，给你做一些传统菜肴。"她双手握住塑料杯，然后匆匆忙忙地向前门走去，她的木拖鞋与沥青路碰撞，发出咔嗒咔嗒的声音。

我之前只吃过几次土耳其菜肴，都是爸爸那些从外地过来的朋友来我家做客时给我们做的。他们其中某位男士的妻子负责下厨，我记得当时牛至、橄榄油和漆树的香味充满了整个屋子。

"所以这就是为什么我需要你。"罗曼说道。

"因为你妈妈？"我说，"她看上去挺好的啊。"

他对我摇了摇头，嘴唇抿一条细线。"是的。挺好的，但有点儿过度保护。我需要你帮助我离开她的视线，然后我就可以，你知道的……"

这是青少年自杀的招数之一。你必须要能够摆脱你的监护人足够长的时间，确保在你离开人世之前没人能够找到你。没有什么比在你窒息之前就被切断了绳子或是在一氧化碳彻底把你毒死之前就把你从车上拉了下来更加糟糕。貌似罗曼已经意识到，他无法自己在他家附近结束自己的生命——他的妈妈无时无刻不在监视着他。

"并且你没有交通工具。"我补充道。他需要我开车载着他去他的死亡之地。我不习惯被需要的感觉。我有点儿喜欢这种感觉。我希望我体内的黑色蛞蝓能够吃掉那种感觉。喜欢是一件岌岌可危的事情。

"对，没错。"他承认道。

"你为什么不找特拉维斯或兰斯？"我对他眨了眨眼睛，"他们都能开车，对吧？你可以只让他们把你送到靠近主路的大桥那儿。告诉他们你要出一趟远门，体验一次漫长的旅行。"

他瞪着眼睛看着我。"我不认为这是一件很有趣的事情，艾塞尔。"他的运动鞋在草地里划出了一条线。

你这话让我感觉自己深陷地狱之中，冷酷机器人。"对不起。"我向他道歉。

"星期六你可以出来闲逛一下吗？"

"闲逛？"我感觉在我的整个人生中，从未曾出现过和某个人"闲逛"的经历。哪怕在我和安娜·史蒂文斯还是朋友的时候，我们的聚会总有一个目的——收集秋叶，然后进行分类；

搭建一个飞机模型；观看公共电视网播放的一档关于非洲甲虫的特别节目。

"你知道我的意思，比如聚在一起策划这件事情。"罗曼说道。他将他的棒球帽在手里扔来扔去，最后又戴上了它。

这真有趣，但有那么一个时刻，我会假装我们所计划的事情并不是共同自杀，而是一次银行抢劫或恶作剧，甚至是一些简单的事情，比如一堂英语课上的演讲展示。我把我们两个人想象成两个普通的少年，我真的要去他家做客，他的妈妈会专程为我烹饪土耳其菜肴，我们会在晚上的时候，一边听着音乐，一边看互联网上的愚蠢视频哈哈大笑。

我深吸一口气，感觉肋骨在扩张。不，我们不是两个正常的青少年。是的，黑色蛞蝓仍然存在于我的体内，吞食着每一个开心幸福的念头。"星期六晚上可以呀。我会把那天记在日程本上，就叫'死亡计划日'。"

他傻笑了一声。这一次，他的脸上没有出现那个半月形的笑容。他从兜里掏出手机。"我们应该互相留个电话号码。"

第一次问我要电话号码的男生居然是那个将会和我共赴死亡之宴的男生，这还真有那么点儿诗意的味道。我相信约翰·贝里曼一定会写进他的诗里。不过，也可能不会——他可能会觉得这是一件非常无聊的事情。

我给罗曼留下了电话号码，然后把他添加为新的联系人。我把他的备注名设为冷酷机器人。他斜着眼睛看着我的手机屏幕。

"怎么了?"

"你为什么要把我保存为这个?"

"这样比较容易联想到你。"

他对着我再次摇了摇头。"你应该不要再说什么容易不容易了。关于我们计划的这件事就没有容易可言。"

我知道,冷酷机器人。我知道。

3 月 15 日　星期五

斯科特先生的脚在地板上拍打着，如同他是一场《等待戈多》演员试镜的评委。铃声响起，他马上开始高谈阔论。"今天是一年当中我最喜欢的日子之一。"

我看了一眼日期。昨天圆周率日 ① 我不知道还有什么事情可以让斯科特先生这样激动。

他皱着眉头扫视了一下全班同学。我们全都无精打采地趴在桌子上，大多数同学都假装自己并没有每分每秒地盯着时钟度过。

斯科特先生叹了一口气。"难道没有人想知道我为什么这么

---

① 圆周率日是一年一度的庆祝数学常数 π 的节日，时间被定在 3 月 14 日。通常是在下午 1 时 59 分庆祝，以象征圆周率的六位近似值 3.14159，有时甚至精确到 26 秒，以象征圆周率的八位近似值 3.1415926；习惯 24 小时计时的人在凌晨 1 时 59 分或者下午 3 时 9 分（15 时 9 分）庆祝。全球各地的一些大学数学系在这天举办派对。

激动吗?"

"我想知道,斯科特先生。"斯泰西·詹金斯说道。她的手指在她那充满光泽的赤褐色头发上绕来绕去,还向斯科特先生露出了她那招牌式的奉承笑容。

"还有谁?"他问道,然后班级里发出了呻吟声。

"看到现在代表着未来的年轻人的思维如此热情活跃,我非常高兴。"他企图想挖苦我们,却没人搭理。我们都继续用空洞的眼神望着他,嘴巴微微张开。我敢打赌,如果有人拍摄过兰斯顿高中的教室,然后拿去与张口呼吸的海洋生物的电影相比较的话,你会发现它们是惊人地相似。

"到底怎么啦? 斯科特先生。"斯泰西劝诱着。我不太欣赏斯泰西,但我不得不承认,对你的物理老师说话时就像对待一只小狗,这真的需要很大的母性。不过斯科特先生似乎并不介意。

"今天我要给大家布置的作业是一个世界著名的物理学摄影项目。"

全班再次发出了痛苦的呻吟声。完成项目是最糟糕的作业。

"你们每人都会被分到一个搭档。"

呻吟声此起彼伏。就像我之前说的。团体项目是最最糟糕的作业。

"噢,拜托。"斯科特先生面带微笑地说道,"我的学生都很喜欢这个项目。"

“那我们要去拍些什么呢？”斯泰西手中拿着一支铅笔转来转去。

“耐心一点儿，斯泰西。我马上就会解释。”斯科特先生说道。这是有史以来第一次，我感觉到他的声音里夹杂着一丝愠怒。我在想，斯科特先生和我们差不多大的时候，会想着将来有一天成为一名物理老师吗？我对此表示怀疑。我猜他本以为自己会进入美国宇航局或者什么机构去工作。可怜的人儿。我几乎想不到哪种命运会比在肯塔基州兰斯顿高中教育那些幼小的心灵更加糟糕。

斯科特先生继续说：“你们需要拍摄关于这个现实世界的五张照片，要能代表能量理论对话的原则。这些照片必须与你们所选择的主题相关。”

“主题？”泰勒·鲍恩插了一句。

“是的。主题。”斯科特先生说，“以前，我有一些学生使用篮球作为主题。他们所有的照片都拍摄于兰斯顿高中的篮球赛场上。以前还有一些同学使用过游乐园、狗等等主题——”

“购物也可以作为主题吗？”塔尼娅·李问道。

斯科特先生愣了一下，然后迅速恢复了他那毫无表情的神情。“理论上讲，你可以在商场拍摄你所有的照片。”

泰勒·鲍恩举起了他的手。这真新鲜，他居然这次举起了手，而不是像往常一样脱口而出。

“怎么了？”斯科特先生指着泰勒问道。

"我们是必须亲自去拍摄那些照片吗？还是说可以直接从网上下载？"

斯科特先生又愣了一下。"问得好。你们必须亲自去拍摄。你们成绩的很大一部分将会是——"

"这不公平，"斯泰西抗议，"这又不是摄影课。"在使用撒娇的方式来进行抗议这件事上，斯泰西远远不如乔治娅做得好，但我还是因为她的努力，赏她一个"A"。

"不会根据照片本身的拍摄质量评分的。"斯科特先生赶紧说，"但我希望你们能够……"他还没说完，"等等。我应该先给大家分发一张详细的工作列表，能让你们更好地了解这个项目的方方面面。"

班里的同学们都开始咕哝，夹杂着呻吟与叹息。斯科特先生的脸霎时变红，他开始摸索着寻找工作列表。

"有没有人想帮我分发一下？"

没有志愿者。

"艾塞尔？"他用一个哀求的声音说道。

"噢，没问题。"我从椅子上站了起来，其实我宁愿吃订书钉，也不愿意和同学进行互动。在我分发那些工作列表的时候，我没有与任何人进行目光接触，似乎也没有人想要看着我。每当我走到一位同学课桌面前的时候，我都能感觉到他会身体僵硬，屏住呼吸，希望我快点儿离开。我脑海中有一个念头，想大声喊出来，让他们不必对我感到害怕，但我头脑内的另一个声音——一个更强大的声音——阻止了我，因为我不是那么肯定。

当我回到我的课桌的时候，斯科特先生开始继续解释这个项目的详细内容。他说他希望我们能够把照片安装在白色的羊皮纸上，然后整理成一个小册子。每一张照片下面都需要附有一个详细的书面解释，描述这张照片里所体现的物理原理的历史以及它所对应的公式。最后将会根据照片的清晰度、底下的描述，以及其中所涉及的物理原理来评分。我们还可以从编排的小册子以及主题的创意来赢取分数。另外，如果没有办法弄到数码照相机的话，可以从图书馆借一个。斯科特先生没有给那些想要趁机钻空子的人留下任何借口。

"那么现在就是选择搭档来完成这个任务啦。"他说道，搓着双手，"我认为最公平的事情是从帽子里抽名字纸条。"

我早就猜到了，班里会爆发一些抗议活动。

"这完全不公平啊。"斯泰西说。

"是啊。"塔尼娅也附和道，"我们应该自由选择自己的搭档。况且我们的分数将取决于他们。"

斯科特先生挠了挠他的脖子后面，眼睛有些抽搐。"以前我让同学们自己选择搭档的时候，总是会看到一些非原创的主题和一些平庸的照片。而后来随机安排搭档的时候，我就会看到更多具有创造性的作品。我觉得就应该让同学们多和他们不熟悉的人一起合作。"

甚至在我们大家将自己的姓名写在从笔记本上撕下来的小纸条上递给斯科特先生的时候，班上还是有很多同学在继续与他争辩。他拿起他桌上的那个辛辛那提红袜队的红色帽子，然后把所有纸条放了进去。当他每叫出一对搭档的名字的时候，那些呻吟声和叹息声都会变得更加响亮一些。

我咬紧牙关，真希望我足够聪明，没有上交我的名字纸条。也许最后我就可以得到独立完成项目的机会。更妙的是，我也不需要听到我的搭档一旦听到我和他一组之后立马大叫着想要摆脱我的反应。

"艾塞尔·塞朗。"斯科特先生把我的名字从帽子里抽了出来，大声宣布道。

全班瞬时沉默。

"你的搭档是泰勒·鲍恩。"斯科特先生高兴地说道，完全无视这个患有"社交麻风病"的我。

"噢，上帝啊。"斯泰西惊呼了一声。她伸出手来拍了拍泰勒的肩膀。"我很遗憾，小泰。"

泰勒的脸色骤然变黑，就像一个刚刚杀害了自己母亲的人。我猜，根据我的家族史，我不应该去嘲笑他。我其实对泰勒感到很遗憾。我知道，只要谁和我扯上关系，他的社交势力都会造成一定的损失。而实际上，我们的这个项目的截止日期为4月10日，所以其实最后结果如何根本无关紧要。

在我上交这个项目之前，我就已经离开了人世。

3 月 16 日　星期六

在"塔克营销理念"打工的每天最后十分钟往往都是度秒如年。我考虑着要不要给我的电话簿上的下一个人拨打电话，但是这将意味着我其实真的在乎自己是不是一个好员工，而我真的不是。于是，我开始在"Smooth Passages"上游荡。

我又浏览了自杀搭档那个板块的一些帖子。很奇怪的是，很多人会发布很多帖子。我在想，是不是他们不喜欢那些给予他们答复了的人。然后我想，是不是除了我之外，还有其他人也回复了罗曼。他是拒绝了别人、选择了我吗？这个想法让我的胃开始以一种我不习惯的方式翻腾。这主要是因为在我的人生中，但凡有另一种选择存在时，我都不可能被挑选中。不过，说实话，罗曼很可能根本没有任何其他选择。肯塔基州威利斯，是一个蛮荒之地。对他而言幸运的是，从兰斯顿出发，去哪儿都不需要超过十五分钟。

"我告诉过你，不要在工作的时候浏览交友网站。"劳拉抱怨道。

"话说你为什么这么关心啊？"我赶紧在她看清楚这个网站之前，将窗口调至最小化了。

她抠着她那残缺不全的粉色指甲油。"我不关心。不过我必须告诉你，我觉得你只会在那种网站上找到一些彻头彻尾的变态。"

她不知道她有多么正确。"谢谢你的建议。"我想要尽我所能去维持一本正经的神情，但我做不到。劳拉摇了摇头。

"等你的电脑中了病毒可不要怪我。"她指着我的屏幕说道。

"我一定会通知帕尔默先生，那个彻头彻尾的变态网站都是我的一个人的责任。"我给她眨了眨眼，然后拿起了电话，想要憋住不笑，然后拨打我的名单上的下一个号码——居住于罗恩山通道的厄尔·戈杰斯。

"喂？"一个低沉的声音接听了电话。

"请问是厄尔·戈杰斯先生吗？"

"是的。"电话那头的声音说道。

"嗨，戈杰斯先生，我是艾塞尔·塞朗，我谨代表塔克营销理念向您致电。想要向您询问一些关于健康和活力食品的问题。"

"去死吧。"他说完便挂断了电话。

我转过身，对劳拉说道。"那个人让我去死吧。"

这一次，轮到她哈哈大笑了起来。

　　我开车去接罗曼的时候，决定走那条远一点儿的路。开到坦纳巷，我的双手就开始发抖。自从爸爸的那件事情发生之后，我尽可能地避开有关这条街上的一切事物。坦纳巷坐落在这个小镇的郊区，那儿只有一家康乐中心和一些破旧的店铺。当我开车行驶在这条路上的时候，我允许自己看了一眼左侧。

　　然后我看到了它。爸爸的那家陈旧的便利店。那幢被遗弃的破旧灰色水泥建筑现在看起来并没有什么不同，从它身上所能看到的全都是过去的印记。这个小镇上的人都想要将它拆毁。显然，某位开发商将它买了下来，然后计划把它变成那种你可以自主搭配任意口味任意颜色的冰激凌、购买热腾腾的比萨，以及给你的爱车充满能量的加油站。而你只能在我爸爸曾经的那个店里买到一根巧克力棒、一杯咖啡，以及一份报纸。

　　我知道我应该迫切地渴望它被拆毁，急切地想要看到那段悲惨记忆的坍塌。如果那个犯罪的场景不复存在，人们也许就会开始遗忘。但我知道这并非是我内心的想法。即便如此，我也不希望看到这幢大楼消失。无论是好是坏，这都是我独一无二的童年。

　　我盯着那幢楼房，回忆当年与爸爸一起坐在那个柜台后面的场景。我们会一起分享一根士力架，一起听着巴赫的曲子。他会向我讲述，在他年轻的时候，他曾幻想着学习弹钢琴。他说，等他的商店赚了足够的钱，他便会让我去上钢琴课。他要送我去一个奇妙的音乐世界。我想，事情并没有按照他计划的方式走下去。

停车场空空如也。我把车停到那栋楼房附近，然后熄了火。我下了车，用手去抚摸那熟悉的混凝砖块。我在前面的马路边四处溜达，寻找着在我十岁那年曾经把手按在人行道上印出的手掌印。

当爸爸发现我这样做了之后，他的眼神里闪耀着愤怒之火，额头上的静脉凸起，然而之后他看着那小小的手印，回头看着我，终于爆发出一阵大笑。他把我拥入怀中，说："我觉得没关系，塞莉。这样一来，每个人都会知道这个地方是属于你的。"

我紧闭双眼，把我的掌心按在那个曾经的印记里。现在它们对我来说太小了一点儿，有些放不进去，但它却仍比世界上的其他地方让我更有融入感、归属感。我抬头望向天空，慢慢地睁开了眼睛。天空是灰色的，非常平静，仿佛它屏住了自己的呼吸。我也屏住了呼吸，等待喉咙里的那幢压力大楼渐渐消失。不过它并没有消失而去。

"我想你，爸爸。"我悄声而语，我的目光回到了水泥路边，"我知道我不应该想你，但我真的好想你。"

我的手机响了起来，我看到一条来自罗曼的消息。我告诉他，我在路上，然后跳回到了车里。当我抵达冷酷机器人的房子时，我发消息让他出来。我不想去面对他的妈妈。但当门打开的那一瞬间，我看到富兰克林夫人站在那里。她迈着轻快的步伐向我的车走来。

我深吸一口气，摇下车窗。

"艾塞尔，"她的声音有些紧张，"你来了，我真的很高兴。"

可是你听起来并不像是很高兴的样子。我对她点了点头，因为我不知道该如何回应她的那句话。

"罗曼昨天一整天都没有下床，也不肯去上学。不过，他刚刚告诉我，他打算和你一起出去，是吗？"她眯着眼睛看着我，仿佛试图在我身上寻找出究竟是什么对她儿子具有如此大的诱惑力。可怜的女人。她不知道，不是我对她儿子具有吸引力——而是死亡。

我点了点头。"是啊。我们今天要出去闲逛一下。"我尽量让自己的声音不带感情，哪怕我的声音中夹杂着最轻微的颤动，也会让我真正的计划——我们今天出门的真实原因——泡汤。

"去哪儿呢？"她把手放在腰上。我的身体往我的车座位里更加深陷了进去。我没有为这场审讯做好准备。

我犹犹豫豫地想着答案的时候，罗曼出现在他妈妈的身后。"我们要去那个操场。"

她的目光迅速从我脸上转移到罗曼脸上，然后又转了回来。她脸上流露出一丝担忧的神情，咬了一下嘴唇。然后，她慢慢地露出微笑，但这个微笑非常虚弱。"你们要去打篮球吗？"

我望着罗曼，寻求答案。他弓着背，就好像他只能勉强着撑住站姿，就好像他对于自己的身高感到不适。而他却是那种永远无法隐形于人群之中的人，无论他们多么不想引人注目。"是啊。我要教艾塞尔投篮。"他轻轻地对我比画着，动作笨拙而缓慢。我在想他是不是以前一直用手说话，而现在却有些生疏了，"你现在面前坐着的就是下一个篮球巨星。"

我强迫自己挤出一个微笑，并且只能想象这个笑容看起来有多么地假。"他说哪怕是一只猫，他都能够教会它投篮，所以我给他介绍了一个难度更大的学生。就是我。"

富兰克林夫人笑了起来，但我仍然能够感觉到她内心的一丝犹豫。"好的，好的，你们小孩儿真有趣。但是，罗曼……"她把手搭在他的肩膀上，她那涂着粉色指甲油的指甲在我车前灯的照耀下闪闪发光，"如果你要在外面待到很晚，那你要记得给我打电话噢！"

"好的，没问题，妈妈。"他给了她一个很轻的拥抱，当她的手指穿过他那蓬松的短发的时候，我移开了目光。

她向房子走去，还回头朝我们挥了挥手。罗曼溜进副驾驶座位，我们一起沉默着坐了几分钟。

"很高兴见到你。"我说。

"我告诉过你不要开玩笑了。"

"这不是一个玩笑。"我发动了车，"所以我们真的要去那个操场'闲逛'吗？"我使用了他白天用的那个词语。"闲逛"这个词听起来比"我们应该去哪儿密谋我们的联合死亡"不那么神经病一些。

"当然。那个旧操场就相当不错。"他凝视着窗外，他给我的这种感觉似乎比我初次见到他的时候更加疏离。

我开着车，沿着他家门前的这条路走了下去，然后左转到了主街上。"你忘了我不住在威利斯。我不知道你那个旧操场在哪儿。"也许他是那种会把他的谎言在脑海中变为事实的人。就比如他只是因为他曾告诉他的朋友，我俩相识于那个旧操场，于是不知何故上天就把这句话变成了事实。

"就这样一直走下去，然后右转到负鼠赛跑。"

只有在肯塔基州威利斯，"负鼠赛跑"才会是一个街道的名称。

"我就要开始参加负鼠赛跑了。"我说。

他瞪着眼睛看着我。

"好吧，好吧。我认真一点儿。"

"你吓到我了。"他说。

"为什么？"

"你开玩笑的方式。你似乎非常认真地对待这件事，但只要你开始谈论这件事的时候，就会露出一副没心没肺的模样。"

我哈哈大笑。就像我每次同劳拉说话的时候会迸发出来的那种笑声，声音高亢而扭曲。

"对，就这种，你发现了吗？"

"对不起。我一紧张的时候就喜欢笑。"

88

"你现在为什么会紧张？"

我向右转上了负鼠赛跑路。"因为你在询问我关于我的动机的问题。另外，我曾经读过，抑郁症的副作用是一种强烈的欲望，使人想要开一些愚蠢的玩笑。"

他皱了皱眉头。

"我是认真的。"

"我不认为这是真的。"

"你可以去查查。"

"好吧，我会的。"他把双臂交叉，抱在胸前，望向窗外，"所以你会告诉我吗？"

"告诉你什么？"我的车跃过了负鼠赛跑路上的一个坑洞。

"你为什么要这么做。"

我看到了大街左侧的那个操场。那个"旧操场"显然是由一副生锈的秋千、一个由金属链子做成球篮的破烂篮球场和三张腐朽的野餐桌组成。从它的样子来看，这里貌似曾经有一个沙箱，但我猜，一定是在某个时候，那些沙砾被换成了碎石。苏打水易拉罐和薯片塑料袋等垃圾遍布这片泥泞的草地。在某些方面，这个操场给人的感觉更像是一个墓地。它的存在好像只是为了证明曾经那份陈旧褪色记忆而已。也许这就是冷酷机器人如此喜欢这里的原因吧。

我停好车，看向罗曼。他的膝盖弯曲着，顶着仪表盘，但他似乎并不介意。他那淡褐色的大眼睛望着外面的操场。

"你还没告诉我你为什么要这么做。我不知道我们的计划是要互相分享彼此的故事。"我说道。我的肺开始收缩，这是在警告我不要透露出任何信息，以免我以后会后悔现在的这个决定。

他打开车门，下了车。我在座位上继续待了几秒钟，闭上双眼。我知道这违背了自杀搭档的意义，但是我非常不想把我的理由告诉冷酷机器人。我不想让他看待我的眼神变得像我学校里的其他同学一样，仿佛我是一枚定时炸弹。我喜欢让罗曼觉得他和我非常相似。我喜欢这种和某个人有着某种神秘联系的感觉。我不想毁了这种感觉。

更糟糕的是，出于他与布赖恩·杰克逊的关系，我不认为他会轻描淡写地对待我爸爸的所作所为。当然，也许他和布赖恩的关系并不太亲近，但一想到我爸爸是致使布赖恩家庭悲剧——让这位哥哥没能参加奥运会——的罪魁祸首，我就感到坐立不安。我没有办法向罗曼倾诉我的真实原因。我不想冒着让他想要从我身边逃离的风险吐出实情。

他只需要知道，我已经准备好去迎接死亡。这应该就足够了。

他轻轻地拍了拍我的车窗。我下了车，倚靠在车上。

"对不起，"他说，"我有时候是有点儿混蛋。自从……"他没有说下去，抬起手，挡在眼睛上方，凝视着天空。太阳几乎已经落山了，所以我不知道为什么他还要用手遮着眼睛。也许这只是一种习惯。我们的所作所为都是出于某种习惯，真有趣。

"自从？"我提醒他继续说下去。

他走向一张野餐桌，然后一屁股坐在了上面。我坐他的旁边，呼吸着空气中飘散而来的潮湿腐烂的木头气味。天空呈现出一片朦胧的蓝色。肯塔基州三月的日落总是这个样子。仿佛是天空中有太多的水分，无法产生出蓝色系之外的任何颜色。

"自从她死了之后。"

"谁死了？"我紧接着追问道。也许这不是很有礼貌，但我觉得没有一个正常的社会规则适用于我和冷酷机器人之间的关系。

"我的妹妹。我的小妹妹。她当时只有九岁。"

我咬着我拇指指甲周围的皮肤，盯着罗曼。他用膝盖顶住下巴，将自己折叠起来，就像一把折椅。"她还那么小。"有那么一个短暂的瞬间，我想起了迈克。他今年九岁了，快要十岁了。

"她还那么小。"

"十七岁也很小。"我说。

"你现在是想说服我放弃这个行动吗？"

"不是。我只是想说，我不认为你只是因为她死了所以就想要去死。这就像是——"

他打断了我，说："她的死是因为我。"他低声怒吼，我吓得闪躲在一旁。

"你什么意思？"

他大声呼了一口气，肩膀随之瑟瑟颤抖。"有一天晚上，我负责照看她。但我没有真正照看她，你知道吗？"

我不知道，但我向他微微点了点头，催促他继续说下去。

"我的女朋友当时来我家了，然后麦迪，也就是我妹妹……"他轻轻地吸了几口气，我特别担心他是不是马上就要哭出来了。我从来都不知道当别人哭泣的时候应该怎么办。我自从十岁起就没有哭过了。我觉得是因为黑色蛞蝓将我体内存在的任何潜在的泪水全都吸收而尽了。

罗曼继续说道："麦迪想要洗一个澡，我对她说可以。但是，麦迪曾经犯过癫痫，是那种超级严重的癫痫，所以她是不可以独自一人洗澡的。"

"嗯哼。"我发出了一声嘟哝，这是从劳拉那儿学来的一招。

"但我想要……你知道的，和凯莉。"

"等等，"我说，"凯莉是我们在乐啤露摊看到的那个女服务员吗？"

他摇了摇头。"不是。那是苏西。"

"但是特拉维斯上次暗示说你们曾经约会过。"

"我们曾经在很久很久以前约会过。"

"你有过多少个女朋友？"我尽量不目瞪口呆地看着他。

"你现在问这个问题是认真的吗？"他的手抬了起来，"我现在正在向你讲述这个故事，这就是你提出来的问题吗？"

我耸了耸肩，然后继续咬着我的拇指指甲。我踢着野餐桌的桌脚。它摇了一下，有那么一瞬间，它看起来就像快要垮掉。

"继续。"

"你难道不打算说一声对不起吗？"

"难道这不意味着什么都没说吗？这个词？尤其是如果你非要我说的话。"

他的眉毛皱在了一起，就好像他真的在考虑"对不起"到底有没有任何意义似的。有那么一瞬间，我觉得有点儿抱歉，然后说道："你说得对，我很抱歉。"

"嗯，好吧。"他又回到了他那个像折椅一样的姿势，"然后，我告诉麦迪，她可以洗澡，因为我是个白痴，我当时只想到，在她洗澡的时候，我和凯莉就可以拥有十五分钟不被打扰的时间，这样凯莉就可以和我一起去我的房间，然后我们可以把音乐调到很大声，麦迪就听不到我们了，你知道吗？"

我是真的不知道。我有点儿惊讶，冷酷机器人似乎认为我曾经有过性生活。

"然后，凯莉和我……"他露出一脸尴尬的样子，两臂在他身体的两侧晃来晃去，我脑补了这些肢体信息，"然后，我走出卧室去看看麦迪怎么样了，然后——"他的话语中断，我听到他强忍着啜泣，"我发现我的妹妹死在了浴缸里。她淹死了，死前癫痫发作了。她一定尖叫着喊过我，我却没听见，因为我正忙于和我那愚蠢的女朋友鬼混。"

他的这个故事让我感觉如同被人用一把铲子戳进了胸腔。

我深吸一口气，大脑还在处理他刚刚对我所说的一切。我知道，此时此刻的我应该说一些类似同情的亲切话语，表达我对他的安慰之情。但我体内的黑色蛞蝓已经将可能产生的任何一种安慰或同情的想法吞噬干净，所以我根本说不出那样的话语。我脱口而出的是："但是，这和开车有什么关系？我还以为你经历了一场可怕的车祸之类的呢。"

他的头猛然抬起，我看到了他眼眶已然泛红。他从桌子上跳了下来。"那算了吧。我本来以为我应该可以与你分享这些，哪怕你非常奇怪，并且有些混蛋，但是现在我想我之前想错了。"

"罗曼，拜托。"我从长凳上站了起来，低头看着他，"这不公平。我不知道你希望听到什么样的回答。"

他抬起手，穿过他那蓬松的头发，不肯看我一眼。他盯着泥泞的地面。"我希望你不要取笑我。"

"取笑你？我怎么可能取笑你？你才是那个刚刚说我混蛋的人。"

"你不觉得你很混蛋吗？"

"我知道我是个混蛋。"

他慢慢地鼓了一下掌。"女士们，先生们，非常感谢。至少有一件事我们都持赞同意见。"

我跳了下来，站到他的身边。我抑制住内心想要去抓住他胳膊的冲动。"拜托。我们还是可以继续分享啊。我只是不知道该说些什么。我又不是心理医生。"

"很显然你不是。"他说道，对我摇了摇头。慢慢地，他的嘴角露出了一丝狡黠的微笑。

"你希望我为你感到遗憾吗？"我走到秋千旁，抓住那光滑的链条，坐在那油漆斑驳的金属座位上。我用力蹬腿，尽我所能荡得更高一些。也许，如果我蹬得够用力，我便会飞到空中，我的动能会让我冲出这个宇宙。不过这不大可能，但我是一个喜欢幻想的女孩。

他没有回答我，然后我说："我不会对任何人感到遗憾。"

"为什么？因为没有一个人的生活会比你现在的生活更加悲惨？"他在我旁边的秋千上坐了下来，但他没有让秋千荡起来。秋千随着他的重力在空中微微晃动，但他没有蹬腿。

"不是。"我说，"我只是觉得，全世界都会为你感到遗憾。你选择和我搭档，显然不是为了再找一个和他们一样看待你的人。"

我的秋千荡得越来越高，我听到秋千的链条吱吱作响。

"小心点儿。"他说道。

"为什么？"我从没有想过要小心一点。我一心想着最后一个猛冲，想着放开手，一飞冲天，坠落无息。

"你不可以抛下我一个人去死。"他低声说。

3 月 16 日　星期六

罗曼让我开车前往山峰之巅。山峰之巅是一个公园，坐落在俄亥俄河上方那些巨大高耸的山峰之上。公园的边缘是由岩石峭壁组成，罗曼认为那是一个死亡的理想场所。

我对此心存疑虑。

"如果我们最后没有死掉怎么办？"我问，"也许我们会在水里待上至少一个小时，在水中哭泣，感受头晕目眩的疼痛。可能需要很长的时间，我们才会真正死去。我不想要一个漫长、痛苦的死亡。这不是我的初衷。"

"你真的很扭曲哎。你自己知道吗？"他沿着小道边走边说。我们正在试图寻找进入悬崖的最佳捷径。这座公园的管理者把通往悬崖的路途设置得非常遥远、艰难。这主要是因为他们不希望青少年享受悬崖跳水的乐趣，因为他们可能会不幸身亡。我只是希望死亡的几率大于他们所认为的这种"可能性"。

"我思考这件事已经思考了十一个多月了，"我告诉他，"我肯定已经扭曲了。但我还是有很多见解。"

"不要跟我扯什么十一个月之类的废话。我和你一样非常想完成这件事。再说了，你不知道忍受着这种愧疚活着有多么痛苦。"罗曼的声音冰冷刺骨，但他冲向山顶的脚步却未曾停过。他实际上是在以跑步的速度攀爬，而我则想要努力跟上他的步伐。

"你是对的。我的确不了解。但你也不知道我的故事。"我不情愿地吐出了这句话。我俯身抱住我的胳膊，喘着粗气。我真的应该多说一些出来。清凉的小草逗我的脚踝，钻进了我牛仔裤腿里，在我的运动鞋和牛仔裤之间那一截皮肤上撩拨。我的牛仔裤是有点太短了，但我宁愿吞玻璃，也不愿意和妈妈还有乔治娅一起购物。我想我可以再撑几个星期，再去买一条新裤子。

"我不知道你的故事是因为你根本不告诉我关于你自己的任何事情。"他说。他似乎并没有被我的话绕晕。真该死。

我走向草地中光秃秃的一条小道。"我敢打赌，如果从这里穿过去，我们能更快抵达河流。"

他跟着我穿过了那片草地。天色已暗，我们看不清前方的道路，不知道要怎么去往我们想去的地方。我想，这是不是就是命运的某种讽刺性的转折，会不会还没有等我们看清楚悬崖在哪里，就从上面摔落了下去。就像宇宙给我们开的最后一个玩笑：你无法计划你的死亡，哪怕在你尝试着去死的时候。

草地中光秃秃的那条小路慢慢延伸至森林。黑色粗壮的树干包围着我们，我们的鞋底踩在树叶和树枝上咯吱作响。我差点被那蜿蜒的树根绊倒，罗曼一把抓住了我。俄亥俄河的河水不会发出非常明显的声音，不会泛起一串一串的泡沫。但是，我仍旧能够感觉到我们离它越来越近了——我可以闻到那些潮湿、发霉的河水气息。

潮湿泥泞的森林地面逐渐变成了碎石地面。我们已经到了山顶边缘。我们都凝视着那条河流——唯一能够听到的声音是一些小鸟的鸣叫。

"我不明白你为什么任何事情都不告诉我。"他终于开了口。

"你为什么这么好奇呀？这和我为什么想死有什么关系吗？"

"有点儿关系。"他说。

"为什么？"

"因为如果你的理由非常愚蠢，我会想办法说服你不要这么做。"

我哈哈大笑起来。"不，你不会的。"

"真的，我会。"

"我说你不会，是因为这样一来，你就没了司机，你明白吗？你自己不具备从你那亲爱的妈妈身边逃离开来的能力。顺便说一下，你从来没有解释过这个事情。"

虽然太阳已经下山了，他却又开始用手罩在眼睛上方，仰望天空。我们站得十分接近，我可以看到他黑色 T 恤领口里的那块空隙。他的锁骨非常锋利，在皮肤下清晰可见——他比我想象得更加消瘦。

他发现我正盯着他看，于是往旁边挪了好几步，我们之间出现了一定的距离。"在麦迪去世后，我被送去治疗。大量的治疗。医生对我的父母说我不能再驾驶了，因为他们担心我注意力无法集中。他们还建议，不要让我在无人监督的情况下独处。显然，独处会让人更加抑郁，但我能够感觉得到，我关于麦迪的死这件事情的感受不会因为我是独处还是与人在一起而发生任何改变。"

治疗。在我爸爸刚刚离开的那段时间，我的学校让我每个星期去见三次心理咨询师。但是那些会面并没有显著的成效。我只是坐在那里，哼唱着古典乐曲，盯着她那些收集过量的盆栽植物。最终，她放弃了我。

"什么？"他问道。我一定是做了个鬼脸。

"没什么。我也曾被送到一个心理咨询师那儿，你说你的治疗也没有奏效，这让我觉得很有趣。"

"很有趣吗？"

"不是有趣，是很讽刺。"

"我不知道你这个讽刺使用得正不正确，但你似乎比我聪明一些，所以我会信任你。"

"你会信任我吗？"

他没有回答。他在悬崖的边缘坐了下来，把整个身体向后倾斜。他用双手托住自己的头部，手肘向两边伸开。我坐在他的身边。我没有躺下，而是用膝盖顶住了下巴。

"你想要在水里淹死是因为她也是这么死的吗？"

他闭上了眼睛，轻轻地对我点了点头。"只有这样似乎才是公平的。"

"我们可以在这里完成，如果你想的话。我只是有点儿紧张。"我伸直膝盖，用手去感觉地面。岩石粗糙地摩擦着我的手掌。

"我觉得紧张是一个非常正常的反应。"

我大声呼出了一口气。"我不是因为这个行为而感到紧张。"

"噢，想到要从这个悬崖上跳下去，你都丝毫不会觉得紧张吗？你真是一个天不怕地不怕的家伙。"罗曼用一只手支撑着身体，这样他就可以直接看着我了。

"噢，也许我有点儿害怕。但我更害怕的是接下来的事情。"

他又回到了背部平躺的姿势。"你的意思是等我们死了之后会怎样？"

我捡起一些碎石，让它们从指缝中滑落。"难道你从来没有想过这些吗？如果这还没有结束，我们只是去到了一个比这里更为糟糕的地方呢？"

他坐了起来，抓起一块石头，从悬崖边扔了出去。那块石头起先消失不见，然后击打中了水面——太小了，都没有激起什么浪花。"任何地方都比这里更好。"

"但是，你真的认为我们可能死去吗？"

他的脸部变得僵硬，下巴的肌肉收紧，眼睛里闪耀着光芒，仿佛燃烧了一样。我不知道冷酷机器人在麦迪死去之前的想法是否和现在截然不同。他有着栗色的头发，透亮的皮肤，硬朗的下巴，他绝对是那种公认的帅气男孩。要知道，是那种非常显眼的帅气，就像那种学校购物商业广告男主角的类型。你在任何地方都能看到他，他会在高中里广受欢迎，你一定会认识他的脸。是的，罗曼就是这样的一个人。

但我看他的时间越长，就越能够意识到他与我所认识的比如泰勒·鲍恩和托德·罗拔臣那种男生的不同之处。我现在正式收回关于我第一次见到他时所说的言论——冷酷机器人确实够冷酷。他所有的动作和表情都加剧了他冷酷的程度，就像他是用石头雕刻出来，被锁在一个冰筑建而成的房子里，最近才起死回生的一样。我不知道该怎么形容，但我看他的时间越长，就越能看到他的悲伤像枷锁一样束缚着他，让他永远不能振翅翱翔。我试着想象，如果他没有这些悲伤，没有这样的沉重感，没有这么冰冷的一面，会是什么样子。但从他脸上，我只能看到无尽的绝望与伤心。是的，他长得像是那种注定光芒四射的人生赢家，而他看起来却像是注定会悲痛永随的人。

他全身上下都流露着悲伤的气息。

"你怎么会问出这样的问题？"他的声音把我拉回现实，"显然能死。麦迪就死了。她死了。她走了。"

我耸了耸肩，在沙砾上摩擦着我的手掌。石头的边缘割破了我的皮肤。"我一直在思考关于宇宙能量的问题。如果能量永远不能被创造或毁灭，只能转移的话，那么你觉得当人死后，到底会怎么样呢？"

他摇了摇头，站了起来，走到离我远一些的地方，靠近了悬崖边缘。我跟着他走了过去。我低头看着河水，试图想象，当我落入水中的那一刹那，会是怎样的一种感觉。俄亥俄河流动得如此缓慢，没有漩涡，不会飞溅，只有那慵懒的河水缓缓流淌。也许河水会将我紧紧拥入怀中，将我肺中所有的空气全都挤压出来。也许我会觉得自己在水中摇晃着旋转着，就进入了梦乡，也许我会被拉到水底，所有的一切都将陷入黑暗，一切都将如梦如幻。也许会这样吧。

"你一定会死掉的。"他又重申了一遍他之前的观点，"麦迪就死掉了。我不知道她的能量去哪里了。"

"仅仅因为你看不到，就说明她的能量消失了，这说不通啊。"

他的手在他身体两侧拍打了一下。他又拾起一块石头，从悬崖边缘扔了出去。"你必须停止跟我讨论这个玩意儿。这真让人瘆得慌。"

"其实这也把我吓坏了。"我轻声说道。

"我需要坚持认为，当我们死了之后，我们就彻底死掉了。

我不能去想别的。"

"好吧。"我同意抛开这个话题不再讨论，但这并不意味着我会停止思考这件事。

我们都继续沉默地望着那条河流。我们又陷入了在水中死亡的想象。

3 月 18 日　星期一

　　每个星期一的上午可能是我一个星期中最不喜欢的时光。我从来都不能再多睡十五分钟的懒觉，因为乔治娅总是很早就会爬起来，在她的衣柜里到处翻找衣服。上帝不允许她选择错误的衣服。显然，你在星期一所做出的选择是相当重要的——据乔治娅称，你在星期一穿的着装决定了在接下来的一周里你的状态。比如，如果你穿得真的非常优雅得体，你会得到大量的赞美，你就会在星期四的代数测验上得到极好的发挥。我真的不认为多项式与坡跟鞋或紧身牛仔裤有什么关系，但乔治娅显然对这一套深信不疑。还好我每天都穿着差不多的着装——灰色条纹长袖 T 恤、黑色牛仔裤、灰色运动鞋，所以这样说来，我的运气似乎永远都不会发生变化。

　　"艾塞尔，"她小声叫着我的名字，"艾塞尔，醒醒。"

　　"乔治娅。"我发出被吵醒时那种懒洋洋的呻吟声，翻了个身，我把脸埋进枕头，希望这样就能够听不到她的声音，"我觉得无论你穿你那条紫色毛衣连衣裙还是那条红色铅笔裙都无所谓。我敢肯定，无论你穿什么，大家都会觉得你美丽动人。"

我听到我的床尾发出吱吱的声响，她开始用手指戳我的腰，我扭动着想要逃离她，我的四肢在床上呈现出纠结的样子。"你到底在搞什么鬼？"

"醒醒！"她的手缩了回去，在房间里来回踱步，"看看窗外。"

我揉了揉太阳穴。我本来打算再睡个十五分钟，或二十分钟，因为我今天不打算梳头了。我叹了口气，强迫自己起床。我跌跌撞撞地走到我们卧室后墙正中间的那扇小窗户前。这三年来，这个窗户一直都是作为我和乔治娅的领域分界线而存在——左边是我的领域，右边则是乔治娅的领域。她的那一侧墙上覆盖着她从时尚杂志上撕下来的一些彩页、她与她的朋友们的照片，摆放着她收集的盐瓶——各种各样奇特的盐瓶，比如猫头鹰、卡车、狼形状的——她从那些旧货店购买而来。而我的那一面墙上空空如也。

"瞧。"她身体向前倾，指着窗外。

我从窗户里望出去，看到草地上覆盖着厚厚的积雪。我眨了眨眼，因为太阳已经升起，光芒刺痛了我的双眼，整个院子都闪闪发光。雪已经堆积到了橡树的树干上，我觉得积雪至少有四英寸的厚度。

"是不是很神奇？"乔治娅在我身后鼓着掌，"今天肯定不需要上学啦!"

"三月从来没有下过雪呀。"我说。

"在我们小的时候下过一次,你还记得吗?"

我记得。那是非常美好的一天。我应该不超过九岁,乔治娅应该是七岁,迈克那个时候才两岁。爸爸开车把我送到了这里,让我在这里待一天。因为他那天仍然想去店里工作,虽然那些孩子应该不会上学,但他还是希望能够多招揽一些顾客。

那天早晨,妈妈给我们做了巧克力馅的薄烤饼,然后我们一整天都在院子里堆雪人,在蔓藤街滑雪橇。那一天,我们真的感觉彼此是真正的亲人——我也丝毫不觉得自己是一个前来度周末的客人。

那是很久很久以前的事情了。

沉默了片刻。我出神地望着窗外那刚从天降的雪,而乔治娅看着凝视窗外的我。我们都不知道应该跟对方说些什么。

"我想我要回去睡觉了。"我说。这个下雪天,没有烤饼,没有雪人,只有多出来的几小时的懒觉时间。独自一人。

我听到她发出了一声嗤鼻声,我能想象她皱眉的表情。"你是不是因为星期六的晚上所以很累?"

"什么?"

"你那天出去直到很晚才回来。"她说。

我跃到我的床上,拉过被子蒙住了脸。我不打算跟乔治娅谈论罗曼的事情。永远都不要。

她坐在我的床尾。"你当时和谁在一起？你是交了男朋友吗？还是什么？"

我不禁哈哈大笑了起来。如果我有男朋友，那么他的名字一定叫做"死亡"。而我敢肯定，罗曼一定也深爱着他。这就像一个错误的三角恋问题。或者，也许这会是一场正确的三角恋：我们都能在 4 月 7 日得到我们的真爱。

她怒气冲冲，我感觉到床动了一下，她站了起来。"好吧。你就嘲笑我吧。我只是想要和我的姐姐聊聊天而已。请原谅我的努力。"

噢，现在你想要和我说话了？我突然又想再次发出大笑。这整个事情都太具讽刺性了。只有当大雪封锁了她出去和朋友相聚的道路时，她才会想起要和我说说话。"同母异父的姐姐。"我纠正她。然后下一秒我就突然觉得有点儿内疚。随后黑色蛞蝓立马前来救援。

"你真是不可理喻。"她叹息了一声。如果我没这么了解她的话，我会觉得她很伤心。她靠在墙上，手搭在门把手上。"噢，你知道吗？妈妈做了烤饼。"

我听到房门砰地一声被关上了，她离开了房间。几秒钟后，门再次被打开。"噢，你知道吗？史蒂夫……"她说"史蒂夫"这个词的语气和我平时一模一样，就像拉扯着一根松散无力的橡皮筋。然后出现了令人尴尬的沉默，接着，她继续说道："是的，史蒂夫，他在工作。闪耀工厂今天没有关门。"

"你是说你爸爸，"我又纠正她，"你爸爸今天还在上班。"

"是啊，我爸爸。那个不知为何你非常憎恶的男人。那个给了你一个家的男人。"

终于爆发了。我把被子甩开，直直地坐了起来。"他真是慷慨大方啊。我不恨他，乔治娅。"

"噢，真的吗？好吧，你看起来是一副不恨的样子。我已经厌倦了每天你都感到非常抱歉的样子，只是因为你爸爸的那件事。另外插播一条：你并不是你爸爸。并且你应该不要再因为你爸爸的所作所为而去指责其他人，包括你自己。"

那你怎么不去告诉其他所有人啊，我心想。我对她露出一个皱眉的表情，希望她能够离开房间，让我一个人安静一会儿，但她仍然没有离去。她盯着我看了一会儿，她的手放在她那纤细的腰部。我也盯着她看，试图找出我们哪里有同母异父姐妹的相似之处。她有着白皙的皮肤、蜂蜜色的头发与娇小的鼻子，看起来就像那种典型的肯塔基州选美佳丽。她就如同灿烂明媚、受人追捧的太阳，而我则像地表崎岖、阴郁黑暗的月亮。我们唯一的共同之处就是眼睛。我们都遗传了妈妈那漆黑的杏仁眼。

今天，她把头发绑成了麻花辫，穿着男生风格的短裤和一件超大的肯塔基大学野猫队的 T 恤。我在想，她是不是已经忽视了她的"星期一理论"。我正要对此发表评论，但她抢在我之前说："我只是希望你不要总是那么难过，艾塞尔。"

我也希望，乔治娅。我也一样。

108

我深吸一口气，下了床。"我在楼下等你吃烤饼。我先去刷个牙。"

她露出一个灿烂的笑容，仿佛我刚才告诉她她顺利通过了代数考试似的，跳着出了房间。我觉得自从上一次三月的那个下雪天之后，我就再也没有跳过了。

我走过大厅，来到浴室，在牙刷上挤了一截牙膏。我拿着牙刷回到了我们的房间，一边刷着牙，一边望向窗外。我听到妈妈、乔治娅和迈克在厨房里说话。

"她很快就会下来了。"乔治娅说。

"噢，很好!"妈妈说，"我很高兴你说服她起了床。"

枫糖浆的香味溢满了整座房屋。我能听到迈克在厨房的桌子上敲打拳头的声音。"多加一些巧克力屑，"他说，"艾塞尔喜欢巧克力屑。"

一股暖流涌入心头，我等待着黑色蛞蝓从我体内吞噬掉这种感觉，但却没有。这种感觉一直在我体内持续。这股暖流形成了一股小小的、尖锐的疼痛——这比我想象的更难离开这个家，更难割舍他们。

当我趿拖鞋走下楼梯的时候，我发现自己希望每天都能像今天这样。如果每天都能像今天这样，我觉得我应该没那么渴望离开这个世界了吧。

而问题在于，三月的下雪天是一个奇迹。你不能指望一直生活在奇迹之中。

3月20日　星期三

泰勒·鲍恩坐在我们学校图书馆的一张桌子前等着我。我以为他会放我鸽子，但看起来我对于别人的观点有时不那么正确。

我们学校图书馆不像一个图书馆，而更像是一个媒体中心。它坐落在我们高中的中心位置，这里摆放着电脑、桌子和脆弱的塑料书架。最近，他们在后墙上挂起了布赖恩·杰克逊的海报，和"塔克营销理念"挂的海报一样。我始终无法摆脱它们。

"嗨，乔治娅的姐姐。"他说。我在桌子前坐了下来。

"你知道我有我自己的名字，对吧？"我打开书包，取出了物理笔记本。

泰勒苍白的脸突然泛红，他的雀斑变得更加明显。

"怎么了？"我摘下笔盖，用笔敲打着桌面。

"我不知道你的名字该怎么念。"

我笑了起来，他脸上的红晕变得更深了。

"这不好笑。"他低头看着他的鞋子，"你的名字……很奇怪。是你爸爸给你起的吗？"

我眨了眨眼，感到非常惊讶，因为他居然愿意提起我爸爸。"我觉得是我妈妈起的。但我不太确定。"

"那么应该怎么读？"

"艾塞尔。"我说，"与'瞪羚'在英语中的发音'格塞尔'通韵。"

他眯着眼睛，困惑地望着我，然后我补充道："嗯，艾——塞尔。"

"明白了，艾塞尔。"他夸张地发着这个音，但是这是一个开始。

"你真的不知道怎么读我的名字吗？"

"我大概知道，但我不确定。你知道吗，就是觉得十分拗口。"

"那好吧。"我耸了耸肩，因为我意识到我看待自己的方式也与泰勒·鲍恩无异：我就是一个未知变量。"那么我们可以开始了吧？"

"好啊，可以。"他用手穿过他那赤褐色的头发。我不知道他是不是觉得这个动作能让他看起来显得温文尔雅一些。

"你关于这个项目有什么想法吗？"我轻轻咬着笔的末端，我的样子看起来一定不够温和文雅。

泰勒并没有回答我。他仰着靠在椅子上，对一个刚刚走进图书馆的篮球伙伴招了招手。他的朋友冲他喊了一句什么，但却被学校图书管理员西尔弗女士制止了。

　　"嘿，等我一分钟可以吗？"泰勒问道。

　　"当然可以。"我看着他猛冲到他的朋友面前。我可以看到他们窃窃私语，还向着我的方向示意。泰勒的脚在地上摩擦着，耸了耸肩。我想象他正在跟他的朋友解释，他被迫和我安排在一起作为搭档完成项目。

　　"再见，兄弟。"我听到他的一个朋友说道。

　　"祝你好运！"另一个补充道。

　　泰勒向我走来，但他的速度十分缓慢，就像正在尽自己最大努力想要表现出和我搭档是一种惩罚，而不是他自己愿意的一个选择一样。

　　"刚刚不好意思啊。"

　　我耸了耸肩。"没必要道歉。我们继续工作吧。"

　　"没问题，艾塞尔。"

　　"你没有必要每句话都加上我的名字。"我把手伸进背包，取出物理课本，重重地摔在了桌上。"那么你关于我们这个项目的主题有什么好的想法吗？"

　　"主题吗？"

　　泰勒·鲍恩显然上课时没有认真听讲。"是的，需要有一个主题。斯科特先生说，我们的项目需要围绕一个中心。"

"噢，这个主题。"他把腿伸直，"为什么不用篮球呢？"

我对他翻了一个白眼。"你是认真的吗？"

"是的，我当然是认真的！"泰勒凑到朝我的桌子这边，"斯科特先生用它举过一个例子，所以他显然觉得篮球作为一个主题非常不错。"

"但是可能已经有一百个小组用过这个主题了。我们应该有点儿创造性。"不过话说回来，我也不知道我为什么这么关心这个项目。与泰勒见面简直是在浪费时间。我的成绩又无关紧要。反正在我们上交这个项目之前，我就已经离开人世了。

但是，我想要为了斯科特先生完成一个漂亮的任务。即使那个时候我已经不在这里，无法看到他的反应了，但是我也想让他知道，我是非常认真地去对待他的科目。我翻开笔记本中的一页空白页。我用笔拍打着那一页纸，希望能想出一个主意。

"什么叫有创意？"仿佛"创意"这个词对泰勒而言和我的名字一样陌生。

"对，有创意。我们为何不去动物园之类的地方呢？"我写下我的想法。

他做了个鬼脸。"动物园？那是小孩子才会去的地方。"

"噢，拜托。我敢打赌，你小时候也很喜欢它。"

"我十一岁的时候的确很喜欢。"他又抚摸了一下他的头发。值得称赞的是，他的头发富有光泽，柔软蓬松。这个外在条件显然为他加了分。

"动物园这个主题非常完美。"我继续说道,"那儿有非常多的拍照机会,比如蝙蝠倒挂可以体现势能。也许我们甚至可以拍摄狮子吃生肉,然后将其标记为能量转移。"

"但是那个动物园在路易斯维尔,距这里有十万八千里。我们不能选择一些方便容易的主题吗?"

可是我无法对泰勒说出我的真实想法:我想在死之前,最后再去一次动物园。我想要去看沐浴在阳光下的狮子或是在深水池里扑腾的北极熊。冷酷机器人可能会觉得我这种想法很不靠谱,但我真的很想完成这些心愿。

"是啊。这是一个漫长的旅程,但一旦我们抵达动物园,一切都会变得非常容易。那儿有太多可以拍摄的东西。"我还是坚持着我的观点,并在心里暗自祈祷。

"好吧,像瞪羚一样的艾塞尔。那么我们来讨论一下动物园这个主题。"他接过我的笔,拿起我的笔记本。他在空中挥舞着笔记本。我伸手去抢夺,但为时已晚。

他盯着笔记本中落下的一页纸惊叹地睁大了双眼。"哇!"

我的手还伸在空中,而眼睛已经看到了掉落而下的那一页纸。我轻轻地松了一口气。这不是最糟糕的事情。这只是一幅脖子上环绕着绳子的简笔画。我记得那是几个星期前斯科特先生正在东拉西扯地谈论角度和速度,我止不住去思考关于能源破坏问题的时候所画的。

"这是怎么回事？是倒吊小人 ① 吗？"

"我是在课堂上很无聊的时候随手画的。难道你不觉得无聊吗？斯科特先生一直滔滔不绝地谈论角度。"我的心跳加速，但我尽全力保持声音听起来很正常。

他皱了皱眉头，五官全部拧在一起。"你确定我不应该为你感到担心？"

"因为画了一个倒吊小人吗？"

"这看起来和我玩过的任何一个倒吊小人游戏都不一样。"他轻声说道。

我又耸了耸肩，强迫自己露出一个微笑。"我想我只是画了一个奇怪版本的倒吊小人。"

"好吧……"他咽了一口口水，我可以感觉到他在纠结应该怎样组织语言。我让泰勒·鲍恩哑口无言。我想我已经完成了我的遗愿清单上的一项任务。

---

① 倒吊小人（Hangman）在西方是一个家喻户晓的猜词游戏。"Hang"的英文意思是"绞死"，而"Man"的英文意思是"人"。由于竞猜者在规定的猜词次数内没有猜中单词就认为被"绞死"，"Hangman"便由此而得名。这个游戏经常在课堂上出现。游戏的主持人应事先把要猜的单词写在纸上，游戏结束时无论其他学生是否猜中都要展示被猜的单词。每个学生猜前都要先举手，不举手便直接说出所猜的字母则算犯规。一个学生没猜中时，主持人就在"绞刑架"下画小人儿身体的一个部分，然后再让其他学生猜；如果猜中被猜的单词中有某个字母，该学生就可以继续猜。注意力不集中的学生可能会重复猜其他学生已经猜过的且被猜的单词中没有的字母。为了防止这种情况发生，主持人可以把猜过的且被猜的单词中没有的字母记录在旁边，如果还有学生猜这些字母，就要进行批评。在被"绞死"前，如果有学生能够猜出主持人所设计的词，就算猜词的一方赢，否则就是主持人赢。该游戏可以训练竞猜者的反应能力，又可以测试其词汇量。

他对我这个牵强的回答报以一个微笑。"我曾经听说，在你感到压抑的时候，观赏鱼能够舒缓心情。"他轻轻地捶击了一下我的肩膀，仿佛我们是老朋友一样，"那个动物园有一个很大的水族馆。"

我偷偷地看了一眼布赖恩·杰克逊的海报。话都已经到了嘴边，我犹豫着要不要告诉泰勒实情，那幅画不是一个笑话或一个游戏。我等待着内心的这个想法消失，但它却没有离开。我像一个陶瓷制成的手榴弹——稳固、密实、冰冷——但依然那么脆弱。我随时可能爆炸。我不想在泰勒面前破灭。

我尽全力稳住声音，说："那么你想什么时候去动物园？我们应该马上就开始行动，快速启动我们的项目。我知道，你肯定会觉得我是一个书呆子，但我真的想把这件事做好。"

"我们可以星期六去。"他提议。

"白天吗？"我本来计划星期六去上班，但我想我也许可以和其他人换一下时间。或者，我可以直接翘班——此时此刻，我的工作似乎比以往任何时候都显得更加没有意义。

他张开嘴，蓝色的眼睛里流露出惊讶的神色。"为什么？你在星期六的晚上有什么重大计划吗？"

"没有。"我强装镇静地等待着他的嘲笑。

但他并没有嘲笑我。"那我在十点的时候去接你，可以吗？"

"没问题。"我不需要告诉他我的住址，因为他已经接过我的妹妹好几次了。我敢打赌，当她看见泰勒·鲍恩出现在我们

116

家门前的车道上等待着我的时候，她一定会心脏病发作。想到这里，我差点儿露出了一个微笑。

"怎么了？"他问。

"没什么。"我说，抱着双手放在我面前的桌子上，"我只是想到要去动物园，非常兴奋。"

3月21日　星期四

倒计时：17 天

今天是迈克的十岁生日。我们都聚集在海盗杰克的激光丛林后面的那个宴会厅里。海盗杰克的激光丛林这个地方就如同它的名字一样，是一个以海盗为主题的破旧的激光枪战场所。它坐落在一个由水泥砖块搭建的建筑里，有着布满尘土的小窗户和彩色的瓷砖地板。

史蒂夫通常都在星期四休息，妈妈使用了一天休假机会。乔治娅和我直接从学校过来，帮助妈妈用黑色和红色的飘带、眼罩和假金币装饰房间。如果你闭上眼睛，堵住耳朵，再旋转几圈，你差点儿就会觉得自己身在一艘海盗船上，而不是身处肯塔基州的兰斯顿。是的，你差点儿就会觉得。

此时此刻的我坐在房间的后面，独自占着一张桌子，把给迈克准备的礼物搁在大腿上，努力保持平衡，不让它掉下来。我左手握着一个装着橘子汽水的塑料杯，假装我不觉得头戴纸

118

折海盗帽的自己十分滑稽。史蒂夫和他的哥们坐在前面，大口大口地喝着廉价的易拉罐装啤酒，每当迈克拆开一个篮球或棒球手套的时候，他们就会一起鼓掌欢呼。乔治娅、妈妈，以及一些妈妈的朋友坐在史蒂夫旁边的那张桌子周围，谈论着拉拉队，感叹着克莉丝汀·贝丝·托马斯在上个月的选美大赛中是如何击败了桑德拉·德威特。

每过一段时间，妈妈就会回头看我一眼。就像我之前说的，妈妈、乔治娅，还有我，都有着一模一样的眼睛，但是妈妈的眼睑和我们不一样。她的眼睑看起来黯淡无光，饱经风霜。它们透露着一丝忧伤。她发现我也盯着她在看，于是我移开了目光。

迈克像一阵龙卷风一样迅速拆开了所有生日礼物。我想，这下应该轮到我了。我伸出手，小心翼翼地把手中的苏打水放在桌上。橙色的糖浆从杯子的边缘流了下来，滴落在我的手上。我在我的 T 恤上擦了擦手，然后拿起了那份送给迈克的礼物。这份礼物拿在手里，我觉得很轻，但我希望它能够承载着一份沉重的意义。我向他走了过去。

迈克从我手中一把把礼物抓了过去。"嘿，艾塞尔。"他那灰绿色的眼睛突然一亮。迈克看起来与史蒂夫极其相似，如同史蒂夫的一个微缩版。他们都有着金色的鬈发，如豆子般大小的灰绿色的眼睛，以及棱角分明的尖下巴。

"嘿，迈迈。"我说，"生日快乐。"

房间里的其他人全部都沉默了下来，看着我们。我用一张印着"$E = MC^2$"的包装纸包裹着我的礼物。他似乎没有注意到。他迅速将包装纸撕开，当他低头看到我的礼物的一刹那，他那双小眼睛睁得像两个棒球一样大。

迈克惊声尖叫起来，激动地在空中挥舞着这份礼物——一本漫画书。这本漫画是《超凡蜘蛛侠》，上面有斯坦·李的亲笔签名。他把漫画书按到胸前，对我露出一脸灿烂的笑容。"蜘蛛侠？这真是太棒了！"他盯着漫画书的封面，用手指反复摸索着那个签名，就像他被施了催眠术似的。然后，他小心翼翼地把这本书放在旁边的桌子上，伸开双臂，一把把我紧紧抱住。

我感觉口干舌燥，肚子像保龄球一样沉重。我轻轻地回应式地抱了抱他，我的手指从他的鬈发中穿过。"不客气，弟弟。我希望你在以后的日子里能够喜欢阅读这本书。"

他眯着眼睛看着我，就像他知道我刚才说的话中有一些什么别的意思。问题在于，我不能说出我内心真正想说的那些事情。我应该告诉他，我花了十五份薪水给他买了这本漫画书，因为我真的非常希望他以后想起我的时候，能够有一些美好的记忆，让我在他心中留下善良、潇洒、贴心的印象，而不是一个在他十岁那年终结了自己生命的杀人犯之女。

我想要他能够记得更多更好的事情。我知道这可能永远不会发生，但我会幻想着，在我离开的几年之后，迈克想我的时候，会拿起那本漫画书，当他翻开书页，细细阅读的时候，他能够好受一点，能够感到安全一些。他知道他能以我无法做到的方式击败他内心的魔鬼。

"嘿！"我听到一个粗哑的声音喊了一声。

我的手从迈克的腰部滑下，我转过身去。是史蒂夫的一个哥们。他有着一头油腻的棕色头发，一直垂到肩膀，戴着一顶迷彩印花卡车司机帽。

"嘿！"他又叫了一声，"这东西挺贵的啊。"他指着那本漫画书，右手拿着一罐啤酒，"我希望你是以合法手段弄来的。"他咧嘴一笑，露出一口歪歪倒倒的黄牙。他的眼神让我清楚地明白他内心想到了我的爸爸。

"不用担心。"我说，"完全是合法获得的。我是用我自己的血汗钱买来的。"

那人转过头，看了一眼我的妈妈。"所以她遗传了你，梅尔达？"

妈妈生硬地点了点头，走到了房间的前面。她把手放在迈克的背上，然后转过身来面对我。"这份礼物真是太贴心了，艾塞尔。谢谢。"

我努力咽下内心翻腾起伏的愤怒之火。我爱我的弟弟。我当然会给他买一份很好的礼物。你为什么要觉得如此惊讶，妈妈？我咬紧牙关，害怕一张嘴，就会有一些可怕的东西喷出来。

迈克是唯一一个在我搬进这座房子的时候没有表现出很讶异神色的人。在我搬进史蒂夫的房子的第一天，迈克就坐在门前的台阶上等着我，绽放出一个非常灿烂的笑容，我甚至担心他的脸会裂开。当我看到他那牙齿不全的微笑时，一股暖流涌上我的心头，现在想起那幅画面，我心里一阵抽搐。在我刚搬进来的时候，如果妈妈工作到很晚，我会在迈克睡觉之前，为他朗读故事书。有时，他会央求我去后院和他一起玩。我们会跑来跑去，一起踢着那沾满泥巴的足球。但最近，我完全没有精力去陪他做这些事情。

妈妈绕过我的身边，站到了那个摆放着生日蛋糕的小桌子后面。"迈克，过来帮我一起切蛋糕。"

迈克看了看她，然后又看向我。他给了我一个紧紧的拥抱，然后跳跃着向妈妈走去。他活力四射、笑容满面、充满爱意。迈迈一直都是这样。

我口干舌燥，向我的座位走去，妈妈正在切分那个巧克力蛋糕。蛋糕已经融化，糖霜流了下来。她鼓励大家快点儿吃完，因为我们计划在二十分钟之内就要开打一场激光枪战。

迈克的朋友们一边狼吞虎咽地吃着蛋糕，一边轮流查看他的礼物。其中一个孩子抓住了那本漫画书，而他的手指上沾满了巧克力酱，迈克就把漫画书移开，放在了一个那个男生够不到的位置。"不要把它弄脏了！"

他看向我，我的心脏突然缩紧，我感觉不知道什么时候它就会爆炸。有时候我在想，我的心脏是不是就像是一个黑洞，它那么黑暗，没有一丝光线，但这并不意味着它无法将我吞噬。

迈克将会是我最想念的人。我会非常非常想念迈克，我几乎承担不了这么沉重的思念。

我把叉子插进我的那块蛋糕，叹了一声气。我站了起来，朝门口走去。妈妈跟了上来，把手放在了我的肩膀上。

"你要去哪里？"她那沉重的眼睑下垂遮住了双眼，就好像下一秒中它们就会马上闭上，这样她就不需要看见我了。

"去一下洗手间。"

"好的，快点儿回来。你一定不想错过激光枪战。"她的话语很简单，口吻和蔼可亲。但我知道她真正的意思是，我不能搞得像是一个无精打采的失败者一样。这是迈克的生日派对，我需要打起精神。不过，她这样做是正确的。我独自一人去洗手间生几个小时闷气是不公平的。

我想冲她大声尖叫。她从来都不会来问一问我到底发生了什么事。她一定是并不想知道。尽管妈妈从来没有最终进入过肯塔基州的选美队伍，但她还是学会了如何在人前作秀摆姿态。她非常擅长在我知道其实她想要哭的时候露出一个无比灿烂的迷人笑容。或者在我觉得她想要尖叫呐喊的时候以一个平稳有力、分寸得体的声音说话。有时候，我希望她能够尖叫出来。她总是表现得一切都还好的样子，这只会让我感觉自己更加抓狂。

我在想，如果我告诉她我将要去做的事情、冷酷机器人和我正在计划的事情，她那层面具会不会崩溃坍塌。我使劲摇了摇头，努力把这个想法抛之脑后。告诉她这件事情只会弊大于利。她说什么也无法拯救我。我要记住这一点。

我走在走廊里，看着瓷砖地板上的那些斑驳的污垢。我推开门，向外面走去。我闭上眼睛，感受凛冽的寒风吹打着我的脸。

我把手埋进那还没有完全融化的雪里。我的指尖冰冷麻木。

倒计时：17 天。

3月22日　星期五

"真不敢相信你明天居然要抛下我。"罗曼说。他坐在床垫上，上下弹来弹去。他虽然人高马大，但有时候真的很像一个小孩子。我觉得他今天穿的衣服也让我感到奇怪。他穿的不是他的标配套装——连帽衫和运动裤。一定是他的妈妈告诉他，这种场合要穿这种紧身黑色休闲裤和奶油色纽扣衬衫。穿着这一身服装的罗曼看起来有点儿不自在，就像在进行一场变装表演一样。

"抛下你?"我在他的房间里来回踱步。他的房间风格简约，和我想象的差不多——噢，我并没有花很多时间去想象罗曼的房间。他房间有着米色的墙壁、肯塔基野猫队篮球海报，以及栗色的内饰，这可以是任何一个其他高中男孩的房间。

在他的床头柜上，我看到了一张露着牙齿的小女孩的照片；她的嘴角咧开，笑容灿烂，她正朝着为她拍照的这个人吐舌头。

125

她有着一头与罗曼颜色相同的头发，以及同样深陷的淡褐色眼眸。这个女孩一定就是麦迪。

罗曼的妈妈在楼下做饭，她正尝试着烹饪土耳其菜肴。这应该很有意思。他的爸爸仍然在工作，但是据说他一定会及时回家，来参与此次重大活动。我对于罗曼的妈妈能够接受我和罗曼在他的卧室单独待着，感到有些惊讶。似乎她觉得我和罗曼之间正在酝酿着什么事情，但也许她比我想象得更加聪明。不过她却对他说要打开房门，我们也照做了。

"嘿。"我转过身子，面向他，"你为什么让你妈妈参与这件事？"

"什么事？"

我耸了耸肩。"这个假装共进晚餐的事情。你让她在楼下这样忙活，你难道不觉得很不好吗？"

在床垫上弹来弹去的他停了下来，低头看着地面。"有点儿吧，我觉得。但没办法啊。"

我的五官皱在了一起，面露疑惑之色。

"我需要她真的相信我们的关系正在越来越亲密。"他慢慢地解释着，"这样一来，她才会让我与你在 4 月 7 日那天单独出去。她肯定不会让我在麦迪去世的一周年之际和一个彻头彻尾的陌生人出去。她非常聪明的。"

所以我是你游戏中的一枚棋子。我想我已经想通了这一点。不过，这也就是为什么他需要一个自杀搭档。其实，他也是我

126

的一个手段。一个为了达到目的的手段。或者说，是通往终结之路的手段。

我继续在罗曼的房间里四处窥探。他有一个签名的棒球，被他巧妙地放在一顶辛辛那提红袜队的帽子里。"我爸爸送给我的，"他说，"在我还很小的时候，我们去观看了一场比赛。"

我点了点头，继续用手指摸索着他的那些东西。我不知道我这个做法有没有惹他心烦——我在他的注视下搜寻着他的秘密。我回头看向他，他躺在床上，下巴朝着天花板。我从他的脸上看不出任何介意的神色。也许这就是知道你自己即将死去的人的想法吧：再也没有任何秘密会困扰着你了。反正你走了之后，它们都会被发现。会被其他人看了又看。

我不喜欢其他人反复研究我的那些秘密。我甚至不知道我有没有什么秘密。除了对冷酷机器人有个秘密，那就是：我爸爸做过什么。

"所以你明天要去动物园吗？"

"是的。"我翻阅着他的那本《地心游记》。他似乎有点儿喜欢儒勒·凡尔纳，有点儿可爱。我把这本书放回书架上，然后抽出了《海底两万里》。

"在我小一些的时候，我很喜欢这些书。"

"嗯。"我翻开一页，盯着那些黑白插图。这本书非常精美，看起来会比其他书贵很多，类似珍藏版。那一页上，一个令人毛骨悚然的海洋生物睁着它那柚子大小的眼睛盯着我。我猛然啪地一声把书合了起来。霎时间，一些散落的书页掉了出来。我抓住了一张。这是一幅小乌龟的铅笔素描。这张画精美绝伦，看上去就像是立体的一样。尽管它是一张用炭笔勾勒的图画，你仍然可以感觉得到这只乌龟的脖子皮肤的质感和它那光滑的外壳。但这幅图画有一些与众不同之处——它看起来就像是透过一个模糊的镜头窥视着这只乌龟，透露着一些超现实主义的质感。这只乌龟壳上的标记过于明显，它的前爪很长，很纤细。

我翻阅了一下其他的图画——大多数都是关于这只乌龟，但有一幅看起来像是麦迪的写照。她的眼睛很大，这张素描以非常专业的手法绘制出阴影，完美地捕捉住了她那露出牙齿的灿烂微笑。但是，即使画上的麦迪面带微笑，这幅画还是流露出一股悲伤的气息，仿佛画者清楚地知道这个小女孩的最终命运，哪怕她自己还对未来满怀憧憬。我情不自禁地一直盯着那幅画。这种震撼强烈地笼罩着我。

冷酷机器人突然跳了起来，快速来到床脚。"这些画太傻了。不要看。"

我抽回第一幅乌龟的素描，然后快速走到著名的尼莫船长所居住的玻璃缸面前。此时此刻，那只小乌龟正扑腾着它那皮革质感的四肢在这片浅浅的水域里上下滑动。"根本不傻。真的很棒。"我拿着那幅素描和现实生活中的尼莫船长作对比。除了素描上那些略带空想主义的元素，这图上的乌龟和现实的尼莫船长简直一模一样。罗曼所描绘的那只乌龟看起来似乎略带一些伤感，它仿佛在哀悼。它那小圆珠一般的眼眸乌黑黯淡，那因一直游泳而肿胀的后脚看起来太过沉重。"这些都是你画的吗？"

"是啊。"他的声音很安静，我听到他又移到了床上，床垫在他的身下发出了一声叹息。"你能收起来吗？这样很尴尬哎。"

"你为什么会觉得很尴尬？我的意思是，虽然你画中的尼莫船长似乎比它本身更加情绪化一些，但除此之外，真的很棒。"我把素描举了起来，贴着鱼缸，"真的太不可思议了。"

罗曼什么也没说，但我听到他发出了一声轻微的叹息，以示抗议。我转过身去面对着他。他把膝盖蜷缩至胸前，用手臂环绕着它们。

"我不知道你会画画。我有时也会画素描，但只能画一些简笔画。"我看着那幅画，手指在乌龟那流畅的外壳上摸索，似乎期待着真的能够感受得到，"这真是太了不起了。"

"随你怎么说，我反正不是什么艺术家。"他耸了耸肩，"只是我一个人待在这里无聊的时候随便做的一些事情。打发时间。"

我点了点头，把那些画纸夹进了珍藏版的《海底两万里》的书页之间。看到那些画稿被放好之后，罗曼的身体明显放松了许多。"所以我猜尼莫船长①是以儒勒·凡尔纳写的角色的名

---

① 在《海底两万里》中，尼莫船长是鹦鹉螺号潜水艇的船长，带领阿龙纳斯教授进行海底环球航行。

字命名的？"

"我告诉过你，名字不是我起的。"罗曼的声音突然变得冷冰冰的。

我没有理会他的冰冷态度。"麦迪起的吗？"

"是的。"

我没有再继续这个话题，而是继续望着那只真实的乌龟。我不太了解乌龟，但是这一只乌龟看起来格外好照顾一些。它有一大碗新鲜的水果，它可以玩红色的乒乓球，还有一个大型的光滑的岩石板可以供它躺在上面享受日光浴。我在想，罗曼怎么能够忍受离开尼莫船长之痛，还有，他是否知道一旦自己不在这个可怜的小家伙身边的时候，未来将会变得怎样。我咬住嘴唇——我没有足够的勇气去提问。或者，也许我并不想知道答案。

"你在和那个家伙约会吗？那个要和你一起去动物园的家伙？"罗曼不知从哪儿冒出了这个问题。

我尽量憋住笑意，决定无视他这个愚蠢的问题。罗曼显然不太在意尼莫船长的命运。或者，其实他非常在意，只是不想让自己去思考这个问题。我探过身子，去看看他那个陈列着奖杯的架子。我阅读着上面镌刻的文字，有很多是少年棒球联合会的普通奖杯，但有一块银色的大牌匾跃进了我的视野。上面写着：**威利斯高中篮球代表队最佳球员**。我拿起那块奖牌，仔细端详。它在我的手里沉甸甸的。

"你的朋友们说得对。你以前篮球打得真的很好。为什么你这么谦虚呢？"

他耸了耸肩。"就是因为……"

"因为什么？"

"并不只是我以前篮球打得好。我篮球一直打得很好。如果你去吹嘘你现在仍然擅长的东西，感觉很怪异。"

"但是你现在不打了？"

"不打了。"他跳回到床上，"我什么都没有做了。"

"除了费尽口舌地缠着我去动物园。我俩又没有什么计划，冷酷机器人。"

"别那样叫我。"

"那好吧，好吧。"

他对我扔了一个枕头，击中了我的侧脸。

"嘿！"我擦着我的右脸，仿佛那个枕头在我脸上留下了什么印记。

"对不起，我只是想引起你的注意，因为我有一个想法。"

"什么想法？"

他滑下床，靠着床，坐在地上。他拍了拍他旁边的空地。我坐了过去。我猜他实在是不想让我继续窥探他的秘密了。我仰着头，背靠着床垫的边缘。

"我意识到我就要和你一起奔赴死亡了，我甚至不知道你最喜欢的颜色。"

我用手捂住了嘴，摇了摇头。一切都变得太过于怪异了，冷酷机器人。我思考着他的问题，把手从嘴上移开，开始拨弄着地毯。罗曼房间的地毯比我和乔治娅的房间的地毯更加干净。没有薯片碎片或是斑斑点点的棉绒线头。

"怎么了？"他问道。

"我最喜欢的颜色又不会告诉你关于我的事情。"

他靠近我，他的肩膀抵住了我的肩膀。"那好吧。那么你就跟我说说你的事情。我想了解一下你。你对我而言完全陌生，这肯定说不通呀。"

"完全陌生？你知道我的事情。天哪，你妈妈现在正在给我做饭呢。"他对我翻了一个白眼，于是我补充说："土耳其美食。她正在为我烹饪土耳其美食。因为我是——"

他挥了挥手，打断了我。"你知道我的意思。不是这种乱七八糟的东西。"他的眼睛睁得大大的，看起来像一只小狗，一只悲伤的小狗，"我想知道一些真实的东西。一些不是这个世界上每个人都知道的关于你的东西。"他神色变得深邃，嘴角下垂。

"我穿着袜子睡觉就睡不着，但我的脚总是冰冷的，所以这是一个困扰着我的问题。"

我看着他的脸上勉强挤出一个笑容。他盯着我的灰色匡威运动鞋。"麦迪讨厌穿袜子。"

"真的吗？"

"是啊。她总是告诉我，穿袜子让她的脚感觉像是要窒息了。"

"机智的女孩。"

"她的确是一个机智的女孩。"他说。然后他把头靠在我的肩膀上，我有些不知所措。我想他应该是想从我这里寻找些许安慰，而我却无力给予。我笨拙尴尬地把手支撑在我的两侧，哼唱着莫扎特的《第二十四号交响曲》。

不过，他似乎并不介意。他没有挪开身子，我能感觉到他的肩膀随着他的呼吸缓缓上升与下降。最近，我变得越来越关注那些能够让我们活着的事物——我们的呼气、吸气，以及我们的心跳。

"我可以问你一件事情吗？不过你要先答应我你不会生气。"

"随便你问什么事情都可以。"他说。

"我知道你对于麦迪的死感到自责，但你爸妈他们是怎样想的呢？"

他的整个身体变得僵硬，但他没有从我的肩膀上把头抬起。他只是更多地把重心靠在了我的身上，就像一块木质平板支撑着倚靠在墙上。"他们总是否认他们很难受。但是，我每天晚上都能听到我妈妈的哭泣声。她总是试图在人前露出一副开心的样子，但我知道她的内心已经完全破碎了。而她的心碎都是因为我。所以我想他们不会怪我。至少不会主动怪罪我。但我觉得，这也是因为我，他们也害怕失去我。"

我的心脏突然一阵抽搐紧缩。我紧闭双眼，试图忘记罗曼刚才所说的那番话，但他妈妈的样子却挥之不去地闪现在我的脑海。我看到她站在他的尸体旁边，他的衣服被河水浸得湿透了，他的脸呈现出冰冷的蓝色，他的嘴巴张开，舌头因缺氧而变得肿胀。胆汁从我的喉咙后部翻了上来，我的身体从他头底下抽开。

罗曼的身体条件反射地抽搐了一下，他坐了起来。他把膝盖抱至胸前，又呈现出那个折椅姿势。人还真是有趣。你在他们身边待的时间越长，你越能意识到，每个人都会重复做一些同样的动作。我们都愿意相信，每一天都是不同的，每天我们都会发生变化，但实际上，似乎某些东西从一开始就根深蒂固地存在于我们的身体里。

我不知道罗曼是不是一直都会露出一个半月形的笑容，以及做出折椅的坐姿。也许这些都是发生在麦迪去世后的事情。但有一件事是肯定的：他的身体总是保持着一种戒备状态，就像他行走于高空中的秋千线之上。我感觉他的势能保护着他面对这个世界的痛苦，他的势能告诉他：保持微笑，很快就会过去了，把自己包裹起来，你就不会感觉得到那么清晰的疼痛了。也许甚至在死亡之后，他的势能也将会一直存活下去，继续做着这些姿势。我想，这些东西会不会是日后罗曼的妈妈想起他时会想到的东西。或者，她是否会想象他在篮球场上运球的模样。或者，也许她会想起，他趴在沙发上，勾勒着素描，或者他全神贯注地阅读着儒勒·凡尔纳的小说。

我在想，如果我死了之后，我的势能会做些什么。我们的势能是否会超越我们，存活更久。

他伸出手碰了一下我的胳膊。"艾塞尔？"

"怎么了？"

"你的样子看起来很游离。"

"对不起。"

"好吧，是这样，我一直在想……"他说。

"什么？"

"我想和你一起去动物园。当你和那个家伙去动物园的时候，你也应该带上我。"

我还没来得及回应，罗曼的妈妈就开始在楼下叫我们吃饭。"孩子们，晚饭准备好了！下来享用吧。"

他慢慢地站起来，向我伸出手。我握住他的手，借用他的力气站了起来。我知道他在等我回答他关于动物园的事情，但我假装什么都没发生的样子。他微微弓着身子，示意让我走在他前面下楼梯。

罗曼的妈妈在大厅里等着我们。她捧住我的脸，让我向她凑近。"我真的非常开心你能来。真的非常希望你能够喜欢这些菜肴。"

我也许应该告诉她，我并不是什么土耳其美食的专家，其实关于土耳其菜肴我一无所知，她其实完全可以只给我做一个汉堡，我就很心满意足了。但我有点儿喜欢这种被人当作关注的焦点的感觉。我开始逐渐明白，为什么乔治娅如此喜欢这种感觉。让人们都期待着你的一举一动，真是一件非常开心、满足的事情。我把这份感觉折叠起来，收藏到了心里。我很高兴我能在 4 月 7 日来临之前拥有过、体会过这种感觉。

"艾塞尔，"她完美地念出了我的名字，"这是富兰克林先生。"罗曼的爸爸和罗曼一样身材高大，他几乎秃顶，脸很长。他伸出了手，我握了上去。

"很高兴见到你。"他说。我尽我所能地表现得很友好。

"艾塞尔和罗曼是在那个老操场认识的。"罗曼的妈妈挽着富兰克林先生的胳膊说道。

富兰克林先生转过来面对罗曼。"你又开始打篮球了吗？"他的声音里流露出淡淡的惊喜。我的目光从富兰克林先生身上转移到罗曼、然后又到了富兰克林夫人身上，最后又返回到了富兰克林先生身上。富兰克林先生可能发现了我们的这种眼神交流。

"我要饿死了。"我为了让他们不要再问更多关于我和罗曼是如何相识的问题，于是这样说道。

"我也是。"富兰克林先生对此表示赞同，"我们吃饭吧。"

我们就座之后，罗曼的妈妈带领我们一起进行餐前祷告。我没有闭上眼睛，但我看到罗曼闭上了双眼。整个房间里充满了牛至和孜然香味，我的脑海里呈现出我爸爸的那位朋友的妻子，在他们前来拜访的那个夜晚为我们烹制晚餐的画面。她会用双手捧着我的脸——就像富兰克林夫人刚刚那个样子，小声地对我说着土耳其语。我听不懂土耳其语，于是我假装她在说："一切都会好起来的，艾塞尔。所有的问题都会得到解决的。"

现在我知道她说的应该不是这些内容。不过即使这就是她想要表达的含义，那她也说错了。

富兰克林夫人将一道热气腾腾的炖菜递给了我。"这是土耳其菜肴'kuzu güveç'。"她望着我，好像想要知道她的发音是否正确，其实我完全不了解，于是我轻轻地点了点头，"就是类似炖羊肉的一道菜。"

桌子上摆满了各种各样的菜肴——葡萄叶包饭、烤羊肉串、烤鸡肉串和卤肉饭以及乳酸酱。还有特意为罗曼准备的一份墨西哥辣椒。这一定花费了富兰克林夫人好几个小时的准备时间，这一切看起来棒极了，但当我把叉子插进羊肉准备大咬一口的时候，我觉得胃口忽然消失了。我抬头看着富兰克林夫人，她面带微笑，一副想要取悦我的样子，我知道我和罗曼将要让她伤心了。

在这个晚宴上，她为了与我搞好关系所做出的努力，远远超越了我亲生妈妈。富兰克林夫人一直微笑地望着我，想知道我对每一道菜的意见。她的眼睛非常明亮，我可以在她的眼眸里看到一些火花——希望的火花。她觉得罗曼正在变得越来越好，他交了一个新朋友，对女孩也逐渐产生了兴趣。

我用叉子从我的盘子中间划过，将羊肉推到米饭里。我尽我所能狼吞虎咽地吞下我的愧疚之情。

　　"这真的非常棒，亲爱的。"富兰克林先生用餐巾擦着嘴说道，"我不得不承认，刚开始的时候，我很紧张。"他看向我，"不是说我觉得你做不了这么好，而是我从来没有吃过这么好吃的菜肴。"

　　我对他点了点头，让他知道我赞同他的意见。我对土耳其美食不太了解，我不知道富兰克林先生到底是否喜欢。我想，如果我能够真正了解我爸妈家乡的一些东西该有多好。

　　富兰克林夫人受到富兰克林先生的褒奖之后异常兴奋，激动得一直点头。"艾塞尔，你也喜欢吗？"

　　"非常美味。"我像一位美食专家一样点评道。

　　"噢，太好啦。"她双手握紧，露出了一个开心的笑容。

　　我是真的不想让她伤心。

3月23日　星期六

倒计时：15 天

乔治娅和我坐在厨房的桌子旁，她盯着窗外。我想她是希望在我们出发之前能够看到泰勒一眼。

"快看哪个小可爱来啦？"她的脸紧贴在窗户玻璃上望着窗外。

我喝了一口黑咖啡。我一直尝试着去喜欢喝咖啡，但无论怎样努力，都无法接受那种苦涩的味道。"你不是认识泰勒吗？"

"别想忽悠我，"她说，"那个男孩怎么会是泰勒呢？这个男生明显更高一些，并且头发也更短一些。"

我从窗户望了出去，看见富兰克林夫人的红色吉普车停在了我们家门前。门铃响了，我起身去开门，但乔治娅打断了我。她飞快地跑过去打开了门，然后把手放在腰部，用最温柔动听的声音说："你们好，很高兴见到你们。"

"呃，你好。"罗曼说。然后他走进了我们的房子。以前我从来都不觉得史蒂夫的这个房子让人感到尴尬，主要是因为我都把时间花在觉得自己尴尬的方面了，但当罗曼进入这个房子的那一瞬间，我突然觉得这个房子里的一切都不对。我们的地毯上有一些污渍，水槽里有一大堆脏盘子。这和罗曼那个完美无瑕、一尘不染的房子相比，简直望尘莫及。

我知道我不应该关心他的看法。因为他又不会因为我的家如同一片灾难地带而决定不和我一起从山峰之巅跳下去，但我不希望他对我产生一种同情的心理。我希望我体内的黑色蛞蝓能够将我的这种自我意识与我的快乐情绪全部吞噬。

他向乔治娅礼貌地伸出手，宛如一位政治家。这是美国南方根深蒂固的礼仪吧，我猜。

"我叫罗曼。"他说，"我是你姐姐的朋友。"

我很惊讶，他居然能推断出乔治娅是我的妹妹，我们长得如此不相似。"同母异父的姐姐。"我抢在乔治娅之前，脱口而出。

乔治娅的脸上闪过一丝不悦，但她立马忽视了我，继续把注意力回到罗曼身上。她往前走了一步，离他更近一些，她把自己的马尾辫慢慢拉到前面，用手轻轻捏着。"你和艾塞尔是怎么认识的？"

罗曼低头看着地面，脚轻轻摩擦着地面。"几个星期之前，我们在威利斯的一个篮球场上遇到的。"

"你为什么要关心我在做什么？"我招呼罗曼进屋，在厨房的餐桌旁坐下。"你想喝点儿什么吗?"

当我发现他的目光正在扫视整个房间的时候,我真想用手把屋子里的东西全部遮挡起来,然后把他带出这个屋子,以免他看见了这个屋子里的什么东西。"我妈妈要上班。"我想要解释为什么这个屋子里的一切都是一团乱。

"是的,她在斯威夫特百货上班。"乔治娅补充道,她跳着进了厨房,"每个星期要上六天班,可怜的女人。"

可怜的女人?在这个世界上,有太多比妈妈在斯威夫特百货上班更糟糕的事情呢。比如:她的第一个丈夫是个杀人犯。或者:她第一个丈夫的女儿是一个抑郁症怪胎。

"你难道不需要出去吗?拉拉队训练什么的?"我问道。我打开了冰箱。罗曼没有回答他是否想要喝点儿什么,但我还是去给他倒了一杯橙汁。我把橙汁放在了他的面前。

"谢谢。"他心不在焉地说道。他在思考别的事情。我注意到玻璃上有一点儿雾气蒙蒙,沾上了一些尘埃。太恶心了。有些时候,你需要通过别人观察你的生活,才能意识到你自己究竟是怎样生活的。

乔治娅在罗曼旁边坐下了。"我今天没有拉拉队训练。我在想,我可以和你们一起出去。"

我的内心呈现出一个目瞪口呆的表情,但我尽全力没有在脸上显现出来。什么?"嗯,但是这是我们的一个物理项目。"

她转过身去面对罗曼。"你也需要完成这个物理项目吗?"

他先对我微微一笑，然后说："不是。我只是喜欢动物园而已。那种冒险的感觉，还有那些动物。"

她把手肘撑在桌上，对我咧嘴一笑。"我也非常喜欢动物园。我最喜欢冒险了！"

门铃再次响起，我向前廊走去，打开了门。泰勒·鲍恩站在门口，双手插在口袋里，头戴一顶白色的棒球帽，遮蔽了他那双湛蓝的眼睛。"嘿，艾塞尔。"

"想进来坐一下吗？"

他耸了耸肩。"当然。"他跟着我进了厨房。

"泰勒！"乔治娅从她的座位上跳了起来。她一个箭步窜到泰勒面前，给了他一个热情的拥抱。

他回应了她的拥抱，将她抱了起来，离开了地面。她发出了银铃般的笑声，而罗曼和我交换了一个眼神，仿佛在说："这都是些什么鬼？！"

"怎么了？"泰勒问道。我不知道他是不是在问所有人，但是只有乔治娅回答了他。

"我刚刚在问，我能不能和你们一起去动物园。"她对泰勒露出一副哀求的表情，就好像他可以成为化解我的坚决反对和罗曼的冷漠的融冰剂。

"我不知道你们两个也要去。"泰勒对乔治娅说道，声音非常严肃。现在，我超级想给泰勒一个拥抱。

"我觉得乔治娅应该和我们一起去。"罗曼说道。而他现在

142

显然将他的态度由冷漠变成了肯定。

"顺便说一句，我叫泰勒。"泰勒说道。他向罗曼伸出手。"请问你叫什么名字？"

"罗曼。"他握住了泰勒的手。紧紧地。做得真棒，冷酷机器人。"我是艾塞尔的朋友。"

泰勒试图隐藏住自己的震惊，但很明显大家都十分清楚他在想些什么。其实，班上任何一个同学看到罗曼和我这样的关系都会这样想——一位高大帅气的篮球运动员和一个冷漠抑郁的杀人犯之女。我觉得每个人看到这样的组合都会觉得不可思议吧。

"他们在威利斯的操场上相识的。"乔治娅插言道，对罗曼露出了一个温暖的微笑。

"噢，这样啊。"泰勒说，"好吧，我们是不是应该出发了？因为动物们等一下就困了吧？我们需要拍一些它们动态的照片，对吧？"

"你开车来的吗？"乔治娅问道。

"是啊。"泰勒说，晃了晃他的钥匙，"大家都可以坐我的车。"

"我要坐前排座位！"乔治娅跳了起来。

我赶紧跑到楼上的卧室里，在我的书包里翻找我从学校图书馆借来的相机。我找到了它，然后把它塞进了我从乔治娅的衣柜里借来的一个小包里。这个小包是粉蓝色的，形如贝壳，由人造皮革制作而成。这是我永远也不会主动去买的东西，但它刚好可以装得下这部相机，因此谁还会去在乎这个愚蠢的颜色。时尚是我现在最不会去操心的事情。

我坐在卧室的地板上，深呼吸了几次，哼唱着莫扎特的《安魂曲》，为接下来将会发生的一切做好了心理准备。就在我正准备下楼的时候，我听见身后传来了脚步声。

"今天一定会非常有意思。"罗曼说道。居然在没有经过我同意的情况下偷偷跟着我上了楼，冷酷机器人。

"那还用你说？我不明白你为什么会想加入。"我说。

他伸出手，把我从地上拉了起来。"不要欺骗自己，你现在一定非常开心我能够加入进来，因为这样你就不用独自一人承受泰勒和乔治娅的双人秀了。"

"是你同意她加入进来的。"我一边咕哝着一边走下楼梯。

"这种方式更好。"他为我打开了前门。

我从挂衣架上一把抓下我的外套，然后从口袋里掏出钥匙，锁上了门。"我对此表示怀疑。"

"真的。"他说，"相信我。"

外面的空气清新怡人，天空明朗清澈，你可以在空气中闻到春天湿润的花香。今天去逛动物园简直太完美了。当我们向泰勒的车走过去的时候，我抬头看着罗曼。我不知道这是否一种对他的信任感。我想我必须相信，当我从悬崖上跳下去的那一瞬间，他也会和我同时下落，不过其实只要我离开人世之后，一切都会变得无关紧要。我知道这件事想起来非常可怕，但这也许真的就像网上那些人说的那样：这是一种非常自私的行为。如果只想到你自己，那么"自杀搭档"这件事就会变得非常奇怪。

你只有现在才需要搭档。等你死去之后，就不再需要了。

3月23日　星期六

在经历了两个小时的车程之后，我们抵达了动物园。此次路途并没有我想象得那么糟糕——每个人都非常安静，我们大部分时间都在听着乔治娅跟随着广播电台一起哼唱歌曲。偶尔，泰勒会问她一个问题，她会用她那"乔治娅式的活力四射"的方式来予以回答。

她偶尔会询问罗曼一些问题，而罗曼都处理得完美无瑕。她无非也就是问一些罗曼和我是不是在约会这样的问题，而罗曼的回答成功地让她陷入继续猜想的迷雾之中。在见过罗曼的妈妈之后，我相信他已经拥有了丰富的关于回答突如其来的问题的经验。

泰勒停好了车，我们四个人一起向动物园的入口走去。我们排着队等候买票。我发现了一个问题，让我非常尴尬——泰勒想要给乔治娅买票，但他又觉得有必要给我买，而事实是：

泰勒·鲍恩不想把钱浪费在我的身上。

罗曼从我身边挤了过去，然后拿出一叠现金，放在了柜台后的那个女工作人员面前。"四张学生票，谢谢。"

"罗曼，"乔治娅娇嗔了一句，假装有些愠怒，"你不必这样做。"

"对呀，兄弟。"泰勒说，"我可以自己买票。没关系的。"

"别担心。"罗曼对我微微一笑。那名柜台后面的工作人员数了数找给罗曼的零钱，然后递给了他。我注意到她的手看起来比她的脸要衰老得多。我低头看了一眼自己的手，不知道我是应该感到高兴还是难过，我永远都不会看到它们爬满皱纹的那一天。

我们进入动物园之后，我低声对罗曼说："你为什么要这样做？"

他耸了耸肩。"反正你又不能带着钱从悬崖上跳下去。"

当泰勒看到我倾斜着身子，靠近罗曼的耳朵说悄悄话的时候，他惊讶地扬了扬眉毛。"我不知道你们把我们的科学项目变成了你们的私人约会。"

乔治娅的手挽住了泰勒的胳膊。"这就是为什么我要来，泰。现在，你就不会觉得自己受到了冷落。"

他轻轻抚摸着乔治娅的手臂，然后看向我。"动物园是你的主意，艾塞尔。我们现在应该去哪里？"

"为什么我们不去那个夜行动物馆？我们可以去拍摄蝙蝠。

它们会倒挂着睡觉。这就是势能。"

"没错。蝙蝠是现实生活中的倒吊小人。"泰勒故意哑着嗓子说道。罗曼和乔治娅都一脸迷茫地望着泰勒，而我也尽我所能地露出一脸困惑的样子。结果我们发现蝙蝠一点儿也不像现实生活中的倒吊小人，不过这使得一切都变得轻松愉快起来。然而现在似乎不是与泰勒辩论这个话题的合适时候。

"是这条路。"我说。然后快步走到了队伍的最前面。我对路易斯维尔动物园还是有一些基本记忆的。在我小的时候，妈妈经常会在周末的时候带我来这里。她觉得我和她独处对我而言是一件很好的事情。在我八岁左右的时候，她放弃了这个行为，因为乔治娅渐渐长大，迈克也慢慢地蹒跚学步了。她从来没有承认这一点，但她正忙着建设自己新的家庭，对离开我爸爸而感到高兴。最终，爸爸付出了一定的代价后，让她注意到了我。可是没有人想要以这种方式受到注意，就如同一个无人注意的入侵物种在损毁伤害了所有美丽的原生植物之后受到了关注。

夜行动物馆的内部和我记忆中的一模一样。这里漆黑一片，有一股类似腐烂的水果和蔬菜的味道。我听到身后传来乔治娅的笑声，这意味着他们都成功地跟上了我的步伐。我迅速跑过负鼠和浣熊的笼子，找到了吸血蝙蝠。当我看到那片展览区的时候，同时看到了挂在天花板上的蝙蝠，它们用黑色的皮革翅膀包裹着自己的身体。

罗曼出现在我身后，把他的手放在了我的肩膀上。我吓了一跳。

"是我而已。"他说。

"我知道。"而这也正是我这么激动的原因。我从小包里把相机拿了出来。

"谢谢你问过我能否借用我的小包。"乔治娅说道。

"你真的应该小点儿声音。"我说，"别吓着那些动物。"

乔治娅盯着我，她卷起了上嘴唇，雪白的牙齿在漆黑的房间里闪闪发光。"真的很好笑哎。你居然让别人不要去吓人。"

"乔治娅。"泰勒低声对她说。

"什么？"她转了过去。她那尖刻讽刺的话语在空气中如篝火的烟雾一般久留不散。

"呃，"罗曼把他的身体重心从右脚转移到了左脚，"要不我们让艾塞尔好好拍摄一下照片吧？"

"好吧。"乔治娅说，"那就让她在这里拍照吧。你们想去看看犰狳吗？它们真的超级可爱！"

"当然没问题。你想要看什么都可以。"罗曼说。他们低着头沿着大厅走去。

我打开相机，通过取景器取景。我抓拍了几张照片，然后滚动着回放按钮观看。"这个，"我把相机递到泰勒面前，"我觉得这张照片不错。"

"是的，我觉得斯科特先生会喜欢。"泰勒回答道。

可惜我那个时候已经看不到他的反应了。我把相机放回小包。"那么我们现在要去犰狳那儿看看吗?"

"她只是想成为你的朋友。"泰勒说。

我非常用力地关上小包,差点儿把拉链都拉破了。"呃,我并不这么认为。"

"真的,她真的是那个意思。要不然她今天为什么会和我们一起来呢。"

"好吧。"

"其实非常明显。"我面无表情地注视着他,他继续说,"她总想引起你的注意,试图引你发笑。她并没有那么坏,你知道吗?"

当我们沿着黑暗的走廊通往观看犰狳的路上时,我心里琢磨着关于泰勒刚刚说的乔治娅想要和我成为朋友的事情。我敢肯定这些都是扯淡。乔治娅和我们一同前来是为了接近泰勒。和泰勒·鲍恩约会能够让她平步青云:高一的拉拉队队长与高三的篮球运动员约会,这简直就像那些经典的青少年电影桥段。"关于乔治娅今天为什么会和我们一同前来,我想你弄错了。"我说,"她不是因为我,而是因为你。"

当我们走进观赏犰狳的地方时,我看到罗曼和乔治娅站在一起,贴着玻璃。他们看着动物,说说笑笑,宛如一对老朋友。

"我不太确定她感兴趣的人是不是我。"泰勒轻轻推了一下我的肩膀。

我把眼睛转过去看着他。"她可以拥有罗曼。"但我没有说出口的是，但是幸运的是他在几个星期之后就会死去。

罗曼看到了我们，对我们咧嘴一笑。"我们接下来去哪儿？"

"去看看狮子？"我提议，"我觉得驯兽员应该会在中午给它们喂食。如果我们快点儿赶过去，我可以拍一些狮子们吃饭的样子。"

"我真的很渴。"乔治娅说，她转过身来面对罗曼，"你要不要和我一起去买柠檬水？"

罗曼看向我，我耸了耸肩。"你们可以在狮子那儿和我们碰面。"

"其实我也渴了，"泰勒说，"我跟你一起去。"

乔治娅轻轻地皱了皱眉。"噢，好的。"

"那我就和艾塞尔一起去狮子那儿。"罗曼说，他走了过来，站在我旁边，"我们很快就会赶上你们。"

等到乔治娅和泰勒离开之后，我说："噢，你错过了和乔治娅一起去小吃摊打情骂俏的机会！"

"我还以为你答应过我你不会再讲一些愚蠢的笑话。"

我对他露出一副"好吧，被你逮住了"的表情。我们离开了夜行动物馆，朝着狮子走去。当我们走到室外的那一刻，我发现天色变得昏暗，太阳躲到了一些看起来有些恐怖的积雨云后面。我把手放入外套口袋里，用手指抚摸着口袋的羊毛内衬。"这不是一个笑话。我敢肯定，她很想亲吻你的脸。"

"你俩没有一点儿相似之处。为什么会这样？"

我凝视前方，避免与他的目光接触。"我们的爸爸不一样。"

"是啊，你说过她是你同母异父的妹妹。但是你们仍然是亲姐妹呀。她就像一头狮子，而你却像一只犰狳。"

"犰狳？"

他碰了一下我的肩膀。"你知道我想说什么。"

"我爸爸。"我给了他一个很难看的脸色，希望他能够不再纠结这个话题，"我不指望你能够理解，但就是他让所有的一切都变得不同于往常了。"

我们到达了狮子的观赏处。只能看到三头狮子，但它们并没有吃东西。真该死。我们一定错过了喂食时间。那头雄狮子懒洋洋地躺在一块大石头上，另外两头雌狮子在围栏的一个角落相拥在一起。雄狮子张开嘴打了一个哈欠，我们附近的一个小孩兴奋得上蹿下跳。另一个小孩，明显没有那么勇敢，躲进了他妈妈的怀中。我拿出相机，希望能及时捕捉到那些精彩的瞬间。

"你爸爸现在在哪儿呢？"罗曼问道。

答案是肯塔基州监狱。据我所知，爸爸被关在某个偏僻的小镇，离我十万八千里远。

"很远。他离开了。"我说着给狮子拍了几张照片，或许这些照片中的某一张可以用到。"别说这个话题了，好吗？"

罗曼伸出手，抓住我的手腕。"我不明白，为什么一个不再出现在你生活中的人会对你造成这么大的影响。"

我摆脱掉他的手，走到狮子的围栏旁，坐在了一条长凳上。罗曼跟在我后面。"对不起。我不说这个了。"

我将手肘撑到膝盖上，弓着身子。"我知道这很难理解，但这是真的。我爸爸……"我深吸一口气，"我爸爸毁了我的全部生活。"

我没有告诉罗曼，我的爸爸毁了我的全部生活，不仅是因为他所做的这件事，而且还因为他让我害怕自己，害怕我身体里存在的来自他的那些基因。

想到这里，我感觉到体内的一些东西发生了变化。我不知道是否那些黑色蛞蝓在我的肚子里滑来滑去，还是某些我不知道的新的东西出现在那里，但我感觉它在崩裂、爆炸，就像我体内的一粒微小的火花。

"我应该去拜访他。"我脱口而出，我甚至忘了我不应该一直和罗曼谈论我的爸爸。罗曼知道布莱恩·杰克逊。如果他知道真相的话，那他一定会恨我。

罗曼清了清嗓子。"什么？"

我从板凳上弹跳起来。"我决定了，我想在我死之前，去见爸爸最后一面。"

罗曼没有站起来。当我低头看向他的时候，他皱着眉头。"你又不是死于癌症，艾塞尔。"他说，然后提高声音，"你又没有罹患什么绝症。"

"你这是什么意思？"

"我们不是在制作死前愿望清单。我们的合作不是要去一起做一些死之前想要完成的事情。我们的任务全部都是关于死亡。只关于死亡。"他在地上摩擦着双脚，两只手绞来绞去，"你想和我毁约吗？"

血涌到我的脸上。"我没有想要和你毁约。我只需要见他最后一面。我想看看他的眼睛，然后……"

罗曼从板凳上站了起来。他用胳膊环绕着我，这一次我没有逃离他的触碰。我倚靠着他的身体。"然后什么？你希望找到一些什么？这听起来好像你正在寻找一些理由活下去。"

我的喉咙很紧，所有的话语都排好了队准备溢出来，然而黑色蛞蝓将它们逐一吞噬。"不是这样。"我好想大声叫出来。

"那么是怎样呢？"

"我只想要去看看他，罗曼。我想，如果我见到了他，我就可以放开一切从悬崖上跳下去了，再也没有任何羁绊了。"

他仰望天空。"那么现在羁绊着你的东西是什么呢？"

我不知道该怎么告诉他，我不知道让我带着这一切疑问去死到底是否能够彻底摧毁我的势能。而在几分钟之前，我相信解决这个问题的唯一途径是去见我爸爸最后一面。

罗曼低头看着我。"我们可以去看看你爸爸。如果这是你想要做的事情，我可以帮你实现。"

我心里的一个想法是用胳膊环绕住他的脖子，把他拉到我面前，用脸贴着他的胸膛，对他说声谢谢，但我知道这不符合自杀搭档的初衷。我希望能有人给我的心脏做一次测谎——我的心一直在不停地撒谎，翻转，改变主意。我无法决定什么对我来说更为重要——是罗曼陪着我一同去见我爸爸最后一面，抑或是罗曼永远不会发现真相。

我看到他那淡褐色的大眼睛无辜地望着我，瞳眸中流露出一种渴望，我的心里微微泛起一丝震颤的涟漪。也许是我太天真，但我逐渐开始认为罗曼能够理解。他不会觉得我应该为我爸爸所犯下的错误罪行负责。也许我需要给他一次机会来证明他确实不同于其他人。

我望着他的脸，想要寻找出他已经知道全部真相的蛛丝马迹。网上的那些关于我爸爸的文章里没有提及过我的名字（相信我，我全都已经检查过了），但我敢肯定，随便在谷歌上搜索一下，他就能联想得到。兰斯顿没有太多的土耳其人，更别说在肯塔基州了。但当我凝视着他那深邃的眼眸、丰满的嘴唇和阳光照耀下微微泛红的双颊的时候，我没有发现他知道此事的任何蛛丝马迹。我只能看到一个关心着我的人，但是一想到他随时都有可能得知我爸爸的真相，我就感到坐立不安。

如果我把真相告诉他——如果是我告诉他而不是他从别人那里听说的，这样是不是会更好一些。话语全部组织成文，堆积在我的喉咙根部，我正准备向他告知一切真相的时候，他突然伸出手，抓住了我的手。他用力地握住我的手，摩擦着我的手指。"完全没问题，艾塞尔。对不起，我之前对你大喊大叫，是我的态度不好。我们一起去看你爸爸，好吗？"

"好。"我用尽了我现在的全部力气，才勉强吐出这么一个字。我用舌尖抵住上颚，许下了一个小小的承诺——我一定会告诉罗曼关于我爸爸的真相。不是今天，而是不久之后的某天。

他再次用力握住我的手。"那么我们接下来去哪儿？"

"想不想去看看北极熊？我应该拍一些它们游泳的照片。"

"当然。"他对我露出他那半月形的笑容，"能够最后再去见一次北极熊真好。北极熊是麦迪的最爱。"

这一刹那，我想，是否冷酷机器人也有一个死亡前的愿望清单，只是他自己还没有意识到而已。

我想要去知道。

3月26日　星期二

我很早就下了班，以最快的速度驾驶在路上。我的计划是在所有人回来吃晚餐前到达家中，这样我就可以一个人在书房里待上几分钟。如果妈妈留存了一些关于爸爸的东西，我应该可以在书房里找到。

我打开前门，在走廊里站了一会儿。我屏住呼吸，希望此时此刻只有我一个人回了家。

"嗨？"我听到迈克叫唤了一声。

"迈克，是我。"我轻声说道。如果还有别人和迈克在一起，我不想让那个人知道我的存在。

"我们今天晚上吃什么？"他的声音巨大，几乎震动了整个房子。迈克遗传了史蒂夫的洪亮嗓音。如果我没有那么爱他的话，我可能会觉得烦躁。

"我不知道，迈迈。妈妈很快就会回家了。你待会儿可以去问问她，好吗？"

"好吧。"他回答。"你想上来和我一起玩 FIFA^① 吗？"

我的嘴唇抽搐了一下，努力挤出一个微笑。"那等一会儿吧。我有很多的功课要做。"

"好吧。"我可以听到他声音里透露出无比的失望。

我尽我所能地想要将这份愧疚抛之脑后，专注于手头的任务：去窥探翻找妈妈的东西。我穿过狭窄的走廊，拐弯进了书房。书房里拥挤杂乱，和一个衣柜差不多大小。我跳过了几个箱子，这样就可以躲在那个歪歪倒倒的塑料桌子后面。

我低着头检查着书架上的那些盒子。如果我对我妈妈了如指掌的话——当然这一点是值得怀疑的，她会将我们家那些最不堪的往事藏在一个最难发现的地方。

我站在电脑椅上，伸手去够一个装满了马尼拉文件夹的纸箱子。电脑椅在我脚下旋转。当我伸出手指去抓箱子的那一刹那，我失去了平衡，两个箱子和一些书掉落在了地板上。

我砰地一声从椅子上摔了下来，双手按住了那破旧的地毯以保持平衡。我的手腕传来火辣辣的痛感，我看到地毯上散落了一地的文件。真倒霉。

"艾塞尔？"

我抬起头，看到迈克站在我的面前。真是倒霉透顶了。

---

① FIFA，国际足球联盟，在这里指一款电脑游戏。

他双手抓着视频游戏的遥控器置于胸前，目瞪口呆。"你还好吗？"

"还好，对不起啊，吵到你了。"我挥了挥手中散乱的纸张，"我失去了平衡。"

他眯起眼睛。"你在找什么？"

我跪在地上，捡起那些纸张，把它们随意地放回箱子里。哎，就这样吧，我妈妈的这个井井有条的书房。其中一张纸吸引了我的目光。这是我小学四年级的一张成绩单。我把它捡了起来，用手指轻轻抚摸着那张单薄的纸。我很惊讶，她居然还保留着它。

"艾塞尔，"迈克说，他的音量不断变高，"你为什么要翻找妈妈的东西？"

我举起我的旧成绩单。"噢，对不起。我，嗯，我在找我学校里的一些旧东西。你知道，我就要申请大学了。"

"为什么你一直都在说对不起呢？"他把视频游戏遥控器换到左手手中，右手穿过了他那金色鬈曲的头发。他总是会在他紧张或不安的时候摸自己的头发。

我尽我所能露出一个明朗的笑容。"因为我吓到了你呀。"

他对我展开一个露齿微笑。"你没吓到我啦。"

我强迫自己也对他微微一笑。"嘿，你是不是应该上楼了呀？"

他皱了皱眉头。"我不能帮你一起找吗？"

159

"我想，如果我让你在这玩的话，妈妈一定会非常生气的。"

他伸出了他的下唇。"我不玩，我会帮你一起找。"

"我知道，但她不希望你在这儿呀。"

他叹了口气。"好吧。"

当他正准备离开，我说："嘿，迈迈？"

"什么？"

"你可以帮我个忙吗？"

"要看具体是什么忙？"

"不要告诉妈妈我在这儿。"

"噢，那么这就像一个秘密吗？"他兴奋地问道。

"是啊，我们的秘密。"

"真棒。那你一会儿会上来和我一起玩吗？"

我猛烈地点着头，都扯到了我的脖子。我不习惯这么激烈的动作。"当然。"

等他走了之后，我回去捡起那些纸张。我发现了各种各样的东西。旧生日贺卡、账单、信用报告。我想说，这些东西的摆放排列方式太杂乱无章了，不过可能是我刚刚不小心把箱子弄掉下来之后打乱了原本有条理的系统。

我正准备放弃希望的时候，我看到了一个信封。一个空的信封，但它的返回地址吸引了我的注意力：麦格里维监狱。那一定和我的爸爸有关。麦格里维监狱，他一定在那里。我爬来爬去，寻找着对应的信件，突然，我听到了开门的声音。

"嗨?"迈克大声问道。

"是我,亲爱的。"我听到了妈妈的回答声。

我迅速将所有散落在地毯上的纸张放回箱子里。我正准备把它们放到书架上,却听到身后传来一阵脚步声。

"艾塞尔,你在这里做什么?"

我转过身,面对我的妈妈。她穿着工作制服——红色的马球衫和紧身的卡其裤,或者说是原本紧身的卡其裤。现在这条裤子有些皱皱巴巴的,并且有些磨损。我注意到,她的鞋子十分破旧,并且都磨损得非常厉害。也许等我离开之后,她就少了一个需要操心的孩子,那么她就可以削减工作时间了。或者至少可以为自己买一双新鞋。

"我在寻找一些大学申请的资料。"

妈妈脸上的那个表情让我坚如磐石的内心瞬间瓦解崩溃。她的脸上洋溢着温暖与希望的惊喜。"真的吗?"

"是啊,我需要看看我在高一生物考试中有没有得过 A 或 B。"她的嘴唇抿成了一条细线,仿佛觉得难以置信。于是我继续说:"你知道,因为,我的成绩会决定我能够申请到什么样的学校。"

她非常惊讶地看着我,用手指按住了嘴唇。"你的学校里难道没人可以帮忙处理这种事情吗?"

"有的,但我太好奇了,我有点儿迫不及待地想要知道。"当我看到妈妈的脸上焕发出明朗的光彩的时候,这个谎言让我觉得我都有点儿大舌头了。

"好的，那你有没有找到你要找的东西呢？"她看着那些盒子，仿佛她知道它们里面所装的东西全都混在了一起。

"找到了。"我站在那些盒子的前面，试图挡住她的视线。"对不起，我把它们弄掉下来了。我会把这些箱子都放回到书架上的。"

她摇了摇头。"没事。你别把自己弄伤了。等史蒂夫回家之后，我让他来整理吧。"

她在门口徘徊，我知道她在等我和她一起出去。我走到了走廊里，她关上了书房的灯。我们一路沉默地走进了厨房，然后我自己上了楼。

我一进房间，就跳到了床上，想要从脑海里抹去妈妈那明亮、充满希望的模样。我把被子拉过来蒙在头上，我陷入床垫之中。我把手放在肚子上，想要那些黑色蛞蝓来提醒我：等我离开之后，妈妈的日子就会变得更美好。更安全。4 月 7 日将会发生的事情最终会成为对她而言最好的事情。

它对每个人而言都将成为最好的事情。尤其是对我而言。

3月27日　星期三

今天，上班的时候，我们正在进行一个兰斯顿镇的电话马拉松。每年的三月底，兰斯顿都会在中学的后院举行一个嘉年华来筹集资金。（大多都是篮球项目，但兰斯顿公立学校会戴上一副慈善的面具，声称他们是用这笔钱来加强我们的科学和数学教学。）他们总是陈列出一些低档的游乐设施——一个摩天轮和几个旋转茶杯，设立一些站点出售黏黏的棉花糖和含糖过多的碳酸饮料，它们的拉拉队总是表演一些不雅的舞蹈。兰斯顿的那些令人毛骨悚然的中年男人真的非常喜爱这个春季嘉年华。

我拿起电话，拨下我电话簿上的下一串电话号码：居住于芒德街 415 号的约翰·戈登。也许约翰将是参加这个春季嘉年华的一员，所以他甚至都不需要别人的提醒。电话铃响了两声之后，他接听了电话。我从来都没有遇到过这么好的运气。

"喂？"他是典型的肯塔基州口音。

"你好，戈登先生。"我说，"我是艾塞尔，这里是兰斯顿的塔克营销理念。"

"有什么事吗？"听起来他有点儿不耐烦，但他的声音并没有平常我所接听的电话那一端的声音那么烦躁。

"您可能有所了解，我们小镇每年都会举行春季嘉年华。"然后我对他展开一番高谈阔论，关于嘉年华所募集的资金将会如何用于对兰斯顿的学校的宝贵投资。我滔滔不绝地渲染着拉拉队的表演是多么的精彩绝伦，摩天轮是多么有趣、多么安全（是的，没错）。我用规定的结束语完成了我的"演讲"："这对于各个年龄层次的人来说都是一个盛大的时刻。这是一场真正有利于家庭和睦的盛事。"我显然没有提到拉拉队队员平时都会穿着豹纹比基尼上衣在外场跳舞，哪怕气温才十几度。

电话的那一端出现了沉默。

"戈登先生？"

"是的，我知道春季嘉年华。"他说，"我和我的家人计划明天下午去。"

"太好了。谢谢您，戈登先生。"兰斯顿的市民有一个值得称赞的地方就是，他们会为兰斯顿抛头露面。

在今天的工作中，我比平时更集中精力。我想拨完我电话簿上的所有号码。真的，我只是希望我的轮班快点儿结束。我最近发现，如果我真的在工作的时候做工作的事情，时间会流逝得更快一些。在我一连串拨打了大约六个号码之后，我回头看了一眼劳拉。她眉头紧锁，不停地眨着眼睛。

"怎么了？"我问道，然后伸手去拨打下一个号码。

"你今天真奇怪。"她站了起来，向咖啡机走去，"你看起来像是很开心的样子。你终于遇见心仪的人了吗？"

我哈哈大笑，从我嗓子里传出来的笑声就像一个干瘪的拨浪鼓发出的声音。开心？可悲的是，她说得一点儿都不准确。我的确遇见了某个人。但并不是她所想象的那种。"我在工作，所以很奇怪吗？"

她点了点头。"相当奇怪。"

"只是试图让你感到骄傲，劳拉。"我给她行了一个假的敬礼，她摇了摇头。

在我当班结束的前两分钟，我打开了网页。我一整天都没有做不务正业的事情，所以现在我感觉自己是靠我这一整天的辛勤努力赢来了这段空闲时间。我在网上搜索麦格里维监狱的电话号码。我花了一分钟的时间，最终发现了我要找的那个号码。我把它记在放在桌子旁的记事本上，然后从本子上撕下那页纸，将它折叠起来，放入了我的口袋。

我从座位上站了起来，把我的背包甩在了肩膀上。我出去的时候，对帕尔默先生挥了挥手。他看起来像是要心脏病发作似的。

"再见，艾塞尔。"他声音微弱地说道。

就像劳拉所说的那样，我知道我看起来像是一副心情很好

165

的样子，但我不知道我是否真的是拥有一副好的心情，还是说这一切只是我大脑和我开的一个恶作剧。就像我知道这一切很快都会结束，所以已经完全没有必要去担心什么了。一切都在我的计划之中。我知道在我最后的这段时间我想要以什么样的方式度过，而这非常令人欣慰。

我曾经一想到日子的时长就感觉天崩地裂，因为时间看似好像无限拉长，永远冷酷无情，不曾变更。正如约翰·贝里曼所说的那样——太无聊了。我在想，当马拉松选手还剩下最后一英里的时候，他们是否也和我有着同样的感觉。他们知道他们能够坚持下去，度过最后这个阶段，所以在这样的关键时刻，感觉越来越疲惫一点儿用都没有。

我把背包甩到了后排乘客座位上，然后爬进了前座。我打开背包前面的口袋，拿出了手机。我把那张折好的便笺纸口袋里拿了出来。我深吸一口气，拨打了那个号码。

我在工作的时候一直都在拨打陌生号码，所以这样做我应该不会感到紧张，但此时此刻，我却觉得心脏怦怦狂跳。于是我把电台广播打开，调到了古典电台，古典音乐声缓缓飘扬而出，音量微小，气氛宁谧。巴赫的《B小调弥撒曲》从扬声器里娓娓飘出，我听着音乐，感觉像是有人为我的双肩搭上了一条柔软温暖的毯子。我把音量调小，说不定麦格里维监狱的人会接听这个电话呢。

我用腿踢着仪表盘，把司机的座椅靠背向后调整倾斜，这样我就可以平躺在座位上。我随着电台的音乐轻轻哼唱，手指轻轻拍打着已经有些磨损的座椅，突然，我被电话那头的一个声音吓了一跳。

"我是汤姆。请问您需要什么帮助？"

我猛然坐了起来。"请问是麦格里维监狱吗？"

"是。"他发出了一声沉重的叹息。

"我想请问一下，如果我想去探望我爸爸，需要哪些信息呢。"

"啊？"

"我的爸爸。他是……"我努力在脑海中搜索正确的用词，"那儿的一个犯人。"

"啊。"汤姆说。我觉得汤姆是喜欢用一个字回答别人的人。"那我为你转接到'探监'吧。"

我还没来得及说什么，电话就咔嗒一声变成了空白，然后那俗气的等待音乐又开始循环播放。我把广播电台的音量调大了一些。

没过多长时间，电话那一端传来了另一个声音："我是鲍勃。"麦格里维监狱的员工不仅喜欢用一个字来回答问题，而且都喜欢起两个字的名字。

"你好，鲍勃。"我试图让自己的声音听起来友好一些，让他更愿意帮助我，"我想请问一下，如果我想探望我爸爸，需要哪些信息。"

"你爸爸被关在这里了吗?"

"是的。"我说。我假装表现出一副没什么大不了的样子,好像我对监狱系统了如指掌似的。

"你在名单列表上吗?"

"什么?"

"他的探监列表。如果你是他的女儿,你应该在那个名单列表上。"

我深深地吸了一口气。"我不知道我在不在那份名单列表上面。"妈妈从来不让我去探望爸爸。从来都没有。

"好吧,如果你不在那份名单上面,我就帮不了你什么了。但我猜,你应该在那份名单上。当人们被关押起来的时候,他们往往会把自己的直系亲属写在那份名单上,这是一件默认的事情。以防万一那些亲属们想要前来探访。"

"好吧,"我缓缓地吐出了一个词,"所以我只需要去监狱看看就可以了吗?"

他发出了一个介于笑声和嗤鼻声之间的声音。"是的。你就在探视时间来就好了。我们这里遵循先来先探访的原则。如果所有的探监隔间都坐满了,那么你就会被安排在等候名单上。但我不能保证等候名单上的人需要等待多久。"

这么多名单。"那么请问探访时间是什么时候呢?"

"姑娘。"鲍勃说,我几乎可以听到他摇头的声音,"所有这些信息都在我们的网页上。但是,因为我喜欢你,所以我会告诉你。"

似乎我的友好态度起了作用。"真是太感谢你了，鲍勃。"

"我们的探访时间安排在星期二到星期六。上午十点至中午十二点，下午一点至四点。我有一个小小的建议，你想要听听吗？"

"非常想，鲍勃。"

"最好能早点儿过来。这样你会有更好的运气。在一天的最后一段时间，系统可能会因为人太多而卡住。"

"真的太感激了。星期六见。"

"好的，再见。"鲍伯挂断了电话。

我调整了一下汽车座椅，这样就可以坐直一些，但我并没有开车驶离塔克营销理念。我感觉脑袋里挤满了各种各样的想法，不堪重负。我把纸条握在手中，深呼吸了一口气。几分钟后，我又拿起手机，给冷酷机器人打了一个电话。我知道这样做很愚蠢，但我控制不住自己。我想要和别人分享我的想法，而他是唯一一个可能听我倾诉的人。我想这也是人们需要一个自杀搭档的理由吧。他们会随时待命。

"嘿。"罗曼说。

"嘿，你在忙什么？"

没有答案。

"在你的房间待着吗？"我追问道。

"我还能做什么？"

"我不知道。打篮球吧。"

我想象他对我怒目而视的样子。他躺在棉被上，他那金绿色的眼睛眯了起来，手里拿着一支铅笔，膝盖上摊着一个素描画板。我想象着尼莫船长告诉他要冷静一点，但却让他更加愤怒。我想我应该笑出了声，因为罗曼说"拜托你能不能别开玩笑了"。

"好吧，我不会再说了。我答应你。"我快速说道。

"你总说你不会再这样了，可是你从来没有停止过。这样真的很烦人哎。"

我把指甲戳进车座位的海绵里。我不希望让冷酷机器人对我感到厌烦。我知道我不应该在乎他对我的看法。但是，我内心的某一个小小的我却有点儿在乎。

"对不起，"罗曼用低沉的声音说道，"我不应该那样说的。"

"没事，没关系。我活该。"

"不，你没有。"

我停顿了一会儿。电话那头一阵沉默，我可以清晰地听到他浅浅的呼吸声。我想问他是不是在画画，但我没有问出口。"我能来接你吗？"

"你为什么要这么做？"

我迅速吸了一口气，想要找出一个借口去见他。我的脑海飞速运转着，然后我想起来今天我拨打的那些电话。"我觉得我们可以去兰斯顿春季嘉年华。"

"你是彻底疯了吗?"

"所以这是答应了吗?"我逗了他一下,然后迅速地纠正我的语气,"我的意思是,你之前说过,如果你妈妈真的相信我们是关系非常要好的朋友的话,那么你在7号那天就更容易溜出来。"

"是的,但我还是不明白为什么你想要去那个嘉年华。"

"我十五分钟之后到你那儿。"我挂断了电话。

他说得对。根据原则,根据我自己的原则,我应该会避免参与那个嘉年华。但越是接近4月7日那一天,我越有一种肆无忌惮的感觉。

其实,如果让我回忆我曾经历过的快乐时光,这个春季嘉年华是我最不会想起的一个地方。我不知道我是在多大的时候第一次意识到体内的黑色蛞蝓会吞噬掉我的每一个积极乐观的想法。但我知道,我最后一次参加嘉年华的时候,我的小手紧紧地牵着爸爸的大手,我的快乐并没有消失。

它留了下来。

3月27日　星期三

　　当我抵达冷酷机器人家门口的时候，我给他发了一条短信，几秒钟之后，他就朝我的车走了过来。他的蓝色运动衫的帽子被拉过来盖住了耳朵，他弓着背，就像正试图躲避着某个看不见的敌人。

　　他一上车，我就把车驶离了他家门前的那条路。他问："我们为什么要去参加嘉年华？"

　　"我觉得我是在帮你忙。你妈妈知道你去参加一些正常的社交活动，她一定会非常兴奋。"

　　他把后脑勺靠在椅背的头枕上。"是啊，你在电话里说过了。我是问你为什么要去嘉年华。"

　　我瞥了他一眼。他的下颌咬紧，眼睛低垂，看起来一副"没空听你废话"的样子。没必要这么生气，冷酷机器人。"好吧。我跟你说实话吧。我给麦格里维监狱打了电话。"我停顿了

172

一下，"顺便说一句，那儿就是我爸爸现在所在的地方。他被关在那里。反正，我想告诉你，我发现了去探望他的可能。"

他抬起下巴，向正前方凝视着挡风玻璃外面。他似乎对我坦白我爸爸被关在监狱里并没有任何反应。就像我只是告诉他我爸爸在一个当地餐馆里摊煎饼之类的。"你听到我说话了吗？我爸爸是麦格里维监狱的一个犯人。"

罗曼没有看我。他一直盯着挡风玻璃外面。"你为什么不在电话里告诉我？"

我耸了耸肩，即使我知道他没有看我。有时候即使没有人看，我们也会做出一些举动，这真的很有趣。"好吧，是啊。不过，我觉得也许去嘉年华会很好玩，到时候我可以再当面告诉你。"

"好玩？"他说出这个词的方式与我和他第一次见面时他说出"朋友"这个词一样。他终于转过头来看了我一眼。"你是谁？"

我把脚踩在油门踏板上，凝视着前方，尽我所能不露出我被他的语气带来了多大的伤害。我没有回答他的问题，是因为我甚至都不知道我是否知道答案。剩下的一路上我们都保持着沉默。

到了嘉年华的地点之后，我把车停在兰斯顿中学对面的那个泥泞的停车场。我们肩并肩走进了入口，我把他的票也一起买了。因为这次是我让他一起来的，并且他在动物园的时候为我买了票，所以至少我可以这样回报他吧。

在通往主场地的大门上，有人挂了五幅大型海报，所有的海报上都是布赖恩·杰克逊的照片。我偷偷地瞥了一眼罗曼，发现他认真地注视着那些照片。我感到口干舌燥，但我强迫自己开口说话。"你俩最后一次说话是什么时候？"

他耸了耸肩。"不久以前。我现在真的完全不了解这个家伙了。"我可能患上了妄想症，其实我知道自己有点儿妄想症，但我觉得罗曼的声音里似乎隐藏着什么东西，就像他知道某些事情，不过他不希望我知道他知道。

"你的速度真的和他一样快吗？"我回想起我第一次遇见罗曼的时候，他的朋友兰斯和特拉维斯吹嘘着他的运动技能。

罗曼发出一声冷笑。"没有。布莱总是比我快一些。"他转过身来面对我，脸上露出意思狡黠的笑容，"但我可以围绕着他运球。"

我感到身体里释放出一阵放松的气息。也许我在罗曼声音里所感觉的并不是他对于我爸爸的反感。也许他真的不知道真相。也许这只是一种嫉妒，毕竟在麦迪死去之后，他的生活发生了天翻地覆的变化。我准备提出更多的问题，但罗曼朝着嘉年华的方向点了点头。"那么我们要进去吗？"

我把他的票递给他。"是啊。我们进去吧。"

嘉年华的场地里人声鼎沸。一些小孩子在人群中四处穿梭，互相追逐，他们手上粘着棉花糖，喝了太多的果汁，嘴唇被染成了蓝色。我的心突然一沉，我怀念我像他们那么大的时候。在我彻彻底底意识到我爸爸存在一些严重的问题之前，其实我自己也已经有了一些严重的问题。

罗曼把他的手放在我后背。我觉得不太能理解冷酷机器人。既然他如此冷漠，那么为何他有时候又表现得如此黏人。"你没事吧？"

"只是想起了一些事情。"我说。脚下的土地踩着十分柔软，我的运动鞋陷入了泥土之中。整个嘉年华场地都充斥着爆米花、油炸食品和尘土的味道。

他点了点头，将放在我后背上的手垂了下来。"麦迪很喜欢这个嘉年华。"

我不知道应该说些什么，所以提出了一个差劲的建议："想去坐摩天轮吗？"

他耸了耸肩。"当然。为什么不坐呢？"

我们排队等候。我看到和我同班的几个同学也在这儿。我不知道他们是不是来这里观看我妹妹的演出的。我也许应该去看看。尽管我的出现会带来更多的伤害，而不是帮助。总是这样。

我看到斯泰西·詹金斯依偎在内特·康纳斯的怀里，对他说着悄悄话。我想象她正在谈论我。我咬了一口我口腔里的脸颊肉，尽我所能想要忽略他们的存在。

罗曼瞥了我一眼，他似乎感觉到了我的紧张。"怎么了？你是不是——"

我打断了他。"没事，别担心。"

他转过身，嫌恶地乜了斯泰西和内特一眼。如果他们之前并没有在窃窃私语地议论我，这一下真的能让他们注意我。我非常讨厌他们的眼睛紧盯着我的脖子后面，仿佛我是他们时刻准备击打的一个目标。我用双臂环绕着自己，想要调整一下心情。我哼着莫扎特的《安魂曲》，慢慢地活动着脚踝。我不希望罗曼牵扯进我的同班同学议论我这件事当中。如果他们开始谈论这件事，罗曼肯定就能得知我爸爸的事情。我觉得这是让罗曼得知真相的最糟糕的一个方式。

我们排到了队伍的最前面，一个男人招呼着我们进入下一个乘坐舱。我们跳了上去，摩天轮缓缓上升，我们逐渐离开地面。

"你真的觉得去探望你爸爸能够对你有所帮助吗？"罗曼问道。此时此刻，他竟然看着我，而不是看着乘坐舱的地面之下——这才是乘坐摩天轮的全部意义。

"我不知道这是否会有什么帮助。但我需要知道一些事情。"

我凝视着那些展台和游戏摊位，它们在我的视野范围中变得越来越小，越来越小。我不知道死亡是否也会如此。所有的一切在你眼中都逐渐缩小，直到消失殆尽。

"什么事情？"罗曼追问道，"你之前说过，就算再见到他也不会改变你的想法……你知道的，那个想法。"他的双手在大腿上拍打跳跃了起来。我想告诉他，他现在应该能够坦然面对死亡这个话题，可以直接不觉得尴尬、不觉得怪异，大胆说出来，但我最终放弃了这个念头。我最不想做的就是再与他陷入一次争吵。

"是这样的，"我提高了音量，"我爸爸是一个可怕的家伙，对吧？他做了一件难以想象的可怕的事情。我只是想知道他为什么会这样做。"

"但是为什么呢？如果这件事真的不会对你产生任何影响，那么你为什么还需要去知道呢？"他的声音柔和而平静。没有施加任何压力。没有包含对任何事情的批判。

我抑制住自己内心想要拥抱冷酷机器人的冲动。我感谢他没有提出关于我爸爸具体做了什么事情的问题。他对那些血淋淋的细节不感兴趣。我盯着他宽阔的肩膀，想象着自己拥抱着他的样子，脸紧贴在他胸口的样子。我不能让自己沉浸在这样的想象当中，于是我把目光转移到地上，盯着那些软椒盐卷饼的摊位。我爸爸超级喜欢吃软椒盐卷饼。他曾经开玩笑说，吃软椒盐卷饼算是在美国生活中最幸福美好的事情之一。他会给我买一份肉桂糖，给他自己买一份切达干酪芝士洋葱。我们会手牵着手在嘉年华闲逛，指着各种各样的游乐设施，讨论我们应该去玩哪一个。有一些罕见的瞬间，我感觉自己就像回家了一般温暖。

"嘿，醒醒。"罗曼拍了拍我的肩膀，在我的眼前挥了挥手。

"抱歉。我刚刚开了个小差。我喜欢看着摩天轮下面的景色。我喜欢看着所有的一切都变得越来越小。"

"好吧，不过你还没有回答我的问题。我想知道，艾塞尔。我真的想知道。但我不知道的是，如果你打算在 4 月 7 日和我一起从悬崖上跳下去，那么为什么你爸爸做那件事的原因对你来说还那么重要呢？"

我咬着我的大拇指指甲，强迫自己去回忆我爸爸犯罪前的那几个星期。他虽然一直都焦躁不安，但那阵子他的焦虑感甚至比平时还要强烈。他确信是孩子们常常在他没有注意的时候入店行窃，偷走了糖果和杂志，他才每天都在损失一些钱。我记得有一天，我放学后跳跃着进入了店里，发现他坐在柜台后面，疯狂地翻找着报纸。他抬头看我的时候，我看到了他眼里布满了血丝。"我尝试了一次又一次，塞莉。但我不知道到底够不够。"我的内心特别想要逃离这双恐怖的眼睛，但我努力咽下了恐惧，和他一起蹲坐在柜台后面。我用双臂围绕着他，脸贴着他的 T 恤，鼻子按进了他的 T 恤里——他的衣服上总是有一股大蒜的味道。过了一会儿，他开始哼唱巴赫的《第一号勃兰登堡协奏曲》。

我闭上了双眼。有时候，我仍然能听到爸爸低声在我耳边说话的声音。"我不知道，罗曼。"我叹了口气，睁开眼睛，"但是是他把我抚养长大的，你知道吗？我只是想要进行某种告别。"

我们的乘坐舱到达了摩天轮的最底端，我们跳出了舱门。罗曼把他的胳膊搭在我的肩膀上，把我向他拉近。"只要你不会临时改变主意。"

　　"我跟你说过，我不是一个不靠谱的人。"

　　"真是我的好姑娘。"

　　在他说这句话的时候，我的心跳加速了一些，但是我提醒自己要保持理智。反正罗曼说得不对：我不会临阵逃脱，也不会找寻一些继续活下来的理由。我会努力寻找一些理由能够让我更加坚定我要去死的决心。但是，当我抬头看向他的脸的时候，我看到的是他瞳孔中无尽的黑暗。我不知道究竟应该是他还是我需要告诉内心的那个自己：我不是一个不靠谱的人，我在心里对自己重复了一遍。我不是一个不靠谱的人。死亡就是我想要的归宿。

　　"你怎么了？"罗曼皱起了眉头。

　　"没什么。"我说。要是真的没什么就好了。"那么你这个星期六有空吗？可以和我一起去吗？"

　　"去探望你的爸爸？"

　　"是啊。"

　　"嗯，当然可以。"他说，"我必须找一个理由告诉我妈妈，这样我才可以离开。"

　　"好的。星期六早晨我来接你，应该会非常早，可以吗？"

　　他耸了耸肩。"给我发个短信就行了。"

"好的。"

我们尴尬地站了一阵子。"嗯，你把我拖到这里来。我们不妨试着找点乐子。"他说"乐子"这个词的时候，就像在说一门外语，在开一个玩笑。

他把我拉到了一个迷你篮球的游戏摊位。他递给工作人员几张皱巴巴的钞票，她给了他一个篮球。我不认识这个女人，但她也许是我班上某个同学的妈妈。她看我的方式让我感觉她知道我是谁以及我爸爸是谁，但她什么也没说。

罗曼双手握着篮球，眼睛凝视着球筐。我在脑海里演算着物理练习题，试图计算出这个篮球的势能。罗曼把篮球放在摊位的边缘，看着我。"你又来了，是不是?"

"什么?"我双臂交叉，抱在胸前。那位女工作人员扬起了眉毛看着我。我可以认得出，她就是那些喜欢插手青少年事情的妈妈之一。真的是太棒了。

"你那科学怪人之类的东西。你的脑子里总是装着物理。"

我的脸颊像燃烧一样发烫。"你怎么知道?"

他眼睛一亮，脸上又出现了那个熟悉的斜斜的笑容。"你在动物园拍照的时候，你的脸上也是这样的神情。就像你真的专注地在思考某个东西。"他转身面对篮球架，开始了投篮。嗖地一声，篮球毫不费力地穿过了篮筐。冷酷机器人真有两把刷子。

那个游戏摊位的女工作人员竖起一根瘦弱的手指，表明罗曼得了一分。真的非常感谢你这样做。我们会数数。我们只是

180

想自杀而已，又不是不识数。我对她点了点头，示意我们明白。

罗曼在手里运着球。"不过我喜欢看你思考的样子。非常可爱。"

我忍不住笑了出来。我觉得我这一生当中，从来没有人曾经用"可爱"这个词来形容我。甚至在我小的时候，我也总是被形容为"与众不同"——与兰斯顿的其他小孩都不一样——或"乖巧"——也就是意味着喜爱安静，不事张扬——但绝对不是"可爱"。

"怎么了？"他微微蹲了一点，然后把球抛入了空中。球撞到了球筐的边缘，但最终落入筐中。我对着那个女人竖起了两根手指，她对我露出了一个勉强而无可奈何笑容。

"对。"她说，她的南方口音非常厚重，"他进了两个球，还有两次机会。"

罗曼仔细端详着那些各种各样的毛绒动物玩具。摊位里摆放着一排又一排的粉红色的熊猫和荧光橙色的老虎。我甚至发现了一些蓝色的大象。"我能赢得哪一个？"他问道。

她跳了起来，摆正了一下自己的姿势，当伸出手臂去指那些毛绒大象、熊猫、老虎的时候，仍然保持着她最好的游戏节目主持人形象。"如果你能四把都赢，随便你想选哪一个都可以。"

"那个巨大的狮子也可以吗？"罗曼问道。他伸出脖子，以便能够更好地看到那个坐在最顶端的巨狮。它的鬃毛非常浓密，感觉如果你把脸凑上去的话，它的鬃毛会让你的脸非常痒，然而尽管如此，它也仍然令人印象深刻。

她对我露出了一个明朗的微笑。"对，包括那只狮子。你想要这个吗？"

"我？"我眨着眼睛看着她。

"对啊。他想要为你赢得一个奖品，亲爱的。对吧？"她的舌头顶住上颚，用力一弹，发出了一声响亮的咔哒声。我永远无法理解为什么兰斯顿的女人喜欢这样做。我猜她们也许觉得这样更具亲和力吧。

"我不这么觉得。"我把双手插进了我的黑色牛仔裤的口袋里，把身体重心从右脚转移到左脚。

罗曼假装自己没有听见她说话一样。他准备投出下一个球。我注视着罗曼——他的脸上呈现出全神贯注的神态，他那深陷的眼眸睁得大大的，透露着一种渴望，他那粗壮结实的手臂上肌肉绷得紧紧的——我不知道他看着全神贯注地思考着物理问题的我的时候，是否也会看到类似的东西。当然，他看起来仍然是一副非常悲惨的样子，非常冷酷的机器人模样。不过，他身上仍然有一种什么东西，就像有的时候，一些阴影会偷偷溜进一帧画面那样。我的内心想要伸手去抓住它，让它成为关注的焦点。

突然间，我意识到了那个阴影的东西是什么。它是喜悦。冷酷机器人热爱篮球。他喜欢打篮球的感觉。无论他多么努力想要把这种喜悦赶驱逐开，但它仍然一直存在。我在想，是不是快乐有着某种势能。或者，是不是某种势能能够导致产生那种喜悦感，就像那些在人们肚子里游荡的快乐精华，慢慢升温，冒泡，制造出我们能够感知到的那种幸福的感觉。

如果这是真的，那么我体内的黑色蛞蝓一定吞噬掉了我所有的喜悦与幸福。对，全部清空。看着冷酷机器人投篮，我的嘴角差点儿溢出了一个微笑。关键词：差点儿。

他成功地搞定了第三次和第四次投篮。我几乎都没有去关注他投篮时候的样子。我更喜欢他准备的过程，而不是实际投篮的那一刻。那些瞬间流逝得太快，甚至几乎难以捕捉得到。

"那么你想选哪一个？"那个女人问道。我注意到她的门牙上沾上了她的桑葚色口红。

"这位女士想要什么都可以。"罗曼说道。我完全措手不及。

门牙上沾上了口红的女人转过来面向我。"那个狮子吗？"

我想说的话都在喉咙里变得乱七八糟，让我语无伦次。冷酷机器人不应该在嘉年华的时候为我赢得奖品。我最不需要的就是留下更多的东西。我最不需要的就是让我有更多沉重的包袱、精神的负担。我对那个女人摇了摇头。"我什么都不要。"

她皱起了眉头，罗曼用他的肩膀撞了一下我的肩膀。"拜托，艾塞尔。你必须选择一个。我赢了哎。"

"我知道。"我脱口而出，"只是我想要的是别的东西。"

那个女人的眉头皱得更紧了。"只有我们陈列出来的这些奖品才能选择噢，亲爱的。"

我又摇了摇头，这一次摇得更加用力，更加笃定。"不不不。我不想要别的东西，我只想让你把他赢得的这个奖品给别人。"

那个女人满脸疑惑地扬起了眉毛。

我尽我所能地解释道："比如另一个孩子来玩这个游戏，但他一个球都没有投进。你可以把这个奖品让给他们吗?"我咬着下嘴唇看着她。

那个女人叉着腰说："但是我怎么知道应该给哪个孩子呢?"

我耸了耸肩。"就把它给那个看起来最需要这个奖品的孩子，看起来最孤独的那个孩子。"

她考虑着我说的话，鼻子轻微抽动了一下，然后对我微微一笑。"那好吧，亲爱的。你想要怎样都可以。你会让某个小孩一整天都非常开心的。"

"是那只巨大的狮子会让他一整天都非常开心。"我说。然后我小声对自己说："至少我希望如此。"

在我们一起向游戏摊位走去的路上，罗曼对我伸出一只手。我握住了它，他的手指与我的手指交叉在一起。我什么都没有说。我知道这并不是看起来的这个样子。这是另一种牵手。这是我们在 4 月 7 日那天可能会牵手的那种形式。

虽然我的心里明白，但一阵暖流仍然在我的皮肤上蔓延开来。我希望他没有注意到。也许他只是感觉到我掌心会自然出汗。

"你那样做真的很酷。"他说。他把我们牵着的双手扬到空中，然后落下。我让他随意地晃动着我的手，仿佛我们是连体婴儿一样。"你是一个孤独的孩子吗？"

我仔细思考了一会儿。"不总是。"

他低下头，注视着我的眼睛。他没有说什么，但他也不需要说些什么。我知道他想从我口中获得更多的解释。

"在我爸爸的那件事情发生之后，我失去了所有的朋友。他们有些人马上和我拉开了距离，但其中有一些人是我自己将他们推开的。让谁接近我，都会是一件很可怕的事情。"我叹了口气，"我不知道该怎么跟你解释。"

罗曼点了点头。在阳光的照耀下，他的眼睛呈现出金绿色，仿佛夏日阳光普照之下的青草一般。"不，我明白。因为你的悲伤非常深刻，你不希望你生命中的其他人也沾染上这种悲伤的气息。"

他懂得这种感受。"完全正确。"

他伸出另一只手，把我的脸颊旁边一缕垂下来的头发将到了一旁。"我也做了同样的事情，你知道吗？我把我的朋友们都推开了。但这是你必须做的，我想这是唯一的办法。"

他一直紧握着我的手，他的手指缠绕着我的手指，我在想，如果当他知道我爸爸对蒂莫西·杰克逊所做的事情之后，他会以多快的速度扔下我的手呢。"再跟我说说吧，你的悲伤。"他继续问道。

"为什么？"

"我想要去理解你。我喜欢去理解你。我已经很长一段时间没有走进过任何人的内心里了，但是我想走进你，去了解你。"

我心脏的黑洞再次出现，从我的肺里吸走了所有的空气。不能这样。这只会让 4 月 7 日的任务变得更加艰巨。一群初中生小孩从我们身边跑了过去，七嘴八舌地发出"噢"和"啊"这样的声音。罗曼的脸颊泛起了两片红晕，但他仍然没有放开我的手。我也感觉得到自己的脸烫了起来。

我们静静地站了一会儿，然后他轻轻地拽着我的手，示意我继续往前走，我们徜徉在寂静的露天集市中，我们的运动鞋在嘉年华场地里铺设的稻草垫上蹭来蹭去，想要把泥巴刮干净。

在我们向旋转茶杯走去的路上，罗曼又开始说话了。"我有时候会觉得，我的悲伤让我很不自在。我一直以为，当我想起她以前的一些事情的时候会是最为艰难的时刻，但事实并非如此。对我来说最困难的时刻是当我在生活中想起她而她却不在我身边的时候。当然，假期非常难熬，但我说的是一些微小的事情，比如当我们在杂货店，我经过冷冻区的时候，我会想象麦迪央求妈妈给她买一大袋冰棍的样子。"他暂停了一会儿，呛出了一声轻微的笑声，"是啊，六个月了，我的妈妈从来没有让我离开过她的视线。她每一次去杂货店都会让我和她一起去。"他垂下脑袋，盯着他那被泥土弄脏的鞋子发呆，"最糟糕的是，我知道我就是让麦迪无法在杂货店央求妈妈给她买冰棍的原因。

我再也见不到她了，我真的想和她易地而处。"

我抓住他的手握得更紧了，就像是我很害怕他会消失一样，就如同他的悲伤会在这里将他当场吞噬。

"这就是为什么我要画画。"他向我吐露了内心的真实想法，"在麦迪去世之前，我曾经画过素描，但我从未向任何人展示过。我没有非常认真地去对待素描这件事，并且说实话，我那些一起打篮球的伙伴们肯定会拿这件事跟我开玩笑的。但是现在我画素描是因为，有时候有些感觉让我无法用言语去表达。就像是我被困在了这个黑洞的底端，无法逃离。我画画就是想要从这个地方逃离，虽然我知道我永远都不可能实现这个愿望。"

我努力想要咽下喉咙里的一大块梗塞物，努力在大脑中处理他刚刚所说的这一切——我觉得我从未听冷酷机器人一口气说过这么多话。听了他说的这些之后，我整个人都为他感到心痛，我希望我能够做些什么，但我知道我什么都做不了。没有办法把他从他的那个无底洞里拯救出来。没有办法使我摆脱我体内的那些黑色蛞蝓。

"但是你至少有权利去思念麦迪。"我轻声说道。

他一定明白了我想要说的话，因为他问道："你想念他吗？你的爸爸？"

"是的。"我毫不犹豫地说道，"是的，我很想他。这就是我觉得我疯了的原因。"

他停下了脚步，转过来面对着我，缩小了我们的身体之间的距离。我们面对面站着，或者说，我的下巴对着他的胸口。他一直牵着我的一只手，把另一只手放在我的脖子后面。他的手掌温暖而湿黏。也许他——只是也许——也和我一样有点儿紧张，有点儿困惑。

"我不觉得你疯了。"他低声说道，"但是我理解为什么你感觉非常困惑。我希望你不是这个样子。我希望这一切全都没有发生过。"

"我也是。"我说这句话的同时呼吸了一口气，我的声音小得几乎听不见。

他用右手推了一把我的肩膀，我们之间的空间变得稍微大了一点，这样他就可以看着我。"我能问你一件事吗？"

"当然可以。"

"作为一个科学怪人，你相信其他宇宙的存在吗？你觉得有没有可能在另一个世界里，我们能够每天开开心心的呢？在那个世界里，你还有你爸爸，而我还拥有麦迪？在那个地方，我们只是一个参加嘉年华的普通男孩和女孩？"

我甩掉他的手，对他耸了耸肩，后退了几步。"我不这么认为。"

他皱起了眉头，挠了挠他的脖子后面。"为什么？"

"那很令人困惑。"

"难道你那个什么鬼势能不让人困惑吗？"

188

我感觉我的脸烧了起来。"我不知道。那种感觉不一样。没那么多的假设，我觉得。"

我打算说一些非常聪明的言论，能够让他明白，为什么我总是谈论着一些硬科学，而不是什么科幻小说。但在我继续说话之前，他说："你知道什么会让人困惑吗？"

我点了点头，让他继续说下去。

"看着你想到科学的时候那么幸福。这让我有种……开心的感觉。"他耷拉着肩膀，双脚在地上蹭来蹭去，"这才令人困惑。"

我感觉有一种压力哽在了我的喉咙后部，我知道我应该说一些关于我看到他投篮的时候的感受，但我最终没有开口。我想起了我的黑色蛞蝓，它们在我的身体里滑来滑去，吞噬了可能让我产生喜悦的势能。我用手按住肚子，拼命地希望它们并不存在，我有办法拯救自己，拯救罗曼。我把指甲掐进我肚子上的皮肤里，然后抽搐了一下。

罗曼伸出手，把他的手放在我的头上。"但最令人困惑的事情是，我看到你那么开心那么幸福的样子也于事无补，也改变不了任何事情。"他降低了他的声音，所以只有我能听到他，"我还是想在 4 月 7 日去死。我仍然需要你和我一起完成。"

突然之间，整个嘉年华似乎变得格外喧嚣了起来。我听到摩天轮的金属发出的当啷碰撞声、茶杯旋转的声音，以及那些兴高采烈的孩子们激动的尖叫声。我抬起手，想要去摸摸我的头，但却被他一把抓住。他的手指交叉着穿过我的五指，把我的手拉了下来。我们相牵的手自然地垂落在我和他之间。

"我知道了。"我小声对他耳语，"我不会丢下你的。"

他那么用力地握着我的手，我甚至都感觉不到它的存在了。我希望能有那么一个人能够这样对待我的心脏。

3月29日　星期五

铃声响起，我滑进了我的座位。我把背包扔到了我的桌子下面。泰勒朝我点了点头。最近他每次见到我都会向我点头，好像他认为自从我们去了动物园之后，我们就成了什么亲密的好朋友。我想象着关于我们之间的流言蜚语会在同学中传开。

斯科特先生在白板上用一行潦草的蓝色马克笔写下了"爱因斯坦"这个词。他手里拿着白板笔笔盖轻轻敲打着白板，等着全班同学安静下来后说："早上好，早上好。"

有些同学咕哝着回应着他。我依然保持着安静。

"今天，我想让大家放下所有的算数和公式，花一些时间谈论一下理论。我们会称之为'趣味星期五'。"班上发出了一阵阵呻吟声，斯科特先生转过身去面对白板，快速写下了"狭义相对论"。

"如果哪位同学有以前听说过这个理论，那么请举起你的手。"他又开始用白板笔的笔盖敲击着白板，期待会有同学举手。

我当然听说过。每个人都知道爱因斯坦。我敢打赌，甚至迈克都能够从一系列名人照片中把爱因斯坦挑选出来。而且我对这个理论算是比较熟悉，但我才不会主动举手呢：我讨厌在课堂上发言。

他指着梅拉妮·泰勒。我不认为她举起了手。"想不想给大家解释一下？"

她那圆圆的脸颊瞬间泛起了粉色的红晕。"呃，我不知道，我不太了解这个理论。"她拨弄着她羊毛衫上的一颗华丽而廉价的黄铜纽扣，"但我听说过爱因斯坦。应该每个人都听说过他吧？他就是那个有着一头像疯子一样的头发的天才。"

对吧？每个人都知道爱因斯坦。哪怕是梅拉妮·泰勒。

"好吧。"斯科特先生缓缓说道，"还有谁来说说？"他环视着整个教室，然后指向我。我并没有举手。我不知道他想要从我口中听到一些什么。

"艾塞尔，"他说，"你知道这个理论吗？"

我耸了耸肩，摇了摇头。这两个动作连起来做就像是我在跳着某种舞蹈——"我不知道"和"别别别，请不要逼我回答"的舞蹈。

"来说说吧。我敢肯定，你知道一些什么东西。我看了你上一次的考试成绩，物理似乎是你比较感兴趣的一个科目。"

班上有些同学吹起了口哨，发出愚蠢的号叫声。

我一直都不理解，为什么老师们会觉得当着全班同学的面去夸奖一个同学的成绩优异会帮助这位同学巩固他在班上的社交地位。并且，我上次考试的成绩只能证明我学会了斯科特先生教我的那些东西，并不代表我会知道一些别的知识。"来吧，艾塞尔，"他说，"尝试一下吧。"

我真想刺你一针，我在心里埋怨道。然后把手放在了桌上。还好我没有大声说出来。斯泰西·詹金斯和她的那些后援团肯定会疯掉。这个想法甚至让我感到有点儿胆战心惊，我希望我可以撤销我的这个想法，将它彻底删除。

"艾塞尔。"他怂恿着我，声音里有一些绝望。我几乎对斯科特先生感到十分抱歉。如果我是那个他赖以依靠的学生，那么他的人生会有多么悲惨。我希望我能告诉他他需要把他的赌注转移一个地方，我是一个注定失败的结局。我在想，这个意思有没有所对应的物理术语。当然，"无生命星体"应该算是一个。但是，至少它们死去之前，曾是天空中闪耀的明星。

而它们死去之后会变成一颗超新星——它们的死亡会得到极高的重视。我清楚地知道，我死了之后肯定也无法与超新星媲美。没有人会在我旁边看到我的能量消失。也许除了罗曼，但我怀疑他是否会关注到这一点。

"艾塞尔。"他再次叫着我的名字。就好像他觉得我的名字是一个带有魔法的词汇，一叫我的名字，我的大脑就会重新启动，然后我就能变成一个知道答案的女孩。

斯科特先生和我相互盯着彼此，就像在进行一二三木头人游戏一样。他没有眨眼。

最后，我选择了妥协，我说："这个理论不就是说我们不能完全相信我们对事物的感知吗？比如我们人类的思想太慢，不能充分理解那些很快的东西。"

"很快的东西？"他抬起手，示意我继续说下去。

"比如光速。这个理论难道不是和光速有关吗？我认为狭义相对论与光有关，然后他才想出了另一个理论。"

"广义相对论。"斯科特先生补充道。

"没错。并且广义相对论的公式中包含了引力。"

"好极了。"斯科特先生兴高采烈地对我竖起了大拇指。而我却想消失在乙醚之中。每次在那种时刻，我总感觉我的皮肤太薄，就像每个人都可以透过我的皮肤看到我的体内，看到我那空虚黑暗的内心。

"你说的完全正确，艾塞尔。好极了。"他咧嘴一笑，就像他完全不知道这种情况有多么地不舒服。

我拉住我的条纹 T 恤的袖子，盯着正前方的白板。斯科特先生继续解释着爱因斯坦是如何使用这个理论给整个物理领域带来了全新的变革。他给我们对狭义相对论进行了最基本的解释。他解释说，没有什么事物的传播速度比光更快，无论你以多快的速度移动或是向哪个方向移动，光速的测量都是一定的。

基本上，光速是恒定的。我们永远不可能比光更快，我们也没有办法让光速减慢。

而时间却不是恒定的。至少我们人类的时间观念不是恒定的。爱因斯坦的理论认为，我们移动的速度越快，我们所感知到的时间就移动得越慢。无论如何，时钟仍然会以同样的速度向前走——人们所感觉到的它的快慢只因观察者的看法而异。

我想生活中的几乎一切全都是关于观察者的看法。

斯科特先生说："你们知道爱因斯坦关于相对论有一句非常经典的名言吗？有谁知道是哪一句吗？"

全班陷入了彻底的沉默之中。

斯科特先生拿起白板笔，开始在白板上书写。当他写完之后，他大声将他刚才草草写下的字迹朗读了出来。"把你的手放在滚热的炉子上一分钟，感觉就像过了一小时。而一个漂亮的女孩在你对面坐了一个小时，感觉只像是过了一分钟。这就是相对论。"

我把铅笔摁进了笔记本的页面里，铅笔的印记一点一点画满了整个页面。我在想是否真的有什么东西吻合爱因斯坦的这个理论。自从我遇见罗曼、我们制定了山峰之巅的跳崖计划之后，时间如梭。我愿意相信这种变化与罗曼无关。也许只是在最后的关头，时间会移动得快一些。我想这将是有道理的。我知道一切都即将永远消失，所以我急于去死的愿望逐渐减少。

最近，我做什么都很慢，比如我在咀嚼燕麦棒的时候会细细品味，所以我就真的可以尝到燕麦棒里巧克力片的味道。在我喝橙汁的时候，我会让橙汁在我的喉咙里分成几次吞咽，这样我就可以真正尝到柑橘的酸甜。也许爱因斯坦是正确的。也许正是因为现在的我移动速度较慢，所以感觉时间过得更快。也许这就是宇宙的运转方式，这和罗曼一点儿、一点儿关系都没有，我与他的相识并没有改变我的看法。

但老实说，我不知道。我真的不知道。

铃声响起，斯科特先生说他这个周末不会给我们留下家庭作业。全班爆发出一阵雷鸣般的掌声，我尽量掩饰着我的失望。我喜欢做那些应用题。那些题目让我在凌晨两点的时候有事情可以做。那个时候，房间里一片寂静宁谧，乔治娅昏昏大睡，发出微微的鼾声。那些题目会让我感觉不那么孤单。研究随机对象是如何受到引力的作用可以让你感觉更加踏实，这真的很有趣。

我从座位上站了起来，把物理笔记本塞进了背包里。我在即将冲出教室的那一刹那，看到斯科特先生向我走来。"艾塞尔，"他说，"等一下。"

我又在座位上坐了下来，抬起头望着他。

他把一本有光泽的宣传册放在了我的面前。"肯塔基大学赞助了一个为期两周的暑期计划，针对那些对科学感兴趣的同学。"他从一个座位上抓起一把椅子，在我的对面坐下。他打开那本宣传册，翻到第三页，指着上面的文字对我说："他们甚至还特别开设了一个物理项目。我想你应该会很喜欢。"

我深呼吸了一口气。我不能确切地告诉斯科特先生，我将无法参加这次暑期课程，因为那个时候我已经死了。"我暑假需要打工。"

他的嘴唇扭曲成一个同情的微笑。我从来不曾注意到他的眼睛是那么乌黑，他的目光是那么温和——它们让我想起了一匹骏马。也许我错怪了斯科特先生。也许他一直都想要当一名好老师。也许他是那种有爱心的人之一。"你如果想要参加这个项目的话，不用担心钱的事。他们会给你提供奖学金，足够你那两个星期的学费和食宿费。"他将那本宣传册推到我的面前。"我觉得这对你来说，一定会是一次非常珍贵的经历，艾塞尔。"

我接过那本宣传册，然后放进了我的背包，它顺着我的背包滑到了最底端。我告诉斯科特先生，我会考虑申请这个项目，并且感谢他考虑到我。在接下来的数学课上，我把那本宣传册从背包里拿了出来，用手指在它光滑的封面上摩挲。我想着我将会错过的这次"珍贵的经历"，我想着关于"珍贵"的相对论。

3月30日　星期六

倒计时：8 天

我在早晨七点半过一点儿的时候抵达了罗曼家门口。我正准备给他发短信的时候，他家的门忽然打开了。富兰克林夫人身穿米色浴袍、脚踩粉色毛绒拖鞋从前廊走了出来。她站在门口向我挥了挥手，我强迫自己也跟她打了个招呼。

她朝我走了过来，我下了车。"早上好。"

"早上好，艾塞尔！"她伸手要拥抱我，我几乎吓了一跳——我不习惯别人触碰我，大多数人都想要尽可能地离我越远越好，仿佛他们一旦触碰我的话，他们就会被传染上我爸爸的那种疯狂因子。

但富兰克林夫人不知道我爸爸的事情，所以她尽可能地把我拉得很近。我能闻到她的薄荷牙膏的味道，能够听到她那快速的心跳声。她把我从她那紧紧的拥抱中松开，但她的手仍然放在我的肩膀上。"你们今天要去露营，你兴奋吗？"

露营？我猜肯定是罗曼跟她说我们要去露营，这样的话才能解释为什么我们会离开这么久。我忘了他的妈妈会去关心他要去哪里，在这段时间会去做什么。我跟我的妈妈说，我这个周末会工作到很晚，让她不要等我了。而乔治娅在星期六晚上通常都会待在朋友家里。不过我敢肯定，就算我在南极洲待上一个星期，我的家人也根本不会担心我。

"噢，是的。我已经很长时间没有野外露营过了。"我对富兰克林夫人说。她放开了我的肩膀，围着我的车绕了一圈，盯着后座。在那个时候，时间都凝固了。

她接下来的这个问题让我意识到我的露营常识是多么的匮乏："你有没有带睡袋？"

"我带了，在后备箱里呢。"我撒了一个谎。我和罗曼计划在麦格里维监狱附近找个地方过夜，这样我就不用开车往返了。另外，谁知道我需要等待多久才能看到爸爸呢？原计划是我们会在某个肮脏的旅馆房间里随便凑合一个晚上——他可以睡在床上，我睡在地板上。但我猜他已经安排了一次野营旅行。或者至少让他的妈妈感觉我们规划了一场野营活动。

"好的，那就好。这种天气，你还是应该准备一个睡袋。"她说，"罗曼会有点儿迟到。他很少能够起早床。基本上是我不得不把他拖下床来。他现在正在洗澡，但他应该很快就会出来了。你要不要进来吃一点早餐？"

"我已经吃过了。"我又撒了一个谎。然后在心里责怪罗曼

199

怎么还没有准备好。我最不想碰到的就是他的妈妈。我不想再进一步了解他的妈妈了。

"噢，好吧，那你至少进来喝杯咖啡吧。"我做了个鬼脸，明显地表示出我不太爱喝咖啡。"那么热巧克力好吗？别在这儿等着呀。"她一边转身朝着房子走去，一边冲我招手，让我跟着她一起进去。

我压着嗓子，发出了一小声的咆哮，然后跟在她的身后，眼睛一路上都盯着那铺得整整齐齐的石板路。我们进屋后，她让我在厨房的餐桌前坐下。她往茶壶里灌满了水，然后把它放在点火口。"水一分钟就会烧好。"

我对她点了点头，表现出一副"我现在什么都不想做，只想喝一杯热巧克力"的样子。我环视了一圈富兰克林家的厨房。他们家的墙壁被漆成了淡黄色，柜子都是樱桃木制成。在象牙色的工作台面上，有一个相框，里面放着一张罗曼和麦迪的合影。麦迪搂着罗曼的脖子，罗曼的眼睛眯成一条线，他应该是在笑。我把目光转移到瓷砖地板上——我不能看那张照片。

我不知道富兰克林先生和他的夫人如何能够忍受天天看着这张照片。

富兰克林夫人把一个马克杯放在了我的面前，然后在餐桌旁坐了下来。"那么跟我说说，你们这次是要去哪儿？我非常喜欢露营。我们曾经全家一起出动去露营。我一直试图让吉姆和罗曼同意计划一场在今年夏天出发的旅行。你知道吗？罗曼以前相当喜欢户外活动。他热爱每一种冒险。"

我抿了一口热巧克力。它在我的舌尖燃烧，我抽搐了一下。

"噢！小心点儿。很烫。"

"我不知道我们去哪儿。"我说，"是罗曼提议去露营的。"

富兰克林夫人脸上瞬间疑云密布。"啊，是啊。就像我刚才说的，他是真的非常喜欢户外活动。这对他也好。"她盯着我的眼睛，"艾塞尔，他能够遇见你，我真的很开心。"她回头看了看楼梯的方向，然后目光马上又回到了我的脸上。她悄声补充说道，"这对我来说从未有过。让他独自一人外出，无人监督。但我不能拒绝他。每当他谈起你的时候，他似乎真的非常开心。这对他也好，对吧？"

她的眼神陷入一片茫然，就像她在脑海中搜寻一些过去的记忆。"你会确保他没事的吧？你能保证他的安全吗？"

我的胃里突然如针扎一般刺痛，难以忍受。我将我的愧疚想象成为一个绞索，它缠绕着我的脖子，慢慢收紧。我的手心渗出了湿冷的汗水，我将双手紧紧地贴在马克杯上。热巧克力的蒸汽缓缓上升，让我的脸一阵发痒。

"嘿。"我听到了罗曼的声音。他走进了厨房。他那棕色的头发湿漉漉的，肩上搭着一个背包。"抱歉。我没有听到闹钟响。"

我朝他耸了耸肩，哪怕我的内心想的是：一会儿我们上车之后只有我俩的情况下将他碎成万段。我想这个世界上一定没有什么关于自杀搭档基本礼仪守则之类的书，但是我觉得非常有必要去做出相关的规定。如果不是我在八天之后就要离开人世，我肯定会去写一本。规则一：在你和你的搭档计划外出的时候不可以迟到。规则二：永远不要让你的搭档和你的妈妈共进早餐，因为他们所吃的早餐最终将会变成满腹的内疚和巨大的遗憾。

"我要去车库里取帐篷，"他说，"你能把你的钥匙给我吗？我要把它放在后备箱里。"

"噢，罗曼？"富兰克林夫人说。

"怎么了，妈妈？"

"我给你准备了一些饮料，放在那个便携小冰箱里，然后给你放进了车库。我想你可以带着它们。我也给你准备了一些热狗，放在了车库里。热狗烤起来非常方便。然后小冰箱的旁边有一个小篮子，里面装的都是一些零食。不过，你们可以在路上的杂货店去买一些夹热狗的面包。家里没有了。"她对我摊了摊手掌，然后露出一个抱歉的微笑。"我们家的柜子里没有了。罗曼昨天晚上才告诉我你们打算去露营。要不然我肯定会提前给你们准备的。"她在她家居长袍的柔软的表层擦拭着双手。

"听起来非常不错，妈妈。别担心。我们会顺路去杂货店买我们需要的所有东西。"

"你们一定要去多买点儿东西，这样就可以自己制作果塔饼干了。"她把手放在心脏的地方，然后笑着感叹道，"果塔饼干是露营的最佳搭档。"

"好的，妈妈。我会的。别担心。"

"是啊。"我附和道，"谢谢您为我们准备的一切。"我把我的车钥匙抛给罗曼，他向外面的车库走去。

富兰克林夫人从餐桌旁站了起来，打开了厨房的食品柜。"我准备给他做一个花生酱果冻汉堡，让他可以在路上吃，这样他就不会耽误你们的时间了。"

"噢，"我说，"如果他想在家里吃早饭的话也没问题呀。"

她转过来面对着我，脸上露出一个开心的笑容。这是我第一次见到富兰克林夫人素颜的样子。虽然她面带微笑，但是她那深深的黑眼圈却出卖了她。也许冷酷机器人说的那些都是真的。也许她真的每天晚上都会哭泣。晚上的她默默掉泪，而白天的她是一个开心的家庭主妇——这个画面真的非常奇怪。我觉得我永远也无法做到这样——将我的人生一分为二。但也许在你爱的人面前，你会做出这样的牺牲、这样的伪装。

我皱着眉头，我想她一定是非常非常爱罗曼。她注意到了我皱着眉头的表情，说："噢，亲爱的。我不会耽误你们的时间。"

"不，不……"我语无伦次，"我不是担心那个。"

她挥了挥手中的那块抹布，然后把它搭在了厨房的柜台上。"好了，别看起来一副这么不开心的样子。你们这次旅行一定会非常有趣！"

可是她并不知道这次旅途并不是和"有趣"或者"露营"有关，也不是和"果塔饼干"、"热狗"，甚至"睡袋"有关。这是有关于我勇敢地面对过去，让自己去确定我的（不存在的）未来。然而这一切并没有什么乐趣可言。

"反正你们马上就可以启程啦。罗曼可以在路上吃早餐。"她回到厨房的工作台上去给那个汉堡打包，而我凝视着我的那杯热巧克力。其实我看不到我在这杯液体中的倒影，但我假装能看见。我不喜欢我看到的这个女孩。这个会如此残忍地对待富兰克林夫人的女孩。

我在想，杀人的方法是不是不止一种。也许我的爸爸不仅仅杀死了蒂莫西·杰克逊，他同样也杀死了蒂莫西·杰克逊的妈妈，因为他的做法让她伤透了心。蒂莫西·杰克逊的死击毁了他的整个家庭。我想这就是为什么布赖恩·杰克逊要如此积极地去让自己有资格参加奥运会——他需要用他自己的努力去修复我的爸爸给他们全家带去的伤害。

尽管如此，我并不想对富兰克林夫人做出这样的事情，像那样摧毁她的全部人生。我旋转着手中的马克杯，手心出了很多汗。最后，我喝了一口。然后一饮而尽。我把我想象中的那个能够呈现我的倒影的热巧克力喝光了。我让那个女孩彻底消失了。

罗曼回来之后，富兰克林夫人把那个汉堡递给了他，然后给了他一个紧紧的拥抱。"所有东西你都找到了吗？"

"是的，妈妈。我已经全部收拾好了。谢谢妈妈。"

她满面笑容地看着他，把他拉得更近了一些。"噢，妈妈？"

"怎么啦？"

"你能帮忙给尼莫船长按时喂食吗？"

富兰克林夫人把双手放在了罗曼的双肩，然后靠近他的脸，她直视着他的眼睛。"当然，亲爱的。我会时不时地去看一下它。并且随时打电话给你汇报它的情况。"

罗曼将脸从她的手中逃了出来，耸了耸肩，让她的手放了下来。他的脸上泛起了红晕，他鼻子上的那块雀斑随着他尴尬的神情浮动。"你只要确保能够给它喂食就行了，好吗？"

富兰克林夫人似乎并没有受到罗曼的态度的影响。她伸出双手，给了他最后一次拥抱。"你说什么就是什么，亲爱的。"她的眼睛透过他的肩膀看向我，"但是你们一定要保证一路上的安全。一路平安，你们一到营地，就给我打一个电话。"

我的皮肤感觉一阵瘙痒，我知道我无法再继续看着他们拥抱下去了。我无法再听到富兰克林夫人继续对罗曼说一些让他保证安全的关心话语。我对富兰克林夫人挥了挥手，然后夺门而出。"很高兴见到你，富兰克林夫人。"

"玩得开心！"她的声音从我身后传来，"罗曼，一定要记得给我打电话！"

我爬进了我的车前座，然后把双手狠狠地在方向盘上拍了一下，发出了砰的一声。我等待罗曼上车。我凝视着挡风玻璃外面。富兰克林夫人的花坛被霜完全覆盖。积雪融化过后，那些土壤陷入一片沼泽之境。其中一棵灌木呈褐色，枝干仍然光秃秃的。我不知道晚霜是否意味着它会花费更长的时间来绽放花朵。我希望这些花儿能够很快为她绽放。她需要它们。

罗曼终于缓缓地从那条小径里走了出来。他的头发还是湿的，发色看起来比平时更深一些，而这同时又使他的脸色看起来更显苍白、更加冷酷。不过，他今天站得比平时直挺一些，步伐也轻快一些，不像平日里那么不情不愿。也许富兰克林夫人是对的——他确实热爱露营。

他走到驾驶员这一侧，敲了敲我的窗户。我把窗户摇了下来。"怎么了？"

"我把手机忘在车库了。我马上就回来，就一秒钟。"

"快点儿！"我对着他咆哮。他朝着他家后面的车库慢跑而去。富兰克林家车库的木瓦屋顶已经腐蚀，彩色涂料也已经脱落，它看起来更像是一个小棚屋。他很快就返回了，在空中挥动着他的手机，让我看到他把它拿了回来。

"你到底在干吗呀？"他一进入车内，我就开始责备他。整个车内都充满了他身上的松香味香氛味道。我用手在我的嘴上拍了拍，几乎快要咳嗽出来。

"怎么了？"

"你犯了两宗罪。"我把车开出了车道。

"啊？"他揉了揉眼睛。显然，清晨时分的冷酷机器人功能还不是非常完善。我不知道我们计划在 7 号那天去山峰之巅的具体时间是什么时候，但是这样看来，最好不要太早。

"第一宗罪，你今天喷了太多身体喷雾。"

他将身体放松，整个人沉到座位里，把头靠在头枕上。他把背包放在脚下，然后把双脚放在了背包上。"我从来不喷身体喷雾。"

"好吧，好吧，不管是什么，反正你闻起来就像一棵圣诞树。"

他嗅了嗅他的肩膀，把他肩部的黑色 T 恤扯到了鼻子前。"第二宗罪是什么？"

我将方向盘又握紧了一些。"第二宗罪，是一个大罪。"

"所以这就是为什么我们现在要去监狱吗？我被判了多少年的刑？我不想告诉你，但恐怕我就要服一个无期徒刑。"

我没有理会他的贫嘴。"你让我和你的妈妈进行了一次私人谈话。听到了吗？又一次私人谈话。这一宗罪最应该让你关进监狱。"

"私人？"罗曼用胳膊肘把自己的身体支撑了起来，他就可以面对着我。我不习惯我的车上有任何乘客。我忘记了车的空间是多么的小，小到以至于当有人向驾驶员这边倾斜过来的时候，我都能感觉得到。如果我倾斜脑袋，脸就可能贴上他的脸。我试图把我的脸从他的脸旁边移开，然后把脖子伸向另一个方向。

"是的，私人。"我忍住内心想要指出"私人"和"犯人"这两个词的相似之处的冲动。我把坐姿摆正。我肯定做不到一路用脑袋朝左的姿势开车去麦格里维监狱。"不要假装你不知道我的意思。我和她距离那么近地交谈真的让我非常心痛。因为她真的超级好。"

他发出了一声嗤鼻声，然后摇了摇头。"你真的不了解我的妈妈。"

"噢，真的吗？"

"是的，真的。"他把他的汉堡从塑料袋里翻了出来，撕下了那层坚硬的面包皮，然后咬了一口，"但是我们能不能不要再谈论我的妈妈了？她的任何事情都与你无关。"

"好吧。那你就不要把我牵扯进去。"我驾车驶离了他家所在的那片小区，一路向下直奔高速公路的那条蜿蜒山路而去。山峦的尽头逐渐绵延成平坦而浑浊的河水流域。我避开目光，不去看俄亥俄河。我现在不想去看它——因为我感觉它知晓我所有的秘密。有时候我会感觉这条河流在议论着我，它说它对我非常失望。我知道我的那些想法，虽然全都凝结在我的脑海里，无法消散，但是有一些情绪真的会比其他情绪更加难以挥散而去。

我把注意力转回到罗曼身上。我已经有五秒钟没有谈论他的妈妈这个话题了。"我仍然无法相信她竟然允许我们独自外出旅行。这似乎并不像她的作风。"

罗曼露出了一个狡黠的笑容。这个笑容带着一些蓄意，透露着一些坦率。不像那个我已经习惯了的勉强笑容。"在麦迪的那件事情发生之前，她绝不会允许我和朋友单独外出。但是她考虑到我在过去整整一年的时间里都把自己锁在卧室里，看到我能出门活动，肯定非常高兴。"

还没等我说些什么，他就打开了背包，从里面翻出一张皱巴巴的地图。"你看，我找到了通往麦格里维的最佳捷径。"我驶入高速公路，他给我指着方向。我打开收音机调到古典音乐站，他发出了一声抗议。

"怎么了？"

"你为什么会喜欢这么无聊的音乐啊？"

"你以前问过我这个问题。"

"我知道。但是你从来没有给过我一个很好的解释。"

我耸了耸肩。"就像我之前跟你说过的那样，它可以帮助我思考。"曾经有一个人告诉过我，如果我认真聆听，我就能从中找到答案。

"这种音乐没有个性。"

"不对。有个性，只不过不是那种华而不实的东西，而是一些更加深刻的思想。它对听众的要求更高一些。这就是为什么我会喜欢。它并不简单。"

"好吧。随便你怎么说。"他把脑袋靠在窗口，"那么，你今天准备好了吗？"

我的手指拍打着方向盘，跟着电台广播一起哼唱。我不知道我是否已经准备好了。我不知道我是否做好了任何一点点的准备。昨天晚上，我有些失眠。我一整晚都没睡着，脑海里一直呈现出一些想象的场景，但是每次我想象自己坐在玻璃窗前时，手里握着那个橙色的电话听筒，却总是看不清窗户另一边的那个人。一切都非常模糊，并且不管我盯着窗户看多久，我都看不到我的爸爸。

而当我终于睡着了之后，我做了一个噩梦，我站在山峰之巅，等待着罗曼的出现，但他一直都没有来。我一直等呀，等呀，等呀，然后我摔倒了，膝盖磕在碎石之上，鲜血直流。最终罗曼终于露面了，但他是和布赖恩·杰克逊一块儿来的。他们嘲笑着我，他们那冷酷的嘲笑声在山谷回响，我就像深陷于狼群之中，无法逃脱。罗曼和布赖恩大喊，让我跳下去，我离悬崖边缘越来越近，但我却动弹不得。

"艾塞尔？"他叫了一声我的名字。

我不能告诉他那个梦的事情。我不能告诉他，我完全没有为这次旅行做好准备——我很害怕此次旅行将会毁掉罗曼和我之间这段时间以来所建立的这种关系。这次旅行即将告诉他我一直以来没有告诉他的全部真相，真正的真相。

他关掉广播电台。"艾塞尔，看着我。"

"我以为你跟我说，让我不要把眼睛离开路面。"

"是啊，是啊，但是，唉，算了。"

我瞥了他一眼。"怎么了？"

"你准备好了吗？"

"是的，我准备好了。"我撒了一个谎，"我的意思是，我觉得我已经准备好了。"

"不能只是你自己'觉得'啊，你应该更加肯定一点儿。"

而问题在于，我不知道。真的不知道，什么都不知道。

他把手伸进背包里，翻出一个素描画板。"你介意我画画吗？"

我瞟了一眼他，他正目不转睛地盯着我。"画我？"

他耸了耸肩。"是啊。如果你不想让我……"

"没事。可以。"我平静地说道，然后重新打开了广播电台。我强迫自己盯着正前方那一片开阔的道路，忘记他正在离我几英寸远的地方研究着我的脸。

"放松。如果你紧张的话，我很难画的。"

"好吧。"我说。其实我说这句话的时候，更多的是说给自己听。几分钟后，我瞥了他一眼。他靠在旁边的车门上，脖子向前伸着，手里握着一支炭笔，目不转睛地盯着画纸。他看起来比我见过的他之前的所有状态都更加放松、舒适。

他发现我正看着他。"等等。"他说。

"怎么了？"

"如果你总是想着我正在画你，那么你呈现出的就是一个不自然的画面。我想画一幅我平时所看到的你的样子，而不是你

211

想让我看到的你的样子。"

我皱了皱鼻子。"这没有什么区别。"

"相信我。"

"随便你怎么说。"我也懒得问他为什么他有这么多的讲究。我的肚子里感觉有东西在微微浮动，我很长一段时间都没有体会过这种轻快的感觉了——不过我也记不清我是否曾有过这种感受。我害怕去知道。而且我害怕他的答案会毁了这一切，所以我咬紧了牙关。

我把电台广播的音量调高了一些，我继续将注意力集中在道路上，假装我没有听到罗曼的铅笔在画纸上刮擦的声音，以及他那沉重、缓慢的呼吸。而我开始倒数前往麦格里维监狱的里程——我即将再次与我爸爸相见。

3月30日　星期六

我们在午后抵达了麦格里维监狱。炙热的阳光照在我的脸上，我们朝监狱入口走去。这个地方看起来没有我想象的那么恐怖。这是一幢大型单层砖建筑物。当然，这个地方由两个高压电铁丝网组成的户外空间包围了起来，看起来丝毫没有吸引力，但如果不是因为有这些顶部缠绕着铁丝网的栅栏，我根本想不到这是一个监狱的院子。

罗曼抓住了我的手。"你确定要这么做吗？"

我握住他的手，然后放开，试图向他传达"我没事"的讯号。而此时此刻的我口干舌燥，其实我内心真正诚实的回答是，我不知道我是否想要这样做，是否能够做得到。我一直都笃定地坚持着这个想法——我要在我结束自己的生命之前去见我爸爸最后一面——然而现在，我却不太确定我自己内心的真实想法。我不知道我希望在麦格里维监狱寻找到一些什么东西，但我盯着我面前的这幢建筑物的时间越长，我就越来越坚信我要寻找的那个东西就在这里——如果我真的需要寻找某样东西的话。也许罗曼是正确的。也许我只是想要寻找一个继续活下去的借口。

麦格里维监狱不是那个我想要寻找一个继续活下去的借口的地方。

我的膝盖突然颤抖了一下，我有一种不祥的预感——我即将见到的这个人与我记忆中的爸爸不再一样。记忆中的那个爸爸教我去热爱莫扎特，在那些慵懒的下午和我一起分食巧克力棒。但我想，也许我的爸爸从来都没有真正存在过，因为那个男人绝对不会如此冷血地去做出杀人的事情。

也许这就是这一切的全部意义。我终于敢于面对现实，面对他，真正的他。可能就是这样。

罗曼为我开了门，我们一起走了进去。展现在我们面前的是一个金属探测器和四个保安人员。我们顺利通过了第一个安全检查。我走到前台。

"你看起来不应该出现在这里。"前台的那个男人说道。他身着军官制服，但头上戴的那顶肯塔基野猫队棒球帽给他增添了几分华丽的风格。他身上的制服上的名牌上写着"雅各布·威尔逊"。

雅各布·威尔逊非常狂妄自大。"我是来找我爸爸的。"我说。然后我打开手提包，四处摸索我的钱包。我从钱包里把我的驾驶执照拿了出来，放在柜台上，滑到他面前。"他的名字叫作奥马尔·塞朗。我几天前给这里打过电话，然后得知你们这里星期六的探视时间是到下午四点截止，我想我应该在他的探视名单上。我是他的女儿。"

我对那个名单毫无概念，但是看起来提起这个应该没错。我看了一眼我的手机时间：两点十七分。探视时间尚未结束。

雅各布·威尔逊在电脑里输入了一些什么。这里的电脑大而笨重，就像我们在塔克营销理念使用的电脑一样。雅各布又按下了几个按钮，然后皱起了眉头。他单击了一下鼠标，然后发出了一声叹息。

我努力稳住自己的情绪，试着接受我不在探视名单上这一事实。太好了。我爸爸甚至不准备给我一个面对他、向他索要答案的机会。我还没来得及开口说些什么，罗曼突然插了进来："怎么了？"

"你爸爸已经不在这里了。"雅各布对我说。

"啊？"我没有反应过来他在说什么。

"他被转移到别处去了。"

我眨了好几下眼睛，但我一直控制住我放在身体两侧的双手。有点儿自制力。这次旅途的目的不是要让自己被关起来。"这怎么可能啊？"

他摊开双手，耸了耸肩。"我不知道具体细节，亲爱的。我只知道电脑记录。电脑说他被转移了。"

215

罗曼向前走了一步，靠近了前台。他双手按在桌子上，身体向雅各布倾斜过去。"在转移一个人之前你们难道不会告知他的家人吗？"

"放轻松。"雅各布笑着说，"冷静一点儿，小伙子。"

"对不起。"罗曼后退了一步。

"但你说的没错，小伙子。我们会通知他的家人。"他眯着眼睛盯着电脑屏幕，把椅子向前翘了起来。然后，他回头看着我。"电脑说我们曾给梅尔达·安德伍德夫人打过电话，并且致函进行了通知。"他皱了皱眉头，再次凝视着电脑屏幕，"安德伍德？"

"那是我妈妈。"

那个男人扬起了一条眉毛看着我。于是我补充说："她再婚了。"

他扬起了上嘴唇的右半部分，露出了那边的牙齿，他看起来像是做了半个鬼脸。"很多人被关起来之后，都会发生这样的事情。晴天霹雳。"

我不会将我爸爸的生活形容为一个"晴天霹雳"。在我看来，他的人生对于别人而言是一个"晴天霹雳"，而不是对他自己而言。"那么他现在在哪儿？"

"据电脑记录，他现在在圣安妮行为健康医院。"

行为健康医院。"它在哪儿？"

"不知道，"雅各布说，"我猜它在州内，因为我不觉得他们

216

会把他转移到肯塔基州以外的地方。不过也说不准。"

"你知道怎样才能与他取得联系吗?"罗曼又插言道。

我不知道为什么罗曼会觉得他应该出现在这段对话中,但非常奇怪的是,一股感激的暖流竟然流过了我的内心。通常情况下,我都会感到非常恼火,但是现在,我几乎不去考虑这些。我满脑子都是:我的爸爸被关在了一个精神病院。

雅各布对我们露出一个悲伤的微笑。"就像我之前跟你们说过的那样,他现在在圣安妮行为健康医院。如果你愿意的话,我可以帮你拨打他们那儿的电话,看看是否有人能够告诉你一些联系你爸爸的信息。"

"好吧,"我有气无力地说道,"那就麻烦您帮我打一个电话。"

他回头瞥了一眼后面,好像是在看他的上司有没有发现似的。"我现在不能打,但我可以一会儿打。你也可以给那里打电话,但是你也许需要花更长的时间才能找到你需要的信息。总是有一些繁文缛节之类的东西。"他给我使了一个小眼色,"我真的不应该这样做,孩子,但我想帮助你。"

他从一个记事本上撕下一张纸,然后推向了我,并递给我一支钢笔。"来,写下你的电话号码。我来看看我是否能找到谁知道如何能让你与你爸爸取得联系。如果我找到了,我会给你打电话的。"

我迅速地把我的电话号码写了下来。那张纸是亮金色的。

对于现在这个场合来说似乎不太对。那个负责监狱的办公用品的人应该认真考虑一下这些事情。

我把我的电话号码递给他。"真的是太谢谢您了。"

"很抱歉我没办法再帮助你别的了。我知道，你的父母瞒着你做一些事情，这一定会让你非常失望。"他调整了一下他的棒球帽，"你真的应该跟你妈妈谈谈这件事。"

我点了点头。我在想我究竟能跟她说些什么。"是的，我也许应该跟她谈谈。感谢您的帮助。"

"没事儿。我希望你最终能够找到你要找的东西。"他看着我的方式让我觉得，也许他的内心其实比他所表现的样子更能理解我的处境。我盯着他看了一会儿，然后用力拉了拉罗曼的衬衫，拽着他逃离了麦格里维监狱。

我们出了监狱之后，罗曼用手挡在眼睛上方，眺望着远方，仿佛在凝望大峡谷，而不是什么空旷的监狱院子。"我以为你来之前打过电话了。"

"我的确打了。我问了一下探视时间。"

"你没想到要问问你的爸爸是否还在这里吗？"

我咬住口腔里的脸颊内侧。"没有任何理由会让我觉得他不在这里啊。"我停了下来，看着他。他没有转头看我，一直盯着远方。"等等，你是在指责我吗？"

他在水泥地上磨蹭着他的运动鞋。在阳光的照耀下，他的头发闪闪发光，看起来不那么像褐色，反而更像金色。空气感觉比之前更加厚重，就像一个热水澡之后厚厚的蒸汽。这感觉不像是三月份的空气。也许春天来了。也许富兰克林夫人的花朵即将绽放。"我不知道，艾塞尔。"他挠了挠脖子后面，"这看起来就像是你在寻找理由拖延时间。"

"拖延时间干什么？"

"算了，没什么。"

我把双臂抱在胸前。"怎么会没什么？你倒是说啊。"

他转过来，直视着我。他的眼睛睁得大大的，但却空旷得找不到焦点。"如果你在 4 月 7 日之前还没有跟你爸爸说上话，你还是会和我一起跳下去的，对吗？"

我说"是的"，但是我没有看他的眼睛。我无法去面对他的目光。

3月30日　星期六

我把车停到了露营地前面——如果称这个地方为露营地的话。它在我看来更像是一个泥泞的停车场。我不是什么露营的专家，但我知道哪些是露营场所最基本的要素。这里唯一提供的设施是一个火坑——里面夹杂着一些烧了一半的木材和灰烬——一棵大橡树和一个锈迹斑斑的垃圾桶。

罗曼下了车，走到那棵树干旁，把帐篷从后备箱里取了出来。眺望远方，我可以看到岩石尽头的海岸线，河流拍打着鹅卵石。也许这并没有那么糟糕。也许这里能够给我们一些时间来好好交流。也许我最终能够找到一些话语来解释我到底怎么了。

我把背包从后座拿了出来，然后跟随罗曼到了我们的露营地。当他开始打开帐篷袋的时候，我注意到了他藏在里面的两瓶红酒。

"真有品位。"我说。

"红酒你可以喝温热的。但是温热的啤酒就很恶心。我这个决定是不是很机智？"

"你可以把啤酒放进小冰箱啊。"我忽略了他一副在对着一个从没有喝过酒的笨蛋说话的不屑模样。不过，公平地说，我就是一个从没有喝过酒的笨蛋——除非你硬要算上在我十一岁那年史蒂夫和妈妈以及他们的几个朋友在后院烧烤时给我喝的那几口啤酒。

"是啊，但是是我妈妈帮忙整理的那个小冰箱。如果我把啤酒放进去的话，她会发现的。"

"你可以在她整理了之后再放进去。"

"天哪，你真的那么想要喝啤酒吗？我可以跑到城里去给你买。"

我把双手插到我那黑色牛仔裤的口袋里，然后朝着河流走去。"不是。没关系。我只是想跟你抬杠。"

他从袋子里翻出了帐篷，开始摸索着搭建起来。有好几次我都想要帮他一起搭建帐篷，但我对帐篷这玩意儿真的是一无所知。我听到他低声的咒骂，于是决定去水边散散步。

"我很快就会回来。"我大声说道。但他没有回答。

我走到了山的另一边。我的运动鞋陷入那片潮湿的草地里。正当我靠近河边的时候，我看到了一个空旷的码头。空无一人。残破的渔线漂浮在水中，我试着想象这里曾经一片人声鼎沸、阖家欢乐的场景，以及那些眺望着河流中央渴望鱼儿上钩的渔民。这里看起来不像是一个曾经熙熙攘攘的地方。好像这里一直就是一片寂寞之境。我听到一些鸟儿对着彼此鸣叫的声音，以及一艘快艇消失在远方的马达轰鸣声，但我只能将注意力集中在我脑海中的铃声上。我用手罩住双耳，哼唱着。巴赫的《B小调弥撒曲》在我的脑海里回荡。

我靠在那斑驳的木质栏杆上，一阵风从水面刮了过来，拂过了我的脸。有时候我会感觉风有手，有十指。有时候我会想我是否能够伸手去抓住它。它是否会反过来也来抓我，从我的指缝之间溜走，把我带走。我不知道罗曼是否也曾想过这种事情，别人是否也曾想过这种事情。

我看向身后，甚至看不到我们的露营地。我又回过目光，凝望着那片河流。河岸边的岩石底部覆盖着泥泞的藻类，以及一些被丢弃的生了锈的鱼钩。我知道，如果我跳下去，我只会以弄湿衣服、一身泥泞告终。我并不会死去。

这不是山峰之巅。只有从山峰之巅跳下去，才会让我失去生命，才会让罗曼离开这个世界。

我回头朝露营地走去。我的脚步万分沉重，拖延懒散。我不急于回到罗曼身边，去面对他那没有啤酒的小冰箱，以及他那些关于我是否会临阵逃脱之类的问题。我在他看到我之前看到了他。我猜他已经成功地搭建了一个帐篷——一个在风中摇摆飘扬的蓝色结构。他背对着我，弓着身子点燃了火柴，扔向

222

那个篝火堆。

我走上前去，看到了两个木棍碰撞产生了火焰。火焰发出了噼啪的声响，我在他旁边的空地上坐了下来。

"你找到了你要找的东西吗？"

"啊？"

"我还以为你去找你丢失的某样东西了呢。"

"没有。"我盘起腿，像印度人打坐那样坐在草地上，"一切都还是那样。"

"很高兴听你这么说。"他搓了搓双手，然后站了起来，"你饿了吗？"

我耸了耸肩，他理解为我饿了。他走到小冰箱那儿，取出了他妈妈为我们准备的热狗。热狗全部挤在一个塑料袋里，它们黏糊糊的，看起来满脸悲伤的样子。他把那个袋子递给我，然后从他的背包里掏出了一些金属烤肉叉子。

我把一根热狗插到了烤肉叉子上，然后看着金属叉子的头穿过了热狗的肠衣。我拿着烤肉叉子，在熊熊燃烧的火焰上翻转，罗曼也做着和我一样的动作。我每隔一段时间就翻一个面，但说实话，我压根儿不知道我到底在做些什么。我的家人从来不出来露营。

"我觉得烤好了。"罗曼对着我的热狗点了点头。

"噢。"我把我的热狗从火焰上移开了。

"我忘记去买面包了。我妈妈肯定会惊慌失措。"他对我腼

223

腆地咧嘴一笑，扑通一声坐到了地上。他把双腿弯曲，抵着胸部，然后把热狗从烤肉叉子上扯了下来反复地吹着气。

我尽所能地模仿着他的动作，但我觉得我看起来就像一个不能一口气成功吹灭生日蜡烛的五岁小孩。我撕下一块热狗，指尖感觉像是燃烧了那般滚烫。我把它扔进嘴里，咀嚼。它的外层有一股烧焦了的味道，但它的里层还是冰冷的。我努力将它吞了下去。

他把热狗放在了一张报纸上，然后站了起来，抓起两个塑料杯。他拧开了一瓶葡萄酒的瓶盖。瓶子在他的手里摇摇晃晃。他说："你说得对。我们的确很有品位。热狗和红酒。"

我知道他在开玩笑，但这是我第一次喝酒，我不禁有点儿小激动。一个月前，我就已经告诉过你，这个世界上已经没有什么值得兴奋的事物了。谁知道这个什么愚蠢的葡萄酒居然会让我中了招？我尽量装作一副没有表情的样子，这样我就不会出卖自己。他给我们一人倒了一杯，然后递给了我。

"谢谢。"我把杯子放到我旁边，勉强把我那夹生的热狗放稳。我觉得唯一比夹生热狗还要糟糕的事情就是一个沾满了污垢灰尘的夹生热狗。

"我们也许应该去弄一些餐巾纸。"他嘴里咀嚼着食物说道。

"没错。"

他迅速将他的热狗吞了下去。也许他的热狗也没有完全烤熟。我强迫自己吞下剩下的热狗，然后端起杯子痛饮葡萄酒。

一股酸涩的味道流经我的舌根，灌入喉咙，我打了个哆嗦。

他哈哈大笑。"你是不是一杯倒？"

"是有点儿。"

他对着我伸出了他的塑料杯。"敬艾塞尔，我的自杀搭档。"

我端起杯子碰了一下他的杯子。"敬这个靠谱的我。"

这句话让他露出了笑容。他将杯中剩余的红酒一饮而尽，然后又给自己倒了一杯。

太阳逐渐下沉，我不知道现在到底是什么时候。我想着把我的手机从口袋里掏出来看看时间，然而我觉得这并不重要。重要的是，这一天感觉比其他时候都要短得多。和罗曼待在一起的时光总是感觉那么短暂。

我翻了个身，趴在草地上，四肢伸展摊开。罗曼躺在我旁边，凝望着天空。"我们没办法找到你的爸爸，我真的很抱歉。"

我的舌头滑过牙齿，回味着葡萄酒残留在我口腔里的余味与芳香。"也许那个家伙——雅各布——会给我打电话。"

"也许吧。"罗曼把他的手放在我的腰部，"但也许他不会。你不会觉得不开心吧？"

我不知道该如何回答他的问题。我想，如果雅各布没有给我打电话告诉我那些信息，我应该会自己给那个地方打电话。但是其实就像我说的那样，我真的不知道。几只小鸟在对着彼此叽叽喳喳地鸣叫，然后从附近的一棵树上飞走了。它们翅膀的颤动声吓了我一跳，我坐了起来。我以为我离死亡越近的时候，我会变得没那么警惕，不会对周围的事物感到提心吊胆。结果却恰恰相反。

"我很抱歉。"他说，然后把他的手从我的背上移开，插进了他的裤子口袋。

"不。"我说，"这不关你的事。"

他扬了扬眉毛。"那些鸟儿把你吓到了吗？"

我想告诉他，现在一切都让我感到惊慌失措。但我选择了保持沉默，让他继续说着那些有关鸟类是无害的言论。他又喝了一些葡萄酒，我试图跟上他的节奏，但我头晕目眩，开始感觉眼皮变得非常沉重。

我翻了个身，侧躺着，面对着他。火焰依然那么旺盛，卷曲的烟雾在他那消瘦的脸颊上投射出一道道阴影。他一直沉默不语地给自己咕嘟咕嘟地灌着酒，我知道我应该说些什么，让他能够明白我的感受，但我现在已经躺在了一片硌硬的石头地上，这已经是一件非常难受的事情了，我不想让整个事情变得更糟。

"我也很害怕，你知道吗？"他终于开口说道。当他抬起脸的时候，我可以闻到他身上的红酒气息。"但也非常兴奋。"

我闭上了双眼。我感觉我像是在游泳一样。"你听说过爱因斯坦的理论吗？"

他又喝了一大口。"你又开始搬弄科学了。你真的是一个科学怪人，对吧？"

"我觉得科学怪人的首要条件是聪明。"

他的眉毛拧在了一起。"你看起来就很聪明的样子。"

我眨了眨眼，望着他。"我故意表现得很好。"我坐了起来，给自己又倒了一些酒。

"那么跟我说说吧。"

"那个理论？"我开始觉得这酒已经没那么酸了。我不知道这究竟是意味着我逐渐习惯了这个味道，还是说连我的味蕾都已经醉了。我甚至不知道味蕾是否会一醉方休。

"是啊，爱因斯坦的理论。你的科学怪人理论。"他的声音变得拖沓，变得模糊。如果这个声音没有那么恐怖的话，其实它还是有那么点儿可爱。

"你知道他有两种理论，对吧？狭义相对论和广义相对论。"

罗曼摇了摇头。"我完全不了解爱因斯坦。实话说，如果不是因为你，我根本就不会去关注这个人。"

"是我让你开始关注爱因斯坦的吗？"我咬住了塑料杯的边缘。

他对我露出了他那半月形的笑容，还是那种斜斜的笑容，还是那么甜蜜。"我情不自禁地想要去关心那些你在乎的事情。我觉得我们现在似乎有着某种联系。"

我也情不自禁地笑了起来。我感觉我的脸颊肌肉变得和平时不太一样了——它们就像多年没有被阳光照射过的一个房间，突然被拉开了所有的窗帘，阳光全部投射了进来。我情不自禁

227

地笑得越来越灿烂，内心的喜悦从嘴角一直溢出。这是罗曼对我说过的听起来最暖心的话语。噢，该死，这是我印象当中我这辈子听到过的最暖心的话语。

"我让你感到开心了吧。"他说。他的话语沉重而缓慢。

"是啊，你让我很开心。"

他摇了摇头，闭上了双眼。他就像那种被放置于汽车仪表盘上面的摇头晃脑的草裙舞者。

"怎么了？"我说。然后伸手去拍他的肩膀。

"我不能让你开心。我们不应该做一些让对方开心的事情。"

我停顿了一下，思考着他那句拖沓、含糊不清的句子。我向他倚靠过去。"那样会很糟糕吗？"

他忽然睁开了眼睛。它们明亮而有光泽，并且清澈透亮。"那会毁了一切。"

我花了一秒钟的时间思考了一下我要说的话。我拿起一根树枝，开始在草里划拨。"但是你在嘉年华的时候跟我说过，每当我谈论科学的时候，你就会很开心，也许……"

他抬起手，示意让我停止说话。"不重要。"他指着我，然后又指向自己，"这无关紧要。这只是暂时的。"他的眼睛睁得大大的，我可以看到他的眼珠底部被一圈圈红色的半圆围绕了起来。冷酷机器人喝了太多酒。

"听着，艾塞尔。"他伸出手，然后把我的双手都捏在他的手心里。"我知道这让你非常困惑。我们正处在一个该死的奇怪的情况之下，但我们不能让自己被当前这种情况所迷惑。"

我想要把双手从他手中抽离出来，但他没有放手。他的手指按住了我的指关节。"当前情况？"

"因为我们是自杀搭档。我们有这种亲密关系，是的，当然，我们很来电。"

"来电？"我忍俊不禁地笑出了声。

"好吧。这些涉及科学理论的事情还是应该留给你来讲解一下。"

他向我的身体倚靠过来，他的鼻子碰到了我的鼻子，我能够感受到他的睫毛在我的皮肤上扫动。我抬起下巴，我们的嘴唇相遇。虽然非常笨拙，但却十分完美。我的脑海里一直在想：我们在接吻，我正在和冷酷机器人接吻，我们居然在接吻。这个声音在我耳边就像一首俗气的流行歌曲一样回荡。

我一直回应着他的亲吻，尽量不去想我这样做是对还是错。我的心脏怦怦地跳个不停，我觉得这就意味着我喜欢这种感受，并且我也希望他的心脏能够扑通扑通地跳个不停。我知道从亘古时代，人类就开始接吻。然而现在，在这个非常时刻，让我感觉接吻就像是一个秘密，只有我和罗曼知道的秘密。

在过了感觉像是只有一秒钟，同时也感觉像是一百年之后，他慢慢地抬起头来，把我脸上的一缕发丝拨到了耳后。"我们确实来电。"他说。

我再次对他露出一个微笑。我刚刚已经笑了两次了。我不能让自己养成一个微笑的习惯。如果我真的变成了一个会对别人主动微笑的人，那我一定连自己都不认识了。"我觉得也是。"我深吸了一口气，发觉空气中的味道发生了改变——从篝火的浓烟味变成了甜美的香草味。我的脑海里忽然出现了一个轻柔的声音，我不太能够辨别得出这个声音源于什么，但是它让我想起了硬币被抛进喷泉的清脆声响。那种啪哒啪哒的许愿声，极度渴望的许愿声。

他把脑袋蹭到了我的脖子旁边，我尽量放松自己的身体，假装这一切完全正常。然后，他用双臂搂着我的腰，把我拉到了他的身边。我们躺在距离帐篷几英尺的一片黑暗之中，沉默不语。我的脊椎靠着他的腹部，他的手放在我的腰部。此时此刻，我清晰地感觉到我是由骨骼和皮肤构成的一个人体，我几乎可以感觉得到我的骨骼一点点地想要冲出我的皮肤，渴望离他的骨骼再近一点，更近一点。

突然，他低声说："但是，这改变不了什么。"

我蠕动了一下身体，这样就可以离他更近一点。我能感觉到他心脏跳动的节奏——如此疯狂地跃动。我的肚子里升起一种烧灼感，这感觉和平时黑色蛞蝓在我体内吞噬掉我的喜悦的那种感觉完全不同。我的身体里那难以沉重的压抑感变成了一汩汩轻轻地冒泡泡的声音，我在想，是不是我的势能正在发生变化。我想象着像科学家一样，将整个过程用一幅图表在实验室里绘制出来。我的生活开始变得像一个实验一样。

"艾塞尔。"他说。他紧紧地抱着我，他的嘴唇蹭着我的头发。"你知道这改变不了什么，对吗？这种幸福感是虚假的，是稍纵即逝的。我们需要记住我们为什么会想要去死。我需要记住麦迪。而且你需要记住你的理由。"

我的理由。这听起来非常模糊。但我想我还没有真的告诉他我的理由是什么。因为我害怕，如果当他知道了我的爸爸是谁之后，他会做出怎样的反应。也许这就是为什么我还没有告诉他。不是因为我害怕他不再想要和我一起死去，而是因为我害怕他仍然想要我去死。发自内心地想要我去死。

我想他是对的：我是一个不靠谱的人。但是也许与罗曼的相遇已经帮助我更好地了解了我自己。是的，我已经支离破碎了。是的，他已经伤心透顶了。但是，我们说的话越多，我们越能够分享彼此的悲伤，我也越来越相信也许有那么一次机会可以解决所有问题，有那么一次机会让我们可以挽救对方。

一切看起来都像是要走向终点，一切都不可避免，命中注定。但现在我开始相信，生活中会出现的惊喜比我所以为的要多。也许这是相对的，不只是爱因斯坦的光与时间符合相对论，其实所有的一切都符合相对论。就像生活本来一直糟糕透顶、难以修复，然而直到有一天，宇宙发生了一些改变，结果观测点也发生了变化，突然之间，一切似乎变得可以接受了。

"你知道吗？"他继续说，"无论我们在做什么，无论我们变成什么样，它都不会改变任何东西。无法改变。"他的行为与他的话语、思想完全不符，因为他在说话的同时，把我抱得更紧了。

"我知道。"我悄声说。

然而在内心深处，我知道：一切都发生了改变。

3月31日　星期日

我被清晨刺眼的阳光唤醒。罗曼的手臂仍然缠绕着我的身体，我滚动了一下身体，从他的怀抱中脱离了出来。我们在距离帐篷几英尺的地方睡着了，我的衬衫和牛仔裤上沾满了泥泞的条纹草痕。

我从口袋里掏出手机，看到了一个未知号码的未接电话和一条语音留言。罗曼还在那里睡觉，我向别处走去。但当我听到他朝着我发出了初醒时的呻吟声的时候，我停下了脚步。

"你要去哪儿？"他坐了起来，揉着眼睛，"现在几点了？"

"快八点了。"

"啊。"他又瞬间躺了下去，然后闭上了眼睛，"太早了，太阳好刺眼啊。"

"某个人酒喝多了。"我尽量以最正常的声音说道。我知道他说过，昨晚所发生的事情并不会改变什么，但我不知道如何

233

表现得就像什么事情都没有发生过一样。他不再是冷酷机器人，不再是那个我从网上认识的自杀搭档。他是罗曼，是那个在河边和我亲吻、抱了我一整夜的男孩。对我来说，这是有区别的。天壤之别。

他不再是那个我想要陪我去死的人，他是那个我想要与他一起活下去的人。

"我马上就回来。"我说完这句话，转头朝着河边走去。我走过了昨天路经的那条小路。我再次盯着我的手机屏幕。我错过了昨天晚上七点的一通来电。也许我当时喝了太多酒，所以没注意到我手机的震动声。

我把电话贴近耳朵，听着那条语音消息。是雅各布——那个监狱守卫——的留言，他来电是要告知我关于我爸爸的信息。我又将那条语音留言重播了一遍，呼吸都变得急促了。雅各布说有一个在圣安妮行为健康医院的工作人员知道一些关于我爸爸的信息。雅各布告诉了我那个工作人员的名字——塔拉·伍德芬，以及她的电话号码。我再次重播了那条语音信息，然后看了一眼我的手机。现在给塔拉打电话可能太早了，更何况今天是星期天。我需要再等等。

我回到我们的露营地时，发现罗曼仍然维持着我离开时的睡姿。他仰面躺着，双眼紧闭，皱着眉头，一脸痛苦的样子。我跪在他的身旁，摇了摇他的肩膀。"走吧，我们该走了。我们快把帐篷收起来吧。"

"为什么我们要这么早走啊?"他的话语仍然含糊不清,说着翻了一个身。

我走到帐篷旁,试图在不破坏它的情况下把它拆卸。我摸索着那些杆子,然后发现可以从门帘开始拆卸,一旦取出了门帘,就能够把它们对折起来。我敢肯定还有另一种更简单、更方便的方法来拆卸帐篷,但罗曼实在懒得对我的拆卸方法进行评论,并且,如果按照他的计划,其实他再也不需要用到这个帐篷了。

这个想法让我非常难受,我试图将这个想法抛之脑后,努力吞下喉咙里的那块堵塞的肿块。让自己一直忙碌。不要想太多。我把帐篷拆卸完成之后,将所有的部件都装进了罗曼的那个袋子里。我胡乱塞了进去,没有按顺序整理完好,不过我相信等我们回去之后,富兰克林夫人一定会将它们整理好的。

正当我朝小冰箱走去,想要给罗曼拿一瓶水的时候,我发现了随意摊在旁边的罗曼的背包。我偷看了罗曼一眼,确保他还在睡觉,然后我打开了背包。我把他的素描画板拿了出来。我知道这样做不对,但我还是没有忍住。

我盘腿坐到了地上,翻看着他的素描。当我翻到最后一页的那一刹那,我突然屏住了呼吸——画上的那个女孩不正是我吗?我盯着看的那个女孩不是我,但她的确是我。她的大眼睛全神贯注地望着车前方,不过我看到了一些我没有立即辨认出的东西:希望。她的姿势好像比我更直一些,她看起来更加坚强、更活力四射。

"谢谢你，冷酷机器人。"我低声对自己说道。我把那一页画稿从素描本上撕了下来。我不在乎当他发现这幅画被我拿走了之后会多么生气。我需要这幅画。我需要它来提醒自己，我能成为这个女孩，这个女孩其实存活在我的体内。这种积极乐观、锲而不舍的人。我把这幅画折成一个小方块，放进了我的口袋里，然后小心翼翼地把他的素描本放回了他的背包。

当我从小冰箱里拿出矿泉水的时候，我在想我应该做些什么。我需要为罗曼做一些什么来报答他为我所做的一切：我需要让他看到他体内的那个真实的自己，那个他以为消失了的、被挫败了的自己。一个充满了冒险精神、天赋凛然、笑容灿烂、能用积极的态度感染他人的男孩。一个有着像夏日里的青草和阳光一样、眼睛能够看到大多数人看不到的东西、能够描绘出难以置信的素描的男孩。我闭上双眼，回忆起在嘉年华那天与他双手相握的场景，他的手掌是那么的紧实，那么的坚定。

我一定要帮助他拯救自己。我必须这样做。

我深吸了一口气，鼓起勇气走到罗曼身边。我在他旁边蹲下身来，然后把冰凉的矿泉水按在了他的额头上。"起床。"

"嘿！"他大吃一惊地叫了出来。

"我以为这样会很舒服。"

"是的，谢谢。只是把我吓了一跳。"他从我手中接过矿泉水瓶，然后侧过身，这样他就可以喝几口水，免得这个矿泉水瓶再次按到他的额头上。

"我打算把所有东西都收到车上，然后我们就出发。好吗？"

我正要起身，但他伸手拉住了我的手，把我拉到了他旁边的地上。"我没有醉得那么厉害，我记得昨晚发生的事情，艾塞尔。"

我呆呆地望着他。我不能说出我内心的真实想法，所以我觉得沉默不语总归比那些他不想听到的话语要好得多。并且，在找到合适的话语之前，我也不太想开口。那一定是具有魔法的话语。能够说服他活下去的话语。

他摇了摇头，然后又喝了一大口水。"不要假装你不知道我在说什么似的。"

我保持沉默，舌头在牙齿上扫过，想着合适的话语。

"艾塞尔。"他说。他再次伸出手握住了我。

我抓住他的手，盯着它看。这就是那只描绘了那幅画的手。"雅各布给我打电话了。"我说。

他的手指轻轻地按摩我的手指。"然后呢？"

"他告诉了我一个人的名字，然后我可以给那个人打电话，询问我爸爸的一些信息。"

罗曼的目光落到了地上，但仍然紧握着我的手。"我们可能没有时间去探望他了，我们马上就要……"

"我知道，但是……"我暂停了一下，深吸了一口气，让冰凉的春天的空气填充了我的肺，"关于昨晚。我知道你跟我说过不要让昨晚所发生的事情改变什么，并且也许昨晚并没有改变什么，但我开始觉得，也许我们应该停下这一切，来真正考虑一下……所有的事情。"我凝视着我们紧握的手。

他放开了我的手，然后往旁边退让了一些。我凝重地深吸了一口气。"你看，我就知道这是一个坏主意。你，你，你……"他发出的声音就像一个熄火的汽车引擎。

"我怎么了？"

"你就是你。你很清楚。你非常清楚这一切。并且你和我一样可悲，虽然这很糟糕。但你的悲伤看起来非常唯美。"他伸出手，抚摸我的脸颊，然后触碰到我的头发，"你就像一片灰色的天空。你非常美丽，虽然你并不想这样。"

但他错了，并不是我不想这样。我从来没有想要自己漂亮，因为我一直非常忧伤。冷酷机器人应该知道，悲伤根本没有美丽、可爱或是魅力可言。悲伤只有丑陋，如果谁不这么认为，那么说明他并不悲伤。我觉得，他的意思是，我和他在某个方面都一样丑陋，关于悲伤，我们有一些熟悉、习惯的东西。习惯和美丽截然不同。

我想起了他画中的我。他画中的那个女孩，非常美丽。那个女孩不是一片灰色的天空。她心中怀有希望。美好的希望。

所以，我不希望我们继续以同样的方式丑陋着。我并不想成为一片灰色的天空。我希望我们能够找到希望。一起。我避开他的视线，来隐藏我红了眼眶的事实。沉默片刻之后，我站了起来，掸掉身上的灰尘。"我们也许应该回去了。"

"艾塞尔。"他的声音里透露着一丝急切，"我们应该谈谈这个。"

"我知道，但我不知道该说些什么。"

他紧握着我的手，我只能紧紧地回应他。因为我太害怕他再次放手。我害怕失去他。

3月31日　星期日

倒计时：7 天

我们在路上行驶了大约一个小时，然后我在高速公路出口附近的一家打着广告牌的小餐馆门口停下了车。罗曼睡了整整一路，当我停车的时候，他才渐渐醒来。

他揉了揉眼睛。"我们现在在哪儿？"

"我觉得在我把你送回家之前，你应该吃点儿东西。"

他露出了那个半月形的笑容，我感觉我的心脏被紧紧勒住。我无法再直视那个笑容。我望向挡风玻璃外面，大雨从天空中倾泻而下，而远方传来了隆隆雷鸣。

"我赞同你的想法。你说得对，如果我这个样子回家，我妈妈肯定会大惊小怪。"他说，然后下了车，"你将会失去你的那个'圣女艾塞尔'的头衔。"

我敢肯定，如果我让你从山峰之巅跳下去，我肯定会失去那个头衔。我咬住了我的下嘴唇。罗曼没有任何避雨的意思。

240

大雨泼洒到他的头发上，拍打着我们的脸颊，淋湿了我们的衣服。

我们慢慢地走进那个餐馆，在餐馆后面的一个卡座坐了下来。他看着我，而我却垂下了眼睛，一遍又一遍地阅读着目录上那些不同种类的煎蛋饼。我假装自己正饶有兴趣地在西部三丁煎蛋饼和佛罗伦萨煎蛋饼之间做选择。

当我敢确定他没有看着我的时候，我偷偷地看了他一眼。他的 T 恤被雨水浸湿，头发湿漉漉的，水珠滴落在他的额头上。雨水让他看起来更加年轻，更有活力。他的脸颊更加红润，皮肤更为透亮。我试图想象着一个更为宏大的场景，在他从山峰之巅跳下去之后，在他被水淹死之后，他看起来又会是什么样子。他的嘴唇会从淡粉色变为冷蓝色，他的皮肤会从白白嫩嫩变为毫无生机的苍白。我不知道我们自己能否感觉得到这些转变，是否我们能够感受到我们的势能一点一点化为虚无。我在想我们是否能够听得到那种声音，它听起来是不是像交响乐那样，抑或是如同惊魂一般的尖叫声。关于这些问题，我全都不知道答案。而且我也不想知道答案，我也不希望罗曼知道答案。

我继续默默地凝视着我面前的菜单。我现在不能去想任何一个问题。负责招待我们的女服务员走到了我们的桌前，为我们点单——两份鸡蛋、一份培根、一份土豆煎饼、罗曼的一份墨西哥辣椒以及我的一份佛罗伦萨煎蛋饼。这位女服务员大概和我妈妈差不多大的样子，但她的手上有更多的皱纹，脸上的肉也更多一些。她的头发明显是被染成了金色，因为她的发根是黑色的，并且十分油腻。

"你们真会点菜。"她一边迅速写下了我们点的单，一边笑着对我们说道。她写完之后抬起头来，笑得更加灿烂。"你们知道吗？你俩真是非常可爱的一对儿。我相信你们应该经常会听到这句话吧。嗯，你们的菜马上就来。"

我们还没来得及纠正她，她就已经走了。我随意地按着座位上的坐垫，它的中部已经塌陷、裂开，一些填充物蹿了出来。

"你可以笑的，艾塞尔。"罗曼说，"她觉得我们是非常可爱的一对儿。"

"是啊。可爱的一对儿。"我直视着他的眼睛，而他却低头看向桌面。

负责招待我们的那位女服务员上菜的速度比我预期的要快很多，这让我不禁对这里的食物感到不安。不过，我们是在肯塔基的一个不知道什么地方的破落的小餐馆吃着早餐，所以我猜这里的食物的质量也就不必多说了吧。

我没有胃口，于是我拿着叉子在盘子里推着我的煎蛋饼，叉子在白色盘子的表面留下了一道道小划痕。而罗曼将培根叉了起来，放进嘴里，大声地咀嚼着。有趣的是，当你一旦喜欢上一个人之后，哪怕是最没有吸引力的事情发生在这个人身上的时候也不知怎么地也会变得惹人喜爱了。

我讨厌这种感觉。并且，我不知道他怎么能在这种时候居然还如此有食欲。难道他完全忘记了我们在露营地的那场争吵吗？难道他忘了距离 4 月 7 日只剩下一个星期了吗？

"我能不能问你一件事？"罗曼一边咀嚼着一边说道。他继续准备吃鸡蛋。他把墨西哥辣椒盖到了鸡蛋上。他把一只辣椒放进嘴里，把辣椒籽吸了出来。

"当然。"我喝了一大口那位女服务员给我们端上来的水。

"你打算什么时候告诉我你爸爸究竟做了什么才被关起来了？你只告诉过我他在监狱里……"他后面的话音渐渐消失。

我停顿了一下，仔细端详了一会儿罗曼的脸庞。在吃饭之后，他那深陷的浅褐色的眼睛明亮了许多，他看起来一副真的很好奇的样子。我低下头，这样就可以看着金属桌面上罗曼的倒影。我已经无法忍受他对我的好奇心，我打算告知他实情。我的内心非常恐慌，我想象着他能够理解我。这个画了那幅被我发现了的画的男孩看起来像是那种善解人意的类型。

"所以你是不是准备告诉我了？"

我没有看着他。我无法直视他的目光。我闭上了眼睛，屏住呼吸，在心里默默哼唱了一首熟悉的曲子。当我听到音乐开始在我的脑海里萦绕，到了音乐渐强、感觉音符强有力地想要突破某一个东西的时候，我的脑海里闪现出一个主意。我抬起下巴，望着他的眼睛。"我会告诉你我爸爸到底做了什么，但是前提是我也需要问你一件事情。这个交易公平吗？"

"那要看你准备问什么。"

"好吧。我的问题是：如果你不打算在七天之后死去，你会想在自己接下来的生命中去做些什么？"

他把手中的叉子放了下来，然后瞪着眼睛看着我。他的眼睛在三秒之内从清澈透亮转变成了乌云密布。"这是个什么鬼问题？"

"一个我很好奇的问题。不过，我想所有问题都是出于好奇吧。"

他的嘴唇皱了起来，就好像他在勉强挤出一个笑容。"你现在说话怎么像疯帽子①。一样？"

"你知道我呀，总爱讲一些很冷的笑话。"

他再次拿起叉子，然后又咬了一口鸡蛋。"这不完全是一个笑话。"

"那么我们达成协议啦？"

他假装给我做了一个致敬的手势。"这个条款我是可以接受的。"

我把手肘撑到桌子上，身体向他倾斜过去。"那么你的答案是什么呢？"

他用叉子指着自己的胸口。"我先说吗？这公平吗？"

"你居然会想要谈谈公平这件事？"

---

① 疯帽子是 2010 年电影《爱丽丝梦游仙境》中的人物。他可以说是爱丽丝真正的朋友，当其他居民不愿意相信她的时候，只有他还坚决站在爱丽丝这边。在这个故事中，他勇敢无畏，不遗余力地保护着爱丽丝。怪诞、疯癫，但重情谊，把做帽子当作信仰。

他摇了摇头。他的招牌笑容再次浮现于脸上。我把目光移开。

"好吧，好吧。那就我先说。不过，这真的很愚蠢的。"他说。

"我的问题？"

"不是。是我的答案。"

"说来听听吧。"我屏住呼吸。我想听很多事情，但我却不知道自己究竟想听到什么。也许他会告诉我一些愚蠢的事情，比如他总是幻想着能够自己拥有一家体育用品商店，这样就可以一辈子都有用不完的篮球；或者他会告诉我一些温暖人心的事情，比如他一直想成为一名儿科医生，去帮助那些生病的儿童。

然而最终，无论罗曼想做什么，其实都无所谓。我开始明白，爱情其实会让人觉得兴奋、费解，而且沮丧。关系到你爱的那个人的事情往往会开始变得有趣，即便你一直觉得这些事情本身非常单调乏味。

我曾经在物理书中看到过，宇宙期待被观察到，当人们注意到它的时候，那些能量就会运动与转移。也许爱情归根结底就是——有一个人在乎你、给予你足够的关注，你便会受到鼓舞，你的势能便能迸发转化为动能。也许每个人所需要的便是希望有那么一个人能够关注自己。

而我关注着罗曼。说实话，我想要让他做的只是回答我的问题而已。我只需要知道一些关于他的事情，能够让他相信，他的身体里有那么一丝希望想要向着某个方向前进，而他只是欠缺了那么一点儿小小的助推力。

"我想上大学。"他说。

我的心跳情不自禁地快了起来——带着希望。这是一个开始。我做了一个手势，示意他继续说下去。

"然后我想在大学里打篮球。"

我点了点头。"即使你现在没有打了？"

他对我露出一个狡黠的笑容。"嗯……这一切都发生在一个假设宇宙时空，对吗？我想要怎样都可以。"

刚才那种在我心中骤然升起的希望突然间消失了。我的内心突然坍塌，身体无力地陷入到座位上那被撕裂的坐垫里。它不一定非要是假设。我强迫自己不要露出我内心的失望之情，说："好吧。继续。"

"那里还可以干什么？"

"我不知道。你想学什么专业？"

他的脸突然变得通红，他在座位上挪来挪去。"啊，这就是那个很愚蠢的部分。"

我用手指轻轻敲击着桌面。"它也是很好的一个部分。"

"你肯定会这么说啊。"我看了他一眼，他把双手举过了头顶。"好吧，好吧。我想学习海洋生物学。我知道这很愚蠢，但我喜欢探索海洋的奥秘。"

我咧开嘴，露出了一个微笑，我敢肯定此时此刻的我看起来就像一个白痴一样，但我不在乎。"比如《海底两万里》。比如尼莫船长。"

他也对我露出了一个微笑。"的确如此。我总是沉迷于海底探险的想法。但是，这很愚蠢，因为我从来没有去看过大海。"他停了下来，眼神变得蒙眬、迷离，"我想我永远也不会去了。"

我咬住了舌头。也许并非如此，冷酷机器人。也许不会这样。我在脑海中简单地勾勒出我们开车去海岸旅行的画面。也许我们会去北卡罗来纳州的某个地方——离这儿并不算太远。我看到他穿着他那英式连帽衫沿着海滩散步，海浪拍击着他的脚踝。他仔细观察着海水，我坐在后面，坐在沙滩上，阅读着一本物理学之类的书。我们可以非常开心。这样的情景并不一定非要存在于一个假想的宇宙时空里。

我需要弄清楚应该如何向他说明这个问题。也许我应该给他买一本关于海洋生物的书。但是这个方法似乎太笨拙了。他肯定会失控，会暴怒。也许我可以提出一个临死之前的海滩之旅的提议。

我在想"Smooth Passages"的网友会不会给我一些建议，想到这里，我咬住了我口腔里的脸颊内侧。我知道，那个网站上的人如果得知我改变了主意，肯定都要疯狂。更糟糕的是，我还试图说服我的搭档去改变他的想法。这恰恰是最不应该发生的事情。

而这也正是为什么罗曼不想要一个不靠谱的搭档。但是他最终还是要和这个不靠谱的搭档走到最后。全宇宙最无敌的不靠谱搭档。不过，这全都是他的错。是他把我变成了这个"不靠谱的人"。

　　我需要把他也变成一个"不靠谱的人"。也许"不靠谱"是具有传染性的。

　　当我在走神思考这些问题的时候，他继续吞噬着食物。当我回过神来看着他的时候，他也凝视着我。"噢，嘿。你终于回过神来了。你是不是在想一些关于你的物理题之类的事情？"

　　我对他耸了耸肩。现在对他提起我们的海洋之旅似乎不太合适。"对，类似的事情。"

　　"好了，轮到你了。"

　　"啊？"

　　"告诉我关于你爸爸的事情。"他说。

　　我把手举到面前，然后开始啃我拇指指甲上的皮肤。"这是一个冗长的故事，并且我真的不知道所有的细节。"

　　罗曼的表情变僵硬。"你不要耍我好吗？我回答了你的问题。现在你必须回答我的问题。别废话。"他压低了声音，几乎是在耳语，"自杀搭档应该彼此信守承诺。"

　　我知道他是对的，但我希望信守承诺不代表让我心碎一地。请不要这样。

3月31日　星期日

　　我说服罗曼等我到了操场之后再向他讲述我爸爸为什么会被关起来的故事。我真的不太想让我家那些不堪的过往暴露在这个简陋餐馆的日光灯之下。然后，我可能只是想拖延时间而已。好像我现在所做的一切事情只是为了争取时间。当我把车停到操场停车场的时候，他和他妈妈正打着电话。她在我们的旅行中打了差不多五十七次电话。

　　"一切都很好。"他停顿了一下，点了点头，就像他在对他妈妈所说的话表示赞同。"是啊，这场旅行非常有意思。"他妈妈一定说了一些很有趣的事情，因为他傻笑了起来。"艾塞尔很棒。但是，嘿，妈妈，我现在给你打电话是因为我会稍微晚一点儿回家。"他又开始点头，"我和艾塞尔觉得我们应该在操场这边玩一下，临时决定打一场比赛。"他笑着说，"是的，我会让着她的。我答应你。再见。"

他挂断了电话，然后转向我。"你真的非常有用，顺便说一句。"

我眨着眼睛看着他。"你在说什么啊？"

"我妈妈觉得我已经完全恢复了正常。之前，她从来不会让我晚一些回家。"这次他的笑容不同于那个常见的半月形笑容。这个笑容是他刻意露给我看的。这让我的胃抽搐了一下。"我有没有跟你说过，在过去的一个星期里，她甚至会在每天半夜的时候来我的房间检查我？谢谢你，我觉得她已经没那么担心我了。"

我打开车门，走了出去。我胸腔里堵塞着的那块固体变得越来越大，我穿着灰色的匡威帆布鞋在操场里泥泞的地上蹭来蹭去。雨停了，但空气依然潮湿阴冷。我双臂环抱着肩膀，然后走到了我上次坐过的那个野餐桌前。我爬了上去，手掌撑在潮湿的木头桌面，身体后仰，盯着天空。罗曼跳上了桌子，坐在我旁边。我看了他一眼，他用手挡在眼睛上方。

"你总是这样做。"我说。

"啊？"

"你喜欢用手遮挡在眼睛上方。我注意到你总是会做这个动作。哪怕在没有阳光的时候。"

他报以一个半月形的微笑。"你的观察力如此敏锐。在另一个宇宙时空里，你一定会成为一个真正伟大的科学家。"

"也许在这个宇宙也可以。"我悄声说道。

他的姿势变得僵硬。我还没来得及说些什么，他就跳下了野餐桌，双臂交叉站在那里，盯着我。"送我回家。"他的声音毫无感情。其实他生气了反而会更好一些。至少这样我知道他的心情如何。

"拜托，罗曼。"我试图将这件事情淡化下去。我居然说了这么愚蠢的一句话，真想扇自己一耳光。我应该知道说一些让他这样惊讶的话语并不会有什么好处。我需要用一个更加微妙的方式。让他最终得出结论——而不是我强迫他去怎样做。

我试图挽回。"我只是就事论事。我又不是一个彻头彻尾的白痴。"

他扬起了眉毛，嘴唇抿成一条直线。

"我的意思是，我想跟你解释，如果我们一切都不一样的话，我可能成为一个伟大的科学家。"我暂停了一下，"就在这个世界上。"

"是啊。如果一切都不一样。但你说的是什么事情？"他仍然维持着双臂交叉抱于胸前的姿势。太阳已经从云层底下探出了脑袋，阳光使他的眼睛看起来金灿灿的，就像是燃烧了一样。

"我爸爸。"我不假思索地脱口而出。在经过了整整三年想要从我爸爸的阴影中逃离的努力之后，现在的我，叼着他的黑暗历史，就像某种奇异的诱饵一样。这真可悲，真的太可悲了。我花了这么久的时间试图对罗曼隐瞒真相，就是因为害怕他将会做出的反应，然而现在，我不能去担心这些——我只想让他留在这儿，跟我在一起。无论需要我做什么都可以，无论需要我说什么都可以，只要让他能够再待得久一点，更久一点。

"你爸爸。"罗曼摇了摇头，盯着地面，"我真的不明白你是怎么想的，艾塞尔。你爸爸是你想要去死的原因。但是你又非常想去见他最后一面，而你又说你真的非常恨他，并且你甚至都不愿意告诉我他究竟做了什么。难道你真的不相信我吗？"

我咬紧牙关，抑制住内心的那个冲动——我真的好想要告诉他我不想死了，一切都发生了变化。但我不认为此时此刻是能够宣布这一重大事件的合适时刻，现在的他对我生着这么大的气。我拍了拍我旁边的桌子，要求他坐下来。"我保证我不再乱来了。我会告诉你我爸爸到底发生了什么事情。我会告诉你我知道的所有事情。"

罗曼的嘴唇紧闭，我可以看出他在思考着他应该怎么办。最终，他的好奇心占了上风。他跳了起来，然后坐在了我的旁边。这又让我产生了希望。毕竟，"好奇"顾名思义是指你想知道接下来会怎样。这是某种心理。我也许可以利用这种心理。

我用眼角的余光看着他。他的脑袋下垂，盯着自己的手。"罗曼？"

"怎么了？"

"你能不能答应我，如果我告诉你我爸爸的真相，你不要指责我？"

他轻轻地碰到了我的手腕，用他的手掌握住了。"我为什么要指责你？"

我移开目光。我的喉咙感到十分干涸、松懈无力，就像一个被磨破了的绳子吊着的轮胎秋千。就像它随时都会崩溃、毁于一旦，沉落到我的内脏里，只剩下无声的我。

他碰了碰我的肩膀。"什么意思？"

"蒂莫西·杰克逊。"这是我使劲全身力气才努力吐出来的六个字。

罗曼垂下了他的手，背到身后。他转了个身，这样就可以直接面对着我。我强迫自己直视着他那双大眼睛。就是从那双眼睛里，我再次找到了思想和光芒——它们一直投射进了我内心的黑洞里。我呼出了一口沉重到快要窒息的气息，喘了一口气。我害怕看着那双眼睛从夏天转变为冬天，从温暖转变为冰凉。

他用手抚摸着我的后背。"艾塞尔，没关系。我知道。"

我又喘出了一口窒息的气息。"不，你不知道。你不知道。"

他的手指沿着我的脊椎抚摸着。"我知道。我知道你爸爸的事情。"

我猛然抽搐了一下，逃离了他的手掌，挪到野餐桌的边缘。我蜷起膝盖，紧紧抱在胸前，前后晃动。我试着去哼唱莫扎特的《安魂曲》，却除了自己的心跳以外什么也听不到。一直都不会再慢下来的心跳。

他挪到我的旁边，用胳膊环住我的肩膀。"嘘，没关系的。"

我的眼睛变得模糊，一团湿润的球状物在我的喉咙逐渐形成，逐渐变硬。我已经有好几年没有真正地哭过了。我现在不打算哭出来。我的肩膀瑟瑟颤抖，我狠狠地咬住了我的下嘴唇。血腥味的液体从我的嘴角渗了出来。"为什么？"

"什么为什么？"

"你为什么不告诉我你知道？"

他托住我的下巴，轻轻地把它抬了起来，让我直视着他的眼睛，他那金色的眼睛依然透露着温暖。"因为我不知道如何提起这件事。而且我不能完全肯定。"他放下了我的下巴，抽离开了双手，他把双手放在了他的膝盖上，然后深吸了一口气，"这只是在听到了你的名字和你说过关于你家庭的一些事情之后我产生的一种预感。你爸爸的这个事情似乎很难避免……家喻户晓。而且我觉得这只是可能是你的爸爸，但我无法确定。直到我听到你亲自说出了口。"

"你没必要告诉我这件事情家喻户晓。"我用手掌根部按住眼睛。我努力地忍住了哽咽，拒绝让眼泪流下。我如坐针毡。不是因为我爸爸——这已经够糟糕了——而是因为我居然蠢到去相信我可以向罗曼隐瞒得住整个事情。

我抽泣着，一股咸涩的液体流经了我的喉咙。"如果你知道的话，那么你为什么非要我告诉你呢？你为什么总是问起我爸爸的事情呢？"

他再次抓住我的手，紧紧握住。"因为我想知道你信任我。

你觉得和我在一起非常舒适，并且明白我不会因为这件事而责怪你。我想从你口中听到整个故事。"他拽着我的手，哀求我看着他的眼睛。我倾斜着脑袋，这样我就可以凝视着他的脸侧，但我拒绝去直视他的目光。"我以为让你谈谈这件事会对你很好。该死的，我居然会一直认为这会对你很好。"

"为什么？"

他耸了耸肩。"有些时候，说出来的话会有所帮助。我对你说了麦迪的事情之后，我觉得我好多了。"

我的内心开始颤抖，充满了希望。"真的吗？"

"你带给了我一些别人从未给过我的东西。"

"什么？"

"你在知道这个故事之前和之后看待我的眼光都是一样的。我也想为你这样做。"

"好吧。"

"什么好吧？"

"我会告诉你我所知道的一切。"

他放开了我的手，然后用胳膊搂住了我。我把头靠在他的肩膀上。"不要生我的气。"他低声说。

"我没有生气。"

"你发誓？"

"我发誓。"

他的肩膀非常宽广，却骨瘦如柴，在我脑袋的重力之下，

255

我能感觉得到他那紧绷的肌肉。"你真的不恨我吗？哪怕现在你已经知道了我爸爸是一个被铺天盖地的新闻所追踪报道的疯狂的家伙？我只是以为你会很沮丧，因为……"我盯着野餐桌底下一瓶被打翻了流了出来的苏打水，"嗯，因为你曾经和布赖恩·杰克逊关系非常好。"

他轻轻抚摸着我的后脑勺，手指从我的鬈发之间穿过。"我发誓我真的不恨你，艾塞尔。我永远也不会恨你。而且我绝不会因为这个原因恨你。你又没有做出任何伤害布莱恩的哥哥的事情。你又没有杀死他。"

他的那句话在我的脑海里一直重放：你又没有做出任何伤害布莱恩的哥哥的事情。你又没有杀死他。当这些话语在我脑海中回荡的时候，我的眼睛变得越来越模糊了。一滴眼泪翻滚着从我的脸上滑落，然后泛滥成灾。我的身体瑟瑟颤抖，胸腔上下起伏。我不明白为什么我会在此时此刻抽泣，为什么偏偏是现在，偏偏在我不想要去死的时候。

他用胳膊环绕着我，我把脸紧紧地贴在他那柔软的棉质T恤上。它闻起来有一种柔顺剂和篝火烟雾混合的味道。他继续抚摸着我的头发，我将注意力集中于他的动能之上。我不想让他停下来。我希望他能一直这样。一直这样。

他把嘴唇贴着我的耳朵，轻声地说："告诉我，艾塞尔。"

我吸进了一口潮湿的空气，它灌进了我的肺里。我感觉我的心脏像是随时都可能会爆炸，我轻轻推开他，坐直了身子。

我擦了擦眼睛，然后清了一下嗓子。"对不起。"

他微微一笑。"你不用感到抱歉。别这样说了。疯姑娘。"

我皱起眉头。"你看，你觉得我疯了。就是因为我爸爸。"

他摇了摇头，笑得更灿烂了，嘴巴更歪了。"没有。我觉得你疯是另一种方式，是一种非常可爱、非常美丽的方式。"

我的心跳漏了一拍。我想问问他怎么说出这样的话——在我们打算去死的七天之前。这不公平。他不能让我爱上他——在我们即将分离的时候。在他想要和我分离的时候。在他知道即将走向结束的时候。

泪水潸潸不停地从我的脸上流了下来，他碰了一下我肩膀。"跟我说说这个故事吧。"

我擦掉鼻涕，盯着他的 T 恤，发觉上面沾满了我的泪痕。"我把你的 T 恤弄坏了。"

"我不关心我的 T 恤，我关心的是你。"

我体内发出了一声咔嗒响。就像我花了一辈子的时间辛辛苦苦摆弄一个密码锁的复杂数字组合，却发现我一直都在对付一个错误的锁。而现在，我身体里面容纳我所有秘密的仓库摇摇晃晃地打开了，我感觉血液全部涌入了我的胸腔。"好吧，我会告诉你我所知道的一切。"

我没有直视他的脸，但我发誓我能感觉到他点了点头。我能明显地感觉到他的目光落在我的脸上，那么温和，那么轻柔，就像冬天的初雪一般。我们沉默了一会儿，并肩而坐。我用我的灰色运动鞋抵着他那污渍斑斑的白色运动鞋，真希望我们永远这样下去。然而在内心深处，我知道我们不能，所以最终我向他讲述了那个故事，全部的故事，完整的故事。

"在我出生之前，我的爸爸妈妈从土耳其搬迁到了美国。刚开始的时候，他们住在密歇根州的某个地方，但我爸爸的一个亲戚，噢，也许是我妈妈的……"我停了几秒钟的样子，喘了一口气。罗曼是正确的——我从来没有跟人说过这个故事，自从我爸爸被关起来之后我就没再跟人提起过我家里的事情了。这些故事只听一些人在我背后低声议论过，或者是我妈妈和史蒂夫在深夜的时候悄声谈论过——他们以为乔治亚、迈克和我都已经进入了梦乡。这个故事被很多人扭曲，以讹传讹，发生了变化。我从来都没有拥有过它。

"不管是谁的亲戚，"我继续说，"反正这个亲戚在兰斯顿经营着一家便利店，当他去世之后，我的爸爸妈妈便搬到了这里，接管了这家店。"

罗曼吸了吸鼻子。

"对，偏偏就来到了兰斯顿。但是，嗯，他们搬到这里，然后几个月之后，我妈妈怀上了我。我出生之后，我感觉他们开始日渐疏远。在我不到一岁的时候，他们的感情就瓦解了。显然我爸爸有时候情绪波动真的很剧烈。一天早上，他在黎明时分就醒了，然后给她做了炒蛋和烤面包的早餐。但是，在其他的时候，她醒来时会发现他在墙上愤怒地捶了一个洞，然后把自己关在那个狭小的地下书房一直不肯出来。他就是这样，我和他住在一起的时候他也是这样。但我十分害怕，不敢将这些告诉妈妈。"

我鼓起勇气来看了一眼罗曼。他把手放在我的手上，十指交叉。"继续。"他说。

"我爸爸住在兰斯顿，并且接管了那个商店，是因为他想让我能和他生活在一起。我对于他而言就是全世界——"我的声音变得沙哑，"然后妈妈遇到了史蒂夫，他们结了婚，然后有了乔治娅和迈克。我在周末的时候去他们家玩，但我平时还是和爸爸住在一起。他讨厌我在周末去他们家。"

我遥望着远方的那个秋千。秋千来回晃动，就像有一个幽灵在推着它一样。我在想，罗曼和麦迪以前是否会经常来到这个游乐场，来玩这个秋千。我吞下流经我喉咙的那咸涩的眼泪。我能感觉得到罗曼在等着我说些什么，但是这就是我害怕的部分，因为这就是我从来没有在脑海中组织过的一部分故事。

在一段冗长而沉重的沉默之后，我说："有一天放学之后，我去了妈妈家里。通常情况下，放学后我会去那个商店找爸爸见面，但是这一天很特别，因为那天正好是迈克的第一场小联赛，我答应过他我会去那儿。我记得当时我跟爸爸说我要到很晚才会回来的时候，我看见了爸爸脸上的那种表情。商店里出了一些问题，爸爸指望着我能跟他做伴，陪他一起解决问题。那个月，我爸爸确信有人偷商店里的东西。他对此坚信不疑，并且一直想着这件事。"我停了下来，咬住我的左脸颊内侧。我没有松开罗曼的手。我一遍又一遍地尽我所能地用力握紧，每一次紧握都带着一点儿小小的心愿。

"所以当时发生那件事的时候我并不在场。蒂莫西和他的朋友们走进店里，当时我正在观看迈克从一垒打到二垒。"我摇了摇头，凝视着地面，"蒂莫西和他的朋友们来到店里，在里面闲荡。他们在过道里跑来跑去，其中一人打翻了一列货架。然后我爸爸，我爸爸，他……"说到这里，我哽咽了一下，"我爸爸就生气了。真的怒发冲冠。他开始朝他们大喊大叫。不知道为什么，蒂莫西和他的朋友们觉得这很有趣，然后他们便又打翻了另一列货架，其中一个人抓起了几根巧克力棒，扔到空中，挑衅着我爸爸，看他会不会有所反应。

"于是我爸爸从柜台后面抓起了那根棒球棍，跑出去追赶他们。我猜蒂莫西本来是想走到前面去和我爸爸理论的，但是估计他说话语气不太好。没有人能够阻止得了他。等到警察赶来的时候，蒂莫西已经没有意识了，我爸爸只是坐在他的旁边，还像一个疯子一样手里拿着一根棒球棍。蒂莫西再也没有恢复意识，三天之后在医院去世了。"我颤抖着呼吸了几口气，"我觉得我爸爸甚至都不知道那小子是蒂莫西·杰克逊。"

我无法去直视罗曼的脸，于是我把脑袋靠在他的胸口上。"我妈妈再也没有让我见过爸爸。我甚至没能去参加审判。我从来都没有机会去跟他说一声再见。"

他轻轻抚摸着我的后脑勺，手指穿过我的鬓发。"她大概认为这样对你来说最好。你爸爸他……"他没有把这句话说完，"你知道的。"

我轻轻地脱离了他的怀抱，这样我就可以和他面对面。我把他的手握在手心。"你知道吗？你之前说我爸爸是我想要去死的原因，这是错的。他不是。我想去死的原因是，我害怕我的体内也有像他那样的疯狂基因。我害怕我也会做出一些非常可怕的事情。"

我们都沉默了很长一段时间，罗曼什么也没有说。他放开了我的手，我感觉我的心脏骤然下沉了。他恨我。他害怕我。我望向远方，正准备从野餐桌上跳下去的时候，他扯住了我的胳膊。"艾塞尔，看着我。"

我一直盯着那个秋千。铁链上锈迹斑斑。应该有人来修整一下。真的应该派人来清理一下这个地方。

"艾塞尔，"他急切地说，"拜托了。"

当我转头看向他的时候，我发现他的脸距离我只有几英寸的距离。他咬紧牙关，眼睛里尽是忧郁。我屏住呼吸，等着他开口说些什么。随便说点儿什么。

他把挡住我眼睛的一缕头发撩开，然后低头亲吻了我的额头。我浑身一阵刺痛。"我想让你知道你跟你爸爸一点儿都不像。你听到了吗？我了解你，艾塞尔。你永远不会做出那样的事情。"他双手捧着我的脸，温暖着我的脑袋。

"那既然这样，为什么我会这么想念他呢？"我的鼻子距离罗曼的鼻子只有几英寸的距离，我想逃离他的目光，却没有任何办法。

　　他把我拉得更近，揽入了他的怀中。"因为你是人。没有一个人是彻底的坏人或是彻底的好人。我敢肯定，你跟你爸爸有过一段非常美好的时光。所以你想念他这是有道理的。"

　　"这就是为什么我要去见他最后一面，你知道吗？不仅要设法弄清楚我是不是和他一样，同时我也想让他知道我很想念他。留下他一个人我真的很抱歉。既然一切都变成了这样，我真的很想得到他的宽恕。"

　　罗曼用手轻轻地沿着我的脊椎抚摸着我的后背，一直抚摸到了我的双肩。"我敢肯定，他不会怪你，艾塞尔。我敢肯定，他还是爱你的。他会一直爱你。"

　　听到他的这句话，我的默默滴泪直接变成了颤抖抽泣。他把我抱得更紧了，我贴着他的T恤嚎啕大哭了起来。我们坐在那里，我一直哭着，他抚摸着我的背，好像过了好几个小时一样。等我镇定一些之后，我从他的怀抱中脱离了出来，擦了擦眼睛。"对不起。"

　　他伸手抓住了我的手。"永远不要觉得对不起。"

　　我又咽了几口流经我喉咙的咸涩液体，然后抬头仰望天空。天空已经变成了阴郁的靛蓝色，太阳已经开始下沉。我不希望这一天结束，我不想看到更多的时间渐渐流逝。我闭上眼睛，尽我所能地保持镇定。当我睁开眼睛的时候，我发现罗曼盯着地面。

"谢谢你。"我说。

"为什么要谢我？"

"谢谢你能这么理解我。"

他对我耸了耸肩，就像这根本没什么似的，但这绝对不是"没什么"。

"我发现了你画的我。"我慢慢说道。

他的眼睛突然亮了起来，充满了惊喜。"它还没有画完。"

我把它从我的口袋里拿了出来，展开。"这看起来就像画完了一样。"

他把身体的中心从左脚转移到了右脚。"你可以留着它。"

我知道他的这句话应该会让我的心脏扑腾一下跳起来，然而却并非如此。他说这句话的口吻像是一种道别。"要是我也会画画就好了。"

他望向远方，揉了揉他的脖子后面。"我敢肯定，你可以。"

"不是的。"我小声嘀咕，"我希望我能画出你的样子，我眼中的你的样子。"我想画一个有着最具磁性的笑容、最为亲切的手掌、眼睛时而黯淡时而光明的男孩。我想画一个能够去看大海的男孩。

但好像他对我的"不靠谱"有一种第六感似的，他扭头对着车的方向说："我们该走了。"

一阵微风拂过我的脸——仍然沾满了潮湿的泪水的脸。我看着他站在那里，他的手放在脖子后面，微风使他那宽松 T 恤飘扬了起来，他的面部表情冻结了，我知道他想起了麦迪。我知道他想头也不回地跳进俄亥俄河里。我知道他在思考死亡的事情。

我还想再大哭一场。

在开车回家的路上，我让他答应了下周与我见面的请求。他同意了我们需要好好计划一下我们的自杀——我知道这非常扭曲。我简直无法谈论这件事，因为我敢肯定他知道我在说谎，但是我俩都什么也没有说。

在我们毫无热情地制定了一个见面计划之后，接下来的一路上我们都保持着沉默。我也懒得去打开广播电台。此时此刻甚至都没有莫扎特的《安魂曲》来安慰我。当我把车开到他家门前的时候，罗曼说："昨晚你穿着袜子睡的觉。"

"什么？"我把车熄了火，这样我就可以看他。他凝视着车窗外面，蜷缩着身体，靠着车门，就好像他在尽可能拉开我们之间的物理空间。

"你之前说过你穿袜子睡觉的话会睡不着。你还记得你跟我说过吗？你跟我说过这是你存在的一个很严重的问题。但昨晚你睡觉的时候却穿着袜子。"

我不知道他现在到底是在开玩笑还是严肃认真的。"嗯。你想表达什么意思？"

他慢慢地转过身来面对我。他的大眼睛清澈透亮。"我的意思是，你可以改变。你的适应性很强。请记住，艾塞尔，你是可以改变的。"

"这只是袜子呀。"我平静地说道。

他耸了耸肩。"它仍然是一种变化。"

我正准备告诉他，他的适应性也可以变得很强。我知道他可以。但我使劲咬住了我的舌头。我下了车，帮他卸下了行李。我真的不太擅长祈祷，但我尽我最大的努力希望富兰克林夫人此时此刻能够待在屋内。希望电视上会播一些吸引人的浪漫肥皂剧，让她更愿意待在屋内，而不是出门来迎接我们。"你到底想说什么，罗曼？"

他又露出了那种斜斜的笑容。"没什么。我只是说了一下我的观察结论。"他的眼睛看起来不再那么阴郁，那么悲伤。它们现在看起来什么都不像——空空如也——这让我的心脏疼得更厉害了。他张开双臂，把我拥入怀中。"再见。"

"等等，我们决定在星期四还是星期五见面了吗？哪一天你更方便？"

他没有回答。他放下手臂松开我，然后转身向着他家走去，他背着背包、帐篷、小冰箱和野餐篮。我不知道我是否应该去帮他一下，他一直都自己在那儿鼓捣收拾，但我不觉得他想要我的帮助。我希望他能够想要我的帮助。

"如果我听说了任何关于我的爸爸的事情，我都会告诉你

265

的。"我对着他的背影大声说道。此时此刻，我已经不介意他的妈妈是否会听得到。这是我生平第一次觉得我爸爸的事情已经不属于我的忧虑范畴之内了。我看到罗曼把他的野营用品放在了门前的台阶上。他对我微微挥了挥手，但他始终没有转过身来。

我需要想一个办法来让他转身。来扭转这一切。

4 月 1 日　星期一

倒计时：6 天

放学之后，我给雅各布在语音留言里告诉我的那个电话号码打了过去。我曾在星期天把罗曼送回家之后打过一次这个号码，但无人接听，而我又没有勇气给对方语音留言。

我把身体蜷缩在我的驾驶座位上，拿起电话，贴着耳朵。电话铃声响了好几次，然后一个呆板冷漠的声音接听了电话。"圣安妮行为健康医院，我是塔拉。请问您需要什么帮助吗？"

我吞下一口口水。"呃，你好，塔拉。我的名字是艾塞尔·塞朗，奥马尔·塞朗的女儿。有人告诉我，他从麦格里维监狱被转移到了圣安妮，然后……"我吐出这些话语的速度比我想要使用的语速更快，但是我害怕如果我不马上说出所有事情，她会挂掉电话，那么我就会失去找到爸爸的机会。

"我明白了。"她的声音简短干脆，"你是未成年人吗？"

"什么？"

"你是不是未满十八岁？"

我考虑着要不要说谎。"这有什么关系吗？"

"我无权向未成年人透露关于病人的任何信息。我也无权在电话里透露任何敏感信息。"

"可是……"我咬住了我的下嘴唇，"那我应该怎么办呢？我真的很想见到爸爸。"

我听到她叹了一口气。"如果你的爸爸是这里的病人——而这一点我没办法确定，你需要让你的监护人给我们打电话，我们会来安排一次探访。不过我们会根据患者的状态来决定是否能够安排探访。"

"您难道不能给我多一点儿信息吗？甚至一个暗示，比如我爸爸到底在不在那儿？"

"我觉得你应该跟你妈妈一起商讨探访的事情。"她又发出了一声叹息，"她可以拨打这个电话。"

我勉强露出了一个小小的微笑。"谢谢您。"

"不客气。祝您生活愉快。"电话立马被挂断了。

我把手机放回口袋，然后把座椅椅背向后调了一些，这样我就可以平躺下来。太阳从云层后面探出脑袋来偷看着这个世界，阳光洒在了我的脸上。我需要跟我妈妈谈谈爸爸的事情。

我想象着我去探望他的情景。我不知道他会不会穿着白色的病号服。或者更糟的是，还戴着镣铐。我眯着眼睛，尽全力在脑海里想象着他的脸，但我只能看到那个我记忆中的男人。

那个绝对不会用一根棒球棒打死一个男孩的男人。也许我们每个人心中都有十分阴暗的一面，只是有一些人能够更好地处理这些阴暗面。

我爸爸的做法是错误的、极其可怕的、不可原谅的。但也许他还是有希望的。如果他能得到他所需要的帮助，他们也许就能够拯救曾经教我认识巴赫的托卡塔的那个男人、那个在我害怕黑暗的时候在我房间一直陪着我直到在椅子上睡着的男人。

如果爸爸还有希望，那么我也一定还有希望。也许他和我的体内真的都有同样的黑色蛞蝓，但我可以来征服它们，消除它们。这是我欠我爸爸的。这是我欠我自己的。

我把汽车座椅椅背调回到正常的位置，然后发动了车。我需要跟妈妈谈谈。我把车开出学校停车场的时候，我在心里对自己许下一个承诺：我会比我的悲伤更加坚强。

我会尽我所能成为罗曼画中的那个女孩。那个有着清澈透亮眼睛的女孩，那个积极阳光、满怀希望的女孩。

4月1日　星期一

倒计时：6天

我回到家时，妈妈正在厨房的水槽前削土豆。我走到橱柜前，四处翻找，想要找出一个巧克力燕麦棒。

"艾塞尔。"妈妈朝我轻轻地挥了挥手。

我转过身，面对着她，手里拿着燕麦棒的空盒。"迈克总是会把最后一个吃掉，但他从来不会把空盒子扔掉。真是烦人。"

妈妈勉强挤出了一个笑容。她那浅棕色的头发被梳到后面，扎成一个松散的辫子。每当她把头发梳成这样，露出了她那饱满的额头和突出的颧骨的时候，她会比平时看起来更像乔治娅。她放下土豆，然后擦干了双手。"我们可以聊聊吗？"

看起来她并不会回答我关于燕麦棒的问题。我把盒子放在厨房的桌子上。"当然可以。"

"塔克营销理念今天打来电话了。帕尔默先生想知道你在哪儿。你上个星期六的值班没有去，并且你不是应该去上班的

270

吗?"她的声音听起来有些不确定,就像她害怕谴责我一样。

不过,她是对的。我一直都没有去上班。我已想通了,如果我真的要死了,那么保住我的工作也就不是一件那么重要的事情了。钱对于一个死去的人来说一文不值。但事实是,即使我不从山峰之巅上跳下去,我敢肯定,我也不会再继续想要待在塔克营销理念工作了。

"我准备辞掉我的工作。"我说。

"什么?"她以一个平静镇定的声音问道。

"你可以冲我发火。"我说,"我不是他,你知道吗?我可能和他很像,但我毕竟还是没有成为他那样。"我突然感觉我的眼眶里出现了很沉重、堵塞的物体。我尽力地眨着眼睛,抑制住了想要夺眶而出的眼泪。

妈妈的反应就像我刚刚扇了她一耳光似的。她举起手,贴在了一侧脸颊上。"噢,艾塞尔。噢,亲爱的。"她向我伸出手。

我让她拥抱着我,但我没有伸出手去抱住她。我脆弱地靠着她,我能感觉得到,她的身体由于需要承受我的重量而变得僵直。

她拉起我的手,把我带到了她的卧室。自从我搬进来开始,我从来都没有进入过这个房间。这是这套房子的主卧室,但仍然不算太大。这个房间并没有比乔治娅和我共住的那个房间大多少。我注意到房间角落里的地板上随意地扔着几件史蒂夫的脏衬衫,除此之外,这个房间看起来就像是妈妈一直以来非常努力地维持着这里的干净整洁。这是她在这套如被风暴席卷过一般凌乱的房子里唯一的一处庇护所。

我们在她的床上坐了下来。我的手掌按压着那个花卉图案的抱枕。我凝视着它。那些图案的线已经被磨损，所以这些玫瑰花看起来像是一片模糊，像是在流血一样。我拨弄着其中一根松散的线头。

她松开我的手，这样她就能够看着我的眼睛。"艾塞尔，"她说，"你跟他完全不一样。"

我能感觉到我的心脏怦怦直跳，感觉我的心特别沉重，特别大，我在想这会不会是黑色蛞蝓给我留下的唯一一样东西。就像我体内的其余部分全都空空如也，唯一剩下的就是我那寂寞不堪、跳动不已的心脏。"但是我真的很像他。"

她轻轻地触碰了一下我的手。"什么意思？"

我的呼吸起伏不定，我需要大口大口地呼吸几口气，设法稳住自己。"我很难受，妈妈。我一直都很难受、压抑。而且我觉得他也是这样。"

"噢，亲爱的。"她的声音非常沉重。我终于抬起头，看着她。我发现她的双眼十分迷茫，遍布血丝。"你应该跟我说的。你为什么不早一点来找我？"

我垂下脑袋，下巴抵住胸口。"我害怕——"我的声音变得沙哑，咸涩的泪水堵住了我的喉咙，"我很害怕你把我送走。或者更糟糕的是，我会给你带来更多的问题。你的生活不应该是那个样子。"

妈妈再一次把我拉入了她的怀中。我们一言不发地抱着彼此轻轻晃动。然后，她放开了我，擦拭着她脸上的泪水。"我不知道该怎么解释，艾塞尔，但我想我从来没有尝试过和你谈谈这一切，因为我很害怕我会说错话。"她停顿了一会儿，嘴唇抽搐着好似想要说些什么，但最终没有开口。

"妈妈？"

她叹了口气。"我想我还是不知道我想要说些什么。或者我应该说些什么。你知道，当你还很小的时候，我常常看着你一个人穿着你爸爸给你买的那件蓝色风衣站在小学前院的那棵树下。那棵上面有很多黄色小鸭子的。你还记得吗？"

我记得。她继续说："我总会去那儿接乔治娅，我知道你爸爸会来接你，但我永远也无法摆脱那种我觉得我应该为你做一些什么的感觉。你看起来是那么的孤独，哪怕在那个时候。我想下车，去抱抱你，和你说说话，但我从来没有迈出那一步。后来，当你的爸爸发生了那些事情之后，我被恐惧压倒了。对不起。真的非常对不起。我应该更坚强一点，更加勇敢地去面对你。"

她向我伸出双手，但我没有投奔她的怀抱。眼泪从我的脸颊上一行一行滴落，我用我的衬衫袖子将它们擦干。我清了清嗓子。"我想去探望一下爸爸。"

她什么也没说，只是盯着地板。

"妈妈，我真的很想见他。我觉得这会对我有所帮助。"

"他已经不在监狱了。"她缓缓说道，伸手去握我的手。这一次，我让她握住了。她紧紧地握住我的手。"他们把他送去了精神病医院。"

"我知道。"

她的头猛然抬起。"什么？"

"我本来想去麦格里维探望他，但他们告诉我，他被转移了。所以我现在需要你和我一起去圣安妮探望他。"

她把手举到嘴边，然后握成了一个拳头，轻轻地咬着她的指关节。

"那么你会带我去吗？"我继续问道。

她深吸了一口气，慢慢地把手伸了过来，手指穿过我的头发，我见过她对乔治娅这样做，我以为她永远也不会对我这样做。"我不知道这是最好的办法，但我会查看一下，看看我们可以进行怎样安排。"

"你发誓？"

她抓住我的手。"我发誓。但我也需要你为我做一件事。"

"什么？"

我们的手紧紧地锁在一起，她用力地捏住了它们。"跟我说说你的悲伤，艾塞尔。你需要去看心理咨询师吗？"

我把目光从她脸上移开。"我不知道。"

其实，我一直非常害怕向任何人倾诉我的忧伤，因为我觉得他们一定会将我的这种负面情绪视为我爸爸遗传给我的疯狂基因。但现在，我终于意识到，我永远无法改变我爸爸所做的那件事情，或者是我那天下午没有在场阻止他这一事实。每天我醒来的时候，他还会是那个害死蒂莫西·杰克逊的人。

并且，也许黑色蛞蝓将永远地住在我的心里。也许我会一直过着糟糕的沉重不堪的生活。但是——也许这听起来很俗气，也许只有度过了糟糕的日子，美好的日子才会显得有所价值。

很长时间以来，我一直都把我的过去活成了我的未来，害怕去想象任何其他的事情。并且我的行为也是如此——静态——害怕我自己将会产生什么动能。也许现在是时候开始想象了，也许现在是时候可以有所作为了，也许现在是时候让我反击我内心那沉痛的悲伤情绪了。

我在想我是否能够让罗曼明白这个道理。让他看到我的内心的变化并不是因为不靠谱、想要临阵脱逃，而是关于反击。我准备鼓起勇气面对他，向他吐露我的内心真实的想法。

"我能想一想吗？"我终于开口说话了。

"当然。"她说，"但是，就算你不马上跟心理医生说的话，你要保证会跟我说。你不能让这一切都隐藏在你的内心深处，艾塞尔，不要再这样了。"

"我知道。"我说。然后倚靠进她的怀里。我闻着她那花香味道的香水，让我想起了我的小时候，那个时候我内心还没有变得如此不堪重负，如此难以忍受。我在想，是不是黑洞获得了胜利，说服我们陷入了自己的陷阱里，再也无法清空。

我不希望它赢得胜利。

4月3日　星期三

英语课上，我们已经从谈论低迷的美国诗人前进到了《失乐园》这一单元。我想我们刚刚跳跃了整片汪洋，将我们的重点从低迷的美国诗人转移到了郁闷的英国诗人。

马克斯夫人爱上了约翰·弥尔顿^①。她一直紧紧地抓着书，抱在胸前，就像是一个孩子，害怕我们会从她手里把书抢走，然后跑掉。显然，她为了能够来教授这些内容而努力了很多年才争取得到了这个机会，并且她现在仍然表现得就像是教学管理者随时会过来取消她的资格一样。

她在教室里来回踱步。这是她的习惯动作。她让我们把座位排列呈马蹄形，这样她就可以围绕着我们走来走去。"你们现在都知道，我痴迷于那些名言警句。那些精美的措辞。"

---

① 约翰·弥尔顿（1608—1674）英国诗人、政论家、民主斗士，英国文学史上伟大的诗人之一。代表作有长诗《失乐园》《复乐园》和《力士参孙》。

班上有几个人在窃笑她刚刚说的"痴迷"这个词。我揉了揉眼睛，尽我所能保持清醒。教室里又闷又热，其实就算是正常温度的时候，我也很少会去关注马克斯夫人的课堂。我看了一眼钟。距离下课铃声响起还剩十三分钟，下节课就是我期待的物理课了。

"而且，正如我非常喜爱约翰·贝里曼、西尔维亚·普拉斯 ① 和艾伦·金斯伯格 ② 一样，我也很偏爱英国诗歌。"她说话的声音更像是在吟唱。美国诗歌没那么受欢迎，真是令人大吃一惊呀。"约翰·弥尔顿的作品可能是我一直以来最为喜欢的。"

她不再围绕着我们转圈，而是走到了白板前。她抓起一个蓝色的白板笔，潦草地写下："心灵是属于自己的地方，它能把地狱变成天堂，也能把天堂变成地狱。"她大声地朗读了出来，然后说："谁能告诉我，弥尔顿这句话是想表达什么意思呢？"

全班彻底安静了下来。没有呻吟，没有抱怨。我重新阅读了一遍这句诗，这些话语在我的脑海里回响。这是我今年第一次在课堂上翻开我的英语笔记本。里面大多数都是空白的，除了我写下的家庭作业。翻开一页空白页面，我在顶部写下了这句诗句。

---

① 西尔维亚·普拉斯（1932—1963），美国 20 世纪最有影响力的女诗人，自白派的代表人物之一。主要作品有诗集《巨人及其他诗歌》《爱丽尔》、自传体长篇小说《钟形罩》等。
② 艾伦·金斯伯格（1926—1997），美国"垮掉一代"代表诗人，20 世纪世界著名诗人之一。他在 1950 年代便以其反主流文化、惊世骇俗的长诗《嚎叫》一举成名。

"艾塞尔?"马克斯夫人说。

我简直不敢相信她在叫我的名字。她从来都不会叫我。我心想我们应该是有某种心照不宣的默契。

我耸了耸肩,轻轻地说:"我不知道。"

"噢,试试吧。"她用白板笔的末端轻轻敲击了一下白板。"我看到你在写什么东西。你肯定有一些什么关于它的想法。跟我们分享一下你的感悟吧。"

我深吸了一口气,又把这句诗句阅读了一遍。这句诗句让我感觉有人把我的脑袋按进了一面墙里,迸发出了一些能量的火花。"这句诗句让我想起了爱因斯坦。"

话音刚落,班上的同学窃笑连天。

"安静。"马克斯夫人对全班说道,"你继续说,艾塞尔。"

我知道,其实现在停止继续说下去,对我来说是最好的。一个星期前的物理课上我就应该这么做。然而此时此刻,我感觉好像有什么东西让我不能再保持沉默。"我想说的是,它让我想起了爱因斯坦的理论。但显然米尔顿不是在谈论光的速度,他所谈论的是人的心灵是如何看待生活。"

马克斯夫人鼓励地点了点头,于是我继续说道:"不过说真的,米尔顿和爱因斯坦似乎说的是同样的事情。他们都认为,所有的一切都是人的心灵的主观看法。我们的情感、我们的意见,他们都是相对的。这一切都取决于人的视角。"

"太精彩了,艾塞尔。"她说,"你应该尝试更多地参与课堂

278

讨论。"

让我没有想到的是，居然没有一个人在底下窃窃私语。没有那些低声的侮辱。教室里十分安静，马克斯夫人继续讲述着《失乐园》的话题。她给我们布置了几页阅读作为家庭作业，然后下课铃声响起。当我准备离开她的教室的时候，马克斯夫人悄悄地对我竖起了一个大拇指。我对她点了点头，眼睛里充满了笑意。我匆匆忙忙地经过了走廊，这样我就可以在其他人到来之前去到物理教室。当我到达斯科特先生的教室的时候，我几乎快要喘不过气来。

"哇噢，艾塞尔。"斯科特先生抱着双手举过头顶，"没必要跑着赶来呀。"

"对不起，"我气喘吁吁地说，"我只是想问问，我是否还可以申请那个暑假项目。"

他的嘴角上扬，露出一个灿烂的笑容。"可以。截止日期是 5 月 1 日。现在你还有时间去准备你的申请材料。"他走到他的办公桌前，拉开一个抽屉。他又拿出了一本宣传册，递给我。"以防你弄丢了一本，这里还有一本。"他对我眨了眨眼。

我想告诉他，他之前给我的那一本还在我那儿。那些光鲜亮丽的图片都变得模糊了，因为我花了很多时间一直在翻阅那本宣传册。我尝试想象自己就是那群笑容满面的孩子其中的一个，戴着对我的脸来说过于大的眼罩，盯着显微镜或者正在用牙签搭建一座桥梁。

我仍然无法真正看清楚那个样子的自己，但我可以想象那种可能性。是的。我能够感觉得到那种潜在的可能，深深地埋藏在我的内心深处。

但是我没有把这些想法告诉斯科特先生。我从他手中接过了第二本宣传册，然后对他露出了一个微笑。"谢谢。"

在我准备朝我的桌子走去的时候，他说："嘿，艾塞尔？"

"什么？"我转过身。

"你的项目进展如何？你和泰勒的那个想法我觉得非常有创意。"

我回想起了那趟动物园之行。我感觉那似乎已经是一年前的事情了。"我们在10号之前能够做好。"

斯科特先生笑着说："好的，我非常期待。"

4 月 4 日　星期四

倒计时：3 天

　　我开车到了罗曼的家门口。我之前给他发了一条短信，告诉他我马上到。他一直没有回复，他有时候是会迟一些时候再回复。

　　我想象着他在他房间里的样子。躺在床上，盯着尼莫船长，心不在焉地画着素描，铅笔在纸上描绘着光与影的比例。我在想，他是和尼莫船长一直在一起沉默了一整天呢，还是在同它说话？我在想罗曼是否会对它谈及我的事情。我希望尼莫船长能够向我透露罗曼的全部秘密。

　　我紧紧地握住方向盘，告诉自己，我不需要任何人来告诉我罗曼的秘密。我就要让他自己告诉我。因为我准备向他坦白所有事情。我把目光从路面转移到了乘客座位，座位上有我之前扔在那儿的一本书，叫做《北卡罗来纳州海滩的探索之旅》。我想，我应该先骗他去看大海，然后就将一切自然而然地全盘

281

托出。

在我把车开到他家门口的时候，罗曼仍然没有回我信息。我在车上坐了几分钟，盯着他家门口那熟悉的奶油色邮箱。我又给他发了一条短信，他还是没有反应，我试着给他打电话，却无人接听。

突然我听见了他家的开门声，我从驾驶座上跳了起来，但看到的是他妈妈走了出来，我松了一口气，下了车，朝她挥了挥手。

"艾塞尔。"她朝我走来。她穿着一件粉红色的毛衣，脚踩着一双菊花图案的拖鞋，"你在这里做什么呀？"她那栗色的头发盘成了一个发髻。这让她看起来比以往更显年轻。

我对她露出一个歉意的微笑。"噢，我今天就在这附近，想看看罗曼在不在家。上个星期我们约好了今天一起出去玩。"

富兰克林夫人皱起了眉头。"罗曼今天不在家呀。"

"真的吗？"我尽量不表现出内心的震惊。我以为他除了和我一起出去，其他时候不会离开家门。

"是啊。他跟我说他要去你家。"

我感觉我的下巴都要掉了。"什么？"

她抱起了双臂，就像是突然感觉非常冷似的。"是啊，他找我借了车，然后去了你家。不知道你知不知道，罗曼一段时间内不可以开车的。但他现在的状态似乎好了很多，能够和你一起出去玩，所以我觉得……"她话音落下。

一个可怕的想法如同海啸一般席卷过我的脑海。我感觉我像是要淹死在水中，拼命挣扎。"我可以上楼去看看吗？"

她停了下来，盯着我，满脸困惑。但她的眼睛突然睁大，朝着房子跑去。我赶紧跟随她而去。

她快速跑过了厨房，推开了一把挡住路的椅子。椅子撞到了厨房的柜台，一个茶杯从柜台边缘摔落下来，破碎一地。我跳过了那堆碎片，我跟在富兰克林夫人后面一个箭步蹿上了台阶。

我们跑上楼之后，发现罗曼房间的门开着，我的心霎时提到了嗓子眼。也许他在房间里。也许他只是戴着耳机，听着那些可怕的音乐，忽略了外面的世界。

富兰克林夫人停在门口。她的手按住心脏，深深地喘着粗气。我感觉我的脚如同两个沉重万分的锚，一直把我向下扯住，举步维艰，但当我进入了他的房间之后，我强迫自己向前移动。

我手臂上的汗毛全都竖了起来，在我走进那个空旷的房间的时候，我突然产生了一种不祥的预感。我转过头去看富兰克林夫人，她的脸上毫无表情，几乎像是松了一口气。我扫视了整个房间，搜寻着任何一个关于他的迹象。

床上乱糟糟的，那个米白色的抱枕在床尾那一堆凌乱的东西里皱巴巴的放着。枕头里有一个凹痕。我走了过去，将我的手按了进去。

"艾塞尔，"富兰克林夫人的声音颤抖着，"你们是不是有什么事情没有告诉我?"她再次双臂将自己环绕,"我是不是应该为此感到担心?"

我没有回答她。我检查了一下床头柜,没有找到任何信件,没有遗书。我轻轻地呼出了一口气。"我不知道。"

我蹲下身,把脑袋探进床底。我没有发现任何东西。我站了起来,走到尼莫船长的水缸前。当我看到它的时候,我的心跳漏了一拍。它的周围多了一餐的食物。本来通常都只有一份,而现在有两份。

我用力地咬住了我的脸颊内侧。这可能是一次失误。也许今天上午尼莫船长相当饥饿。我在脑海里努力寻找着各种借口,但是看着那只乌龟在水里上下游动,我心中的恐惧愈来愈深。

"我们需要找到他。"我大声喊了出来。但它听起来更像是一声被扼住了咽喉的歇斯底里。我冲出房间,飞奔下楼。富兰克林夫人跟着我,紧紧抓住我的手,把我拉向她。

"这是怎么回事?"她问道。她气喘吁吁,整个脸都红彤彤的。

"我很担心罗曼。"我无法直视她的双眼。我拨弄着我的车钥匙。

"我和你一起去。"

这不是一个请求,而是一声命令。我不想让她跟着我,但我不知道怎么对她说不。既然这一切都是我的错,我又怎么能够拒绝一位慈爱的母亲的关心?我本来应该告诉她几天前我们

284

的那个计划，我们的自杀合约。

当我驶出了罗曼家门口的车道，我的车速开始猛涨，我尽快地飞驰向前。富兰克林夫人的手掌扶着仪表盘，保持稳定，但她并没有责备我开得太快了。我飞速开往山峰之巅。

富兰克林夫人开始抽泣，然后开始号啕大哭。她的肩膀瑟瑟颤抖。她的拳头锤击着她那一侧的玻璃。"这是我的错。"

不是你的错。是我的错。我在我的脑海里尖声喊道。我咬紧牙关，努力让我的目光集中在道路上。罗曼总是要我好好看着路。要保持全神贯注。

"他一直都因为他妹妹的死而责备自己。"她说。

我知道。我知道所有的事情。我保持沉默。

"但是，这是我的错。我跟他说了一千次了。是我让他一个人带着麦迪。这对于一个十六岁的孩子来说责任太大了。我不应该离开麦迪……让他一个人带着她……"她彻底崩溃了，把头埋在自己手中。"罗曼去看心理咨询的时候，我跟着他一起去了。我们一遍又一遍地跟他探讨了我和他爸爸才是这件事的责任人，而不是他，但他从来不听。"

我甚至都没有点头。我什么都没有说。我把车停在树林边。我环视四周，寻找着富兰克林家的红色吉普车。我完全没有看到它。也许他开着它穿过了森林。反正他也不会去在乎这是不是非法的或是危险的。"我马上就回来。"我说。

"我想和你一起去。"

285

我低头看了一眼她的拖鞋。"但是……"

她下了车，把鞋子扔到了一边。"他是我的儿子。艾塞尔。我一定要去。"

她抓住了我的手。我们一路狂奔，穿过树林，她一直紧紧地握住我的手，一遍又一遍地捏紧我。她握得那么紧，我感觉我的手指随时可能会因为血液无法循环而断掉。她赤脚踩在那些扭曲的树枝上，但丝毫没有退缩。她跟着我，我们很快到达了那片空地。

悬崖近在眼前。我想要在这里找到罗曼，但我却没有看见他的踪影。我想要用双臂搂着他的脖子，把他拉近我，嗅他身上的松木香味气息，亲吻他的脖子后面的雀斑。我想一拳捶在他的肚子上，扇他一耳光，谁让他这样背叛我。谁让他说谎。谁让他不带上我一起死。但我如果不能及时找到他，可能这些都实现不了。我的膝盖抽搐了一下。

"你觉得他会不会……?"富兰克林夫人问道。她的声音已经哭得嘶哑了。我看她目不转睛地望着悬崖外面。俄亥俄河在我们下面流淌，我在想如果他跳了下去，我们是不是能够看到他。在水里。他的头砰地一声撞在岩石上，脊椎破损，断裂。我把这些想法挥之脑后。

他没有死。他不能死。我在想，如果他死了，我是否能够感觉得到。我是否能够有所感知，我的身体的细胞是否会传达这些信息。我的身体是否能够感受得到他的能量被释放出来，逐渐消失。我第一次攥紧了富兰克林夫人的手，回应着她："我们需要找到他。我们一定会找到他。"

我不知道我为什么这么做。它更像是一个愿望，而不是一个承诺。她放开我的手，伸出手，把我拉入怀中。她身上闻起来有一股蛋糕面糊和香草的味道。"你简直就是一个天使"。

她说这句话的时候，我都快要晕过去了。我不是天使。恰恰相反。我本来能够阻止这一切的发生。我本来也应该阻止这一切的发生。我正打算告诉她，可是我脑海中突然冒出了一个念头。"你说你把车钥匙给了罗曼？"

她点了点头。

我赶紧跑回到车上，富兰克林夫人一直跟了过来。我甚至来不及系上安全带，就开始猛踩加速踏板。我们一路飞奔，离开了山峰之巅。八分钟车程，却感觉像是过了几个世纪。当我们到达罗曼家的时候，我拉起了紧急制动，停了车，然后跳下了车。

我冲向房子后面的那个车库。我可以闻到从车库门缝底下钻出来的废气，我听到了汽车发动机微弱的嗡嗡声。我想要拉开门，但我无法打开。我狠狠地踢着。

我听到身后传来了富兰克林夫人的尖叫声，她转身朝着房子跑去。我一直敲打着车库门，但毫无用处。富兰克林夫人跑了回来，疯狂地挥舞着车库门遥控器。她一次又一次地按下按钮，门升了起来，我们看到了里面的情景。

那辆红色吉普车发动着。车库里全是这辆车排出来的废气。透过四处弥漫的烟雾，我可以看到驾驶座上的罗曼。他趴在方向盘上，他那大而美丽的眼睛紧闭。他一动不动。

　　我的腿瞬间瘫软了，我体内有某样东西崩塌了。那正是我的心。

4月5日　星期五

倒计时：2 天

　　我一直坐在医院的等候室里等了几个小时。我凝视着白炽灯，试图把脑海中呈现的罗曼瘫软无力、毫无意识的模样挥去。等候室里有一股烧煳了的咖啡、消毒剂以及咸涩的泪水混合起来的气味。你从来都不会觉得恐惧或悲伤有着自己的气味，直到你在医院待上很长一段时间。

　　我在想，愧疚是否也有味道——一股能让罗曼的父母察觉得到的腐臭、恶心的气味。我坐在他们两人之间，他们除了隔一段时间关心一下我有没有事以外，什么也没有说。他们为什么在此时此刻还担心着我？难道他们不知道，我也是这个事情的很大一部分原因吗？我敢肯定，他们如果知道了真相，一定会恨我。

　　他俩都去探望了罗曼。值得庆幸的是，他的情况已经稳定了。他一直在有意识和无意识的状态之间徘徊。我猜他应该一直没有机会告诉他们我是那个叛徒，背叛了他，也背叛了他的父母。

我在椅子上挪动。这个塑料座椅已经被我的汗水浸湿，粘住了我的大腿。我不应该穿短裤的，如果穿牛仔长裤就不会发生这种情况了。我一边拨弄着我指甲周围的皮肤，一边觉得我对罗曼越来越生气。也许我是一个叛徒，但他也是。他说干就干，而且还在没有我陪伴之下就准备去死。

罗曼的妈妈把手放在了我的肩上，把我从思考中拉回到现实。"亲爱的，护士说，罗曼应该很快就会醒了。我跟护士解释了你是谁，她说几分钟以后，你就可以进去看他了，如果你想去的话。"她的声音是那么柔软温和，就像一首摇篮曲，"我跟护士说了，你是那个拯救了罗曼性命的人。如果不是你……"她把我拥入怀中，不让我听见她哭泣的声音，"我们真的太感激了。"

她松开了我，对我露出了一个悲伤的微笑。"我们应该如何报答你呢？"

我的呼吸卡在了喉咙里。我不知道该说些什么——突然之间，我感觉就像是我的嘴里装满了流沙，我想说的每一句话都被堵回到了肚子里。

"没关系，亲爱的。"她用她那修剪完美的手指拍了拍我的后脑勺，"你不必多说什么了。我知道这对你来说非常不容易。"她微微歪了一下脑袋，看着我的眼睛，"你希望看到罗曼，对吗？"

我点了点头。我想要看到罗曼。真的。我只想要看到他。

然而同时，我却不知道我该如何面对他。

我和富兰克林夫人一起坐了几分钟。富兰克林先生在医院的咖啡厅给富兰克林夫人买了一杯咖啡，给我买了一份饼干。我把饼干放在了旁边的小桌子上。我没有再去碰它。

终于，一位有着肉桂色头发的护士向我们走了过来。富兰克林女士指了指我，那位护士点了点头。当我站起来的那一刹那，我的腿粘在了等候室椅子的皮革坐垫上，就像是那个椅子乞求着我不要去，警告我不要去。

那位护士带领我沿着弯曲的走廊走向罗曼的病房。我研究着门上贴着的那些贺卡和鼓励的话语。门上贴着一整束黄色气球。我在想我是不是也应该去买一束气球。这可能是一个愚蠢的想法。这似乎并不像是一个送气球的场合。

终于，我们来到了罗曼的病房。那位护士旋开了那个金属门把手，走了进去。我在走廊上站了一会儿，紧紧地握住双手，做了几下深呼吸，哼了一会儿莫扎特的《第十五号钢琴协奏曲》。

"进来吧，亲爱的。"护士向我招手。我在想她是不是一直都在处理这样的情况———一直都在面对那些无力承受、不敢面对的来访者。

躺在床上的罗曼映入我的眼帘，我的心跳忽然漏了一拍。

他那高高瘦瘦的身躯似乎与狭小的医院病床不太和谐，他的脚趾搭在病床边缘。在医院灯光的照射下，他的皮肤看起来几乎是透明的，他那淡褐色的眼睛下面有着严重的黑眼圈。他的瞳仁现在看起来根本不是金黄色。只是那种阴郁沉闷的草绿色。

"艾塞尔。"他叫着我的名字。他的声音嘶哑，喉咙紧锁。

那位护士对我露出了一个充满希望的笑容，伸手触碰了一下我的肩膀。"如果你们需要什么，我就在门外。"

我环顾房间，因为我无法直视他的眼神。我看到他妈妈给他带来了儒勒·凡尔纳的全套小说和他的速写本，他的床边摆放着一个盛放着金盏花的花瓶。没有尼莫船长。我想这是有道理的。医院可不会让你把宠物龟也带来。

但是，除了鲜花、书籍以及速写本之外，整个病房里什么都没有。这里一点儿也不像山峰之巅。一点儿也不像他所想象的自己会死的那个地方。他在这里无法自杀。他根本无法死去。

"艾塞尔。"他又叫了一次我的名字。这一次，他的声音更响亮一些，但它听起来仍然饱含痛楚。

我把已经堆积在眼眶即将喷涌而出的眼泪忍了回去。"你怎么能这样？"

"你不想死。"他说，"我知道你不想。并且我也不想你去死。我太关心你了，我不想看到你死。我要你活着。艾塞尔。所以，我一个人去了，因为我想拯救你。"

我扬起下巴，直直地看他的眼睛。他的脸色是那么的苍白。

我可以看到他的静脉。他看起来太过脆弱，就像他的身体随时都可能会垮掉似的。"拯救我？如果你真的有那么一点儿在乎我、担心我，那么你就不会这样做了。"

我走到他的床边，但我仍然站着。我看到他想要摇头。他只能勉强移动一下脖子。我向前走近了一步，我可以看到他的脖子上伤痕累累。淤紫，肿胀。"我不得不这样做，艾塞尔。我和你不一样。我不配活下去。"他发出了一声沉重的气息，"我无法忍受自己活下去。是我把麦迪害死了。"

"但是，4月7日的约定呢？不是说好在水中死去的吗？"

这一次是他拒绝直视我。"我不想一个人从山峰之巅跳下去。感觉不对。而且，我越想越觉得我不应该和麦迪在同一天死去。或者说以相同的方式。这就像我从她那里掠夺了什么东西似的。"他再次想要摇头，"我不知道为什么我会选择在汽车里死去。只是我感觉我体内有一个声音告诉我，如果我现在不这样做的话，我就再也无法做了。"

我低下头，不让他看到我的眼神，把下巴对着胸口。我努力忍住抽泣的声音，但眼泪还是止不住从脸颊上悄无声息地滑落。

"不要哭。"他说，"过来。"

我一动不动。

"艾塞尔，过来。"

我深吸一口气，然后在病床旁边的床上椅子上坐了下来。

他伸出了手，我抓住了它。他虚弱地握着我，不像在嘉年华的时候，他的那双手，曾那么紧紧地握过我。而这个时候，我能感觉到我的手。我能感觉到一切。我想让自己能够一直感觉到这一切。即使是痛苦的，糟糕的，可怕的事情。因为是感觉让我们知道我们还活着。

我还想继续活着。

"我不能失去你。"我终于说出了口。

"别这么说。"他低声说道。

"不，这是真的。我不能失去你。罗曼，你必须决定活下去。我知道，没有什么能够抹去麦迪死去的这件事，但你不能放弃。"

他缓缓地皱起眉头，看起来相当痛苦。我几乎可以看到他的肌肉在他的皮肤之下隐隐作痛。他的眼睛周围的皮肤看起来一片淤青，伤痕累累，就像是有人反复击打过他的脸。

"我不是让你为了我活下去。虽然如果你能够为了我活下去非常美好，因为我爱你。嗯，是啊，是啊，你可以跟我说我用错了这个词，但我不在乎。这就是我的真实感觉。但是，我让你继续活下去不是因为我，也不是因为我对你的感觉。我要你为了你自己活下去，因为我知道你的未来一片光明。还有那么多东西值得你去发掘，去体验。这些都是你应得的，你可能不这么认为，但这都是事实。我现在要告诉你，你值得去感受未来的命运。我知道我现在说的话听起来俗气得要命。相信我，在六个星期以前，如果我听到我自己说出了这样的话，我肯定会扇自己一巴掌，但是认识你……"我暂停了一会儿，"认识你之后让我改变了自己看待事情的方式。改变了自我认知的方式。而我想要让你和我一样去看待你自己。"

在我说完这一切之后，我感到筋疲力尽，感觉身体都被掏空了。我知道大多数人都把"掏空"当作一个贬义词使用，但今天，我觉得我的"掏空"是一个褒义词。就像我的秘密已经在我的心里待了太久，现在，我把它们全都倾诉了出来。我感到前所未有的轻松。自由。我告诉了罗曼我爱他，我把这种正能量传递到了宇宙。而现在我只是在等待，看看它是否会迸发出火花——我们是否能够一起活下去。

罗曼发出了一个声音，就像正要说些什么，但随后他的眼睛忽然闭上了，他的呼吸平稳。他睡着了。我在那里坐了一会儿，我的左手还握着他的右手。我觉得看着他睡觉有些奇怪，但我忍不住想要就这么静静地看着他。我害怕我一移开视线，他马上就会消失。

他的胸腔上下起伏。他看上去非常虚弱，但他还活着。这是最重要的。我凝视着他的时候，我发现希望自己能够看透他的皮肤，看到他的内心，看看他的内心是不是只有无尽的空虚、黑暗，抑或还有一些其他的东西。

4月7日 星期天

今天就是那个日子：麦迪逝世一周年纪念日。我几乎无法鼓起勇气去医院。但我知道，如果我不去的话，我永远也无法原谅自己。

三年以来，我第一次穿的不再是灰色条纹衬衫和牛仔裤。我向乔治娅借了一件设计简约的黑色连衣裙，洗了头发，编成了一个辫子。不是说我在这个时候还觉得罗曼会在乎我的外貌，而是我开始在乎我的外貌了。我要向他表明这一点。

我脚上穿着找乔治娅借来的银色平底鞋，在走廊的地板上发出啪哒啪哒的声音。我走到罗曼的病房前，向里面望去，我看到他的爸妈都坐在他的床尾。

"噢，艾塞尔。"他的妈妈说。她对我露出了一个愉快的笑容。我开始觉得，罗曼的妈妈的温暖并不是像他说的那样仅仅是表面而已，她是真的满怀爱意。

296

富兰克林先生的手臂环绕着她的肩膀。当他看到我的时候，他把富兰克林夫人又向他怀里揽了一些。

"进来。"他说。他的声音没有他的妻子那么热情洋溢，但也不至于冰冷刺骨。

罗曼看着我。他什么也没说。也许这是我的想象，但我发誓，他的眼睛真的亮了一点。他眼周的皮肤还是那般伤痕累累，但已经没有上个星期五那么吓人了。

"我饿了，你呢？"罗曼的妈妈对他爸爸说道。他爸爸疑惑了一秒钟，然后他明白了。

"噢，"他说，"我要饿死了。"

富兰克林夫人转过来，面向我。"亲爱的，你能不能帮我们照看罗曼一会儿？我们出去吃点儿东西。"

"没问题。"我微笑地看着她，让她知道我非常感谢她的好意，感谢她让我仍然能够见到罗曼，感谢把我排在了探望他的名单上，感谢她待我像家人一样。

富兰克林夫人亲吻了一下罗曼的额头。等到他爸妈都离开之后，我坐在了他病床旁边的椅子上。

"我应该去她的坟墓那儿的。"罗曼终于开口说话了，他的声音依然很沙哑，但已经比上个星期五的状态有力多了，"就是今天，我应该去那儿的。"

"她知道你对她的关心，无论你在不在她的坟墓那儿。"

他眯着眼睛看着我。"你真的这么觉得吗？"

我点了点头。"是的，罗曼。虽然她人现在不在这里，但她的灵魂仍然在这儿。她想要看到你幸福。我知道她一定是这么想的。"

他沉默了片刻。他把被子拉到了下巴上，一动不动。我们凝视着对方，最后他开口问道："等我可以出院的时候，你愿意和我一起去吗？"

"去她的坟墓吗？"

他的嘴唇抽搐了一下，我理解为"是"。

"你去哪儿，我就去哪儿。"我感觉我的脸烧了起来。我不习惯说这样的话，但是当我看到他的脸上慢慢地绽放出笑容的时候，我所有的尴尬都烟消云散了。"你看我，依旧俗气得要命。"

他发出一声低沉、沙哑的笑声。

"噢，对了。"我打开包，拿出了一本我买的那本关于北卡罗来纳州海滩的书。我把它放在了他的餐盘里，这样他就可以看见了。"我想，也许等你身体康复之后，我们可以去这个地方。"

他盯着那本书，双眼瞬间明亮了起来，它们从灰暗的绿色变成了暗金色。

"去看看大海。"我补充道。

他什么也没说。他从餐盘里抓起那书，用拇指抚摸着它。我可以感觉得到，他想要表现得毫无兴趣，但他明显在看到一些光鲜亮丽的照片时，目光停留了很长的时间。

最后，他开口问道："为什么？"

"什么为什么？"

"为什么你明明知道我把一切都搞砸了，却还这么努力？"

我耸了耸肩。我站起来，走到他妈妈给他带来的儒勒·凡尔纳的所有小说和他的速写本旁。我拿起速写本，然后坐在了椅子上。我翻阅着那些画。

"为什么？"他又问了一遍。

我凝视着那些炭笔素描，然后抬起头，强迫自己看着他的眼睛。"因为我对你的爱拯救了我。它让我看到了自己的另一面，看到了这个世界的另一面。这是我欠你的。"

他还没来得及说什么，突然传来一阵敲门声。

"你好？"一个听起来很官方的声音说道。

门开了，一个女人站在病房门口。她没有穿白大褂或实习医生服，只是穿着一条黑色裤子和一件白色纽扣上衣。"你一定是艾塞尔。"她说。然后转向罗曼："你好，罗曼。你今天感觉怎么样？"

罗曼只是望着她。

她伸出手，轻轻地触碰了一下我的胳膊肘。"你介意在大厅里等一下我们吗？"

我摇了摇头，走出了房间，静静地关上了我身后的病房门。我走到大厅，一路上我试着想象病房里正在发生的谈话。我想象罗曼那僵硬、沉默的脸以及那个女人尽全力想要从罗曼口中问出答案的样子。

我正准备第二十三次徘徊在走廊的时候，门打开了，那个女人走了出来。她把额前的一片刘海捋到了一侧。"我是斯特德博士。"她伸出了手。

我轻轻地握了一下。"我是艾塞尔，不过你已经知道了。你是罗曼的心理咨询师吗？"

她点了点头。"对，没错。"

很好，我心里这样想着，但没有说出口。"我希望你能，你知道，让他想开一些。"

她没有露出笑容，但不知为何却看起来非常友好。我不知道这是不是他们在医学院学到的某种技能。"我会尽我所能的。你看，我很擅长我的工作。"她把手伸进口袋，翻出一张小小的名片。她递给了我。

名片的纸张非常柔软，我用手指抚摸着那些凸起的文字。

"如果你想要找个人聊聊，或需要什么，你都可以通过这个号码联系我。"她补充道。她看着我，眼睛里充满了温柔与亲切。我不知道她是否知道山峰之巅、知道我们的协议。不知道罗曼有没有跟她说些什么。

"谢谢。"我有气无力地说道。然后把名片翻了过来。她转身离开，只剩下她的高跟鞋与地板的撞击声在走廊里回响。

当我走回罗曼的病房的时候，他一副冷冰冰的样子。

"怎么了？"

"你不会是真的想要告诉我，我应该去跟那位女士谈谈吧？"

我把那张名片攥在手心。"你跟她说了我们的事情吗？"

"我们的什么事情？"

"你懂的……"

他支撑着自己坐了起来，背靠在医院病床的金属床头。他的样子看起来非常挣扎，但他做到了。"没有。我什么都没有告诉她。而且我不打算告诉她。"

我坐在病床旁边的椅子上。"也许这不是一件坏事。"

他叹了口气，我发誓，我可以听到他喉咙里肌肉的疼痛呐喊。我想象着他的身体里面的模样——伤痕累累。我试图把这个想法抛之脑后。

"我不知道我还认不认识你。"他说。

我咬了我的下嘴唇。"这不公平。我的意思是，你不必跟她说。但你至少应该跟我说吧？"

他什么也没说。我站起来，又走到了书架旁。这一次，我拿起了《海底两万里》。

我坐了下来，打开这本书。柔软光滑的书页翻起来很方便。我开始大声给他朗读里面的文字。起初，我的声音有点儿波动，但很快找到了节奏。每过一段时间，我便会瞥他一眼，他也会看着我，他脸上轻松的样子仿佛在认真听着故事。

在我读完了第二章之后，他让我停了下来。"艾塞尔？"

"怎么了？"

他挪动着他的身体，靠近了床的边缘。他的动作十分缓慢吃力。"过来。"他的身体朝我倾斜过来，双手捧住我的脸庞。我向前倾，我们的嘴唇触碰到一起。他的嘴唇皲裂、红肿，但他的亲吻是那么柔软轻盈，那么完美无瑕。

"我会跟你说。"他低声说道，"我发誓。"

我看向他那金绿色的眼睛，我不知道我是否完全相信他的话。我知道此时此刻的他仍然心情崩溃，伤心欲绝，但他握住了我的手，我能感觉到他的脉搏里透露着幸福的势能。

"你之前说什么我让你看到了你自己的另一面？"他问道。他的脸距离我的脸仍然只有几英寸远。

"是的。"

"嗯，这就是为什么我会画一个那样的你。我就是想要告诉你你在我眼中的样子，而不是你自己以为的那个样子。"

我的眼睛眨了一下，就像一个相机的闪光灯闪了一下——一切是白色的，轻薄透明的——我感觉此时此刻的我比以往任何一个时刻都更加暴露。我知道他能够看见我，每一个微小的、隐藏的裂缝，但这并没有吓到我。因为我知道我很享受这光，这让我的心能够飘扬。我已经不想再活在阴影之中。

他看着我，目光扫视着我的脸庞。"我觉得我想要去看看这个世界的另一面——"他停了下来，脸上再次浮现出悲伤的表情。病房里如此安静，我可以听到天花板上的白炽灯发出的嗡嗡声。

"但这仍然很糟糕，你知道吗？"他终于补充道。

"是的，我知道。"我的整个身体都为他感到酸疼，我希望我能够做一些什么，但我知道我唯一能做的事情就是留下来。

"我要不要继续读下去？这个世界——"我拿起那本书——"似乎并没有那么糟糕。"

"你现在这么说，但却在等待。"

我低头看着书页，配图上的海怪也盯着我，然后我把目光投向了罗曼。"我会等待，如果你也愿意等待。"

他接过我的手，紧紧握住。"我愿意等待。"

作者手札

我是在 2013 年 1 月——我的一个密友去世之后——开始着手写这本书的。当时的我感觉非常阴暗，在某种程度上，我写这本书是借以抒发我的悲观情绪的一种方式。对我来说，《隐藏于内心深处的那些黑暗》是一个关于那些理解你、了解你整个人，甚至是你那些最可怕和最古怪的地方的人的故事。这是一个关于那些在你最不经意的时候走进你的生活、以最奇怪的方式改变了一切的人的故事——这是一个关于接纳那些人，对他们敞开心扉的重要性的故事。这是一个关于你生活中那些帮助你从另一个角度认识了自我与人类联系的真正力量的故事。

虽然这个故事的结局充满了希望，然而复苏之路却是漫长而持续的。在许多情况下，与抑郁症的搏斗也许是一件终身的事情。如果你正在经历类似艾塞尔和罗曼这样的情绪，我希望你明白，不管你的感觉如何，你其实并不孤单。如果你有自杀的念头，你应该采取医疗手段来进行治疗。请你一定要找一个人谈谈，并且敢于表达出你心里的真实想法。我们最强大的武器便是我们的话语。

如果你觉得你的某个朋友可能患有抑郁症，请向他们伸出援手。我知道这可能会让你有些不适，但是谈论这些事情有助于我们消除那些让我们萌生抑郁和自杀念头的耻辱。你可以帮助你的朋友的最好方法就是与他们交流，或者与权威人士探讨。通过鼓励他们沟通，你可能会帮助他们、引导他们走向康复之路。

最后，我希望这个故事能够提醒你以及生活中那些存在问题的人。珍惜他们，善待他们，记住生命是脆弱的。祝你健康快乐、生活美好。

致　谢

　　非常感谢我的王牌经纪人布伦达·鲍恩，是你同意接受我的这份手稿，让我所有最疯狂的梦想成真，是你改变了我的人生历程。我对你的指导、理解、热情、信念，以及你对我的工作的信任永远心存感激。我对你感激不尽。同样也非常感谢格林伯格公司的整个团队，尤其是斯蒂芬妮·迪亚兹和顾文迪。

　　我要向我最可爱的编辑亚历山德拉·巴尔泽尔表达最深切的感激，是你用最温和友善、鼓舞人心的方式对我提出了最犀利、最精彩的建议。你就是那种大家做梦都想要共事的人。非常感谢巴尔泽尔、布雷和哈珀·柯林斯的其他工作人员，我很幸运有你们的一路陪伴。

　　我这一生何其幸运，能够遇到如此多的良师益友。我想要特别感谢克里斯·林奇和帕特洛厄·柯林斯在我论文期间给予的慷慨指导。我还要感谢我十一年级的英语老师康妮·史密斯，是你鼓励我去追寻我的作家梦想。同样，也感谢我教过的所有学生：我非常感激能够有机会认识你们每个人。

　　谢谢辛辛那提儿童医院的安东尼·卡瓦列博士给予我们专

业指导，并帮助审阅这份手稿。

　　非常感谢这份手稿的第一位读者布伦达·圣·约翰·布朗，是你给我提供了宝贵的反馈意见。感谢"twitterbloc"的所有女士——尤其是凯拉·奥尔森，是你们从一开始便和我一起经历了这个奇妙的旅程。向2015年首次出版图书的所有同胞作者致敬——这是一次疯狂之旅！我要特别感谢"beckminavidera"阅读俱乐部①的成员：贝基·艾伯塔利（吉姆），大卫·阿诺德（大D）和亚当·西尔韦拉（卡里姆）——我是无比幸运能和这么出类拔萃、机智幽默的你们成为朋友。（贝基，我将会一直给你发送美少女战士的动图）。同样，我也想要感谢"十五个新生"②的支持——我无比幸运能够成为这个由神话一般天赋凛然的女子们组成的组合的一员。特别感谢金姆·利格特，是你回复的每一封电子邮件帮助我解答了所有的疑问——让我们继续以这样的方式进行沟通好吗？另外，非常感谢亚历山德拉·佩罗蒂（我永远的朋友，我们从十五岁起就相互分享欢乐、共担烦扰）、蕾妮·萨博、埃里卡·考夫曼、萨拉·法里赞以及克里斯坦·霍夫曼的所有支持——全部都致以团队以及我个人的谢意。

　　无比感谢我的那些善解人意的家人——他们分布在大西洋

---

① 该阅读俱乐部是本书作者与她的三位好朋友（句中所列）一起组织的兴趣小组，俱乐部的名字是四个人的名字组合而成。

② 这是美国2015年第一次出版青少年小说的十五个新人作家组成的组合。

的这头以及那头。特别感谢我的爷爷（是你教会我种植番茄）、奶奶（你的乐观积极、你对惊喜的期待是最能让我信心大增的动力），以及我的兄弟布兰森·卡德尔——我对于你能够激发我想到生日派对的场景表示无尽的爱意。超级感谢我的爸爸，你为了让我可以追逐自己的梦想做出了太多牺牲。

妈妈，你值得我为你另起一段来表达我的爱意与谢意。因为是你让我爱上了故事。你不知疲倦地阅读我写下的每一个字，并且一直努力以诚实而又鼓励的方式给我提出宝贵的建议。谢谢你为我做的一切。

最后，我要感谢格雷戈里·沃加。感谢你一直相信这一刻一定会到来，即便在那个时候一切都那么未知。感谢你一直在黑暗中为我点燃希望之灯，照明前进的路。我写下的每一句话都是写给你的一封新颖奇异的情书。